Dal i Fynd

SIONED WILIAM

Argraffiad cyntaf: 2013
© Hawlfraint Sioned Wiliam a'r Lolfa Cyf., 2013

Cynllun y clawr: Dorry Spikes

Rhif Llyfr Rhyngwladol: 978 1 84771 717 7

Dymuna'r cyhoeddwyr gydnabod cymorth ariannol
Cyngor Llyfrau Cymru

FSC

Cyhoeddwyd ac argraffwyd yng Nghymru
ar bapur o goedwigoedd cynaladwy
gan Y Lolfa Cyf., Talybont, Ceredigion SY24 5HE
e-bost ylolfa@ylolfa.com
gwefan www.ylolfa.com
ffôn 01970 832 304
ffacs 01970 832 782

Rhagfyr

Anwen

Llyfr i Rhys – Ceir? Mynydda?
Llio – Body Shop??
Huw – Lego, rhwbeth o *Star Wars*
Angharad – DVD *Cyw*
Mam – rhwbeth lafant ffiaidd
(o stondin Merched y Wawr??)
Cofio ordro'r blydi twrci!!

Delyth

Prynu pâr newydd o Spanx Magic Knickers
Darllen *Constant Craving –*
The Love You Deserve
Prynu fitaminau
MYFYRIO!!!
Potel o whisgi i Dadi?

Nia

Gorffen y rhestr siopa ar gyfer Asda
Ymweld â'r hen bobol yn Ael y Bryn
Gosod neges Nadolig Geraint ar y we
Llyfr newydd Mihangel Morgan i Geraint?

Mam wedi bod wrth y *Western Mail* eto. Ma Charlotte Church yn whilo am gegin newydd a ma epidemig ffliw moch ar y ffordd.

Llythyr troëdig gyda charden Nadolig Ffion Haf bore 'ma – yn anhygoel o gynnar, wrth gwrs, ac wedi ei brinto'n arbennig. Ffoto o'r teulu (gan gynnwys cathod, cŵn a'r blydi ieir): Dylan y gŵr (cyfrifydd) a'r plant, Brengain, Tudno a Gwahadden. Rhestr faith o ganlyniade arholiad gwych a manylion y pedwar gwylie anhygoel geson nhw 'leni. Ma Dylan wedi ca'l dyrchafiad ac fe brynon nhw iPad yr un i'r plant, teledu plasma ac 'Audi bach *convertible* i fi gael picio i Waitrose Menai Bridge'.

Ar y cefn, llun o Brengain yn ennill Cadair Steddfod yr Urdd, Tudno a Dylan yn rhedeg lan yr Wyddfa a 'Gwahadden yn chwarae'r corn Ffrengig ar lwyfan y Genedlaethol – ry'n ni mor falch ohono'!

Wi'n meddwl hala'r llythyr yma 'nôl ati:

'Fe geson ni flwyddyn gachu – fe fethodd Llio ei TGAU Mathemateg am y trydydd tro; mae busnes Rhys yn drychinebus; mae Huw yn dal i wlychu'r gwely; a dyw Angharad ddim wedi cysgu drwy un noson gyfan ers iddi gael ei geni. Mae'r tŷ fel twlc, a dy'n ni ddim wedi prynu car na chompiwter eleni. Fe aethon ni ar ein gwylie mewn pabell i Geinewydd ond fe fwrodd hi bob dydd ac fe ddaethon ni gartre'n gynnar. Dyw Rhys ddim wedi cyffwrdd â fi ers blwyddyn a wi 'di dechre cael ffantasi rhywiol am y dyn sy'n dod i lanhau'r ffenestri. Nadolig Llawen.'

Delyth

Larwm am chwech. Pilates a phwll nofio, yna *mani/pedi*. Angela yn meddwl fod golwg wedi blino arna i. Awgrymu Botox a mymryn o *filler*. Ddim yn siŵr am yr effeithiau hirdymor? Mae gwraig Syr David wedi cael lot o Botox a dyw ei hwyneb hi ddim yn symud pan mae hi'n siarad.

Wrth fy nesg am wyth o'r gloch gyda phaned o de mintys a phowlen o iogwrt probeiotig. Yno cyn Arfon – yntau'n sleifio i fewn am hanner awr wedi yn gwisgo dillad ddoe. Syth i'r gawod a 'nôl allan mewn munudau – crys glân, sgidie'n sgleinio, edrych yn berffaith, gwaetha'r modd. Pam mae dynion yn heneiddio gymaint yn well na menywod? Dyw e ddim yn deg fod dynion yn britho fel George Clooney tra bod menywod yn troi i mewn i Judy Finnigan.

Dros 40 ebost yn disgwyl amdana i ac roedd Courtney, chwarae teg, wedi bod drwyddyn nhw'n barod. Diolch i'r nefoedd ei bod hi mor drefnus. Dim gradd, ond meddwl fel cyllell finiog. Yn barod i ddechrau'n gynnar ac aros yn hwyr, mor wahanol i'r erchyll Ceridwen. Honno'n hwyr bob dydd ac yn treulio oriau yn fflyrtio gyda Tudur Wyn ar bwys y llun-gopïwr. A dim mymryn o barch ata i. Ond mae'n ferch i un o ffrindiau gorau Syr David felly nac ewch i'r fan honno, fel petai!

Ry'n ni ar drothwy'r Nadolig. Gofynnodd Syr David beth oedd fy nghynll**u**niau. Rhaffu celwyddau fel arfer. Esgus mod i'n mynd i'r Swistir gyda ffrindiau. Arfon yn torri ar draws i sôn am ei wyliau yn y Caribî – gyda phob math o gyfleoedd rhwydweithio da. Pam ddiawl na wnes i feddwl am gyfleoedd rhwydweithio yn fy *chalet* dychmygol?!

Bydd yn rhaid i fi wneud rhywbeth pendant i ennill

yr Uwch Bartneriaeth. Dw i'n edrych dipyn yn iau na 50-rhywbeth, diolch byth, sy'n sicr o fod o gymorth. Rhaid cadw at y deiet.

Wedi dechrau darllen llyfr newydd o'r enw *Finding your Inner Chairwoman*. Mae'n awgrymu fod bywyd gryn dipyn yn rhwyddach os gallwch chi feddwl amdano fel un cyfarfod bwrdd mawr – gan drefnu agenda'ch bywyd drwy bwysleisio'r hyn sy'n angenrheidiol a diosg yr hyn sy'n ddiangen. Diddorol.

Rhaid i fi brynu rhagor o *acidophilus* a propolis mêl. Y tipyn deintydd 'na wedi mynnu mod i'n llyncu cwrs o *antibiotics* achos bod pothell gyda fi. Fe fydd yn rhaid i fi weithio'n galed i ailadeiladu fy system ar eu hôl.

Swper cynnar gyda Catrin o Jones, Jones, Jones a Jones, yna *Hamlet* yn y Chapter gydag aelodau cast *Pobol y Cwm* yn perfformio.

Tabled gysgu, fitaminau ac yn syth i'r gwely.

Eglwys Llanfihangel y Wern
Ficer: Y Parch. Geraint Wyn Huws
Ciwrad: Y Parch. Eirwen Davies

Mae'r Parch. Geraint am eich atgoffa ei fod bob amser yn barod am sgwrs dros baned yn y Festri ar ôl y Gwasanaeth Teuluol ar fore Sul. Felly dewch i ddweud helo! Gair hefyd i groesawu'r Parch. Eirwen Davies sydd yn ymuno â ni y mis yma. Dim ond newydd ateb yr alwad y mae Eirwen – ni yw'r ail blwyf iddi fod yn gysylltiedig ag ef. Ond mae hi wedi bod yn brysur iawn hyd yn hyn yn gweithio o gwmpas y byd gyda mudiad VSO. Gallwch chi gysylltu â hi ar eirwen@iesusydddduw.com

---

Nia

Fe roddais restr o ddigwyddiadau'r Adfent ar y wefan bore 'ma. Mae 'da ni dipyn ar y gweill – addurno'r goeden Jesse, gwasanaeth Christingle, Drama'r Geni, bocsys teganau i Affrica a nifer o giniawau Nadolig, o Undeb y Mamau i'r Côr a'r Clochyddion. Mae Geraint yn meddwl y bydd hyn yn edrych yn dda iawn i ni pan fydd e'n cael ei gyfarfod *appraisal* nesa gyda'r Esgob. Ffoniodd Diane o'r swyddfa i ddweud ei bod hi wedi ffeindio *typo* ar dudalen flaen y Cylchgrawn Plwyfol.

A marciau llawn hyd yn hyn i Eirwen! Ers iddi gyrraedd mae hi 'di bwrw'i hun i fywyd a gwaith y plwy ac mae hi'n argoeli'n dda iawn i fod yn gefn arbennig i Geraint. Dw i mor falch taw hi gafodd y swydd – o'n i'n poeni taw'r Efeng-yl o'r Fflint oedd yn mynd i fynd â hi (doedd Geraint ddim yn gwybod taw 'na beth o'n i'n ei alw). Mae Eirwen mor frwdfrydig ac yn llawn syniadau.

Rhaid i fi fwrw ati i ddarllen y llyfryn bach 'na roddodd hi i fi wythnos diwetha. Y teitl yw 'Cyflwyno'r Enaid Benywaidd i Dduw' – mae'n edrych yn hynod ddiddorol, er mymryn yn rhy uchel-ael i fi ar y darlleniad cynta. Ond mae Eirwen wedi addo esbonio'r pethe mwya astrus.

Mae cymaint gyda fi i'w wneud! Mae angen glanhau'r tŷ o'r top i'r gwaelod, prynu anrhegion Nadolig i blant yr Ysgol Sul a danfon ein parseli Nadolig at Ysgol Kwazulu. Licsen i petasen ni'n gallu fforddio talu rhywun i lanhau'r Ficerdy – mae e mor anferth. Ac mor oer! Prin y gall rhywun deimlo effeithiau'r gwres canolog yn yr ystafell fyw. Ac mae'n anhygoel o ddrud i'w gynnal.

A pheidied ag anghofio dyddiadur Geraint – bydd yn rhaid i fi fwrw ati i roi trefn ar fisoedd cynta'r flwyddyn newydd a llogi stafell iddo ar gyfer y Penwythnos Myfyrio yn y gwanwyn. Un o'r rhai neis gyda golygfa o'r môr efallai…

Anwen

O'dd heddi yn ERCHYLL. Fe ddeffrodd Angharad fi am hanner awr wedi pump; fe lwyddes i gwtsho hi yn y gwely am hanner awr arall ond o'dd hi'n gwingo gyment fe ddeffrodd hi Rhys. Fe ddechreuodd e gonan am y blincin siwrne o'dd 'da fe lan i'r Gogs a bod ishe rhagor o gwsg arno fe, felly o'dd yn rhaid i fi wynebu'r oerfel yn y gegin. Dw i'n teimlo'n rhy hen i'r holl fusnes codi'n gynnar 'ma, ac er bod Angharad yn syrpréis bach neis ma 44 yn oedran dwl i ga'l babi arall. Wi 'di gadel pethe i fynd 'da hi rhyw ffordd. O'dd Huw yn cysgu drwy'r nos yn deidi erbyn ei fod e'n chwe mis, ond ma Angharad bron yn dair ac yn dal ishe potel o la'th ar awr annaearol bob bore.

Wrth gwrs, o'dd hi'n RHEWI yn y gegin gan nad o'dd y gwres wedi dod mla'n. Felly fe gynes i'r boiler a dodi'r teledu bach mla'n i Angharad a dechre cliro. O'n i 'di blino gormod i feddwl am olchi'r llestri neithiwr ac o'dd *mess* ar diawl ar ôl yn y gegin. A dylen ni ddim gadel dim byd mas dros nos gan fod y llygod 'nôl. Ych – 'u hôl nhw ym mhobman. Ac ar ben hynny o'dd y peiriant golchi llestri'n neud syne od, felly rhois i yffarn o gic iddo fe ac o'dd e'n swno'n well ar ôl 'ny.

Wedyn fe dda'th Huw lawr yn moyn brecwast (ac fe sylwes i fod e wedi tyfu mas o bâr ARALL o byjamas), ac o'dd hi bron yn saith ac o'dd ishe deffro Llio, felly hales i Huw lan i'w chodi hi, o'dd yn beth hollol ddwl i'w wneud achos wedyn dim ond sgrechen a wewan o'n i'n gallu clywed o lan lofft. A Rhys ar ben y cwbwl yn taranu am y 'siwrne hir i'r Gogs' a bod y tŷ 'ma 'fel blydi sw' a 'pham na allen i reoli'r blydi plant 'ma?' a bod Llio wedi dwyn ei rasel e 'to a 'ble ddiawl o'dd 'i blydi sane fe?'.

Ac yng nghanol hyn i gyd fe ffonodd Mam i ofyn os o'dd amser 'da fi i ga'l '*chat* bach', gan nad o'dd hi wedi gweld rhyw lawer ohona i'n ddiweddar gan mod i 'mor brysur'. A chan bod dim amser 'da fi i newid fy mhants y dyddie hyn, sdim syndod o's e?

Felly... fe gytunes i alw draw i'w gweld hi'n hwyrach; ffindes i bâr o sane i Rhys; rhoies i frecwast i'r plant; stices i olch mla'n; ffindes i fap o Brazil ar gyfer gwaith cartre Huw; gofies i baco'i ddillad chwaraeon; hebrynges i'r plant draw i'r ysgol (o'dd Huw yn gwisgo siwmper dros ei ben yr holl ffordd gan ei fod e ishe gweld shwd beth o'dd bod yn ddall); fe lwyddes i osgoi Y-Fam-Sy'n-Conan-Am-Bopeth; ac anghofio'n LLWYR mod i wedi addo casglu Gwenno bore 'ma gan fod Helen yn gorfod mynd i'r deintydd. Fe dda'th Glenda rownd y gornel gyda Gwenno yn gweud mewn llais yn LLAWN cydymdeimlad ei bod hi'n deall yn iawn pam mod i wedi anghofio gan mod i MOR brysur. Hithau gyda'i hefeilliaid bach penfelyn, fel pin mewn papur bob dydd ('Dyw un bach arall yn DDIM trafferth i fi!'), a finne â 'mhlant gwyllt yn eu trowsusau *half mast* a'u gwallte fel nythod a'u mam sy'n methu cofio nemor ddim.

Wedyn a'th pethe o ddrwg i wa'th. Fe dorrodd y peiriant golchi llestri ac fe dda'th dilyw mas wrth i fi agor drws y peiriant golchi dillad. Fe benderfynodd y teli beido gwitho tra bod Angharad yn gwylio *Cyw*, a thra bo hi'n sgrechen fe ffonodd yr ysgol i ddweud fod Huw wedi bod yn hwdu a bod ishe i fi ddod i'w 'nôl e. Yna fe daflodd Angharad 'i chino lan dros y gwningen a ffonodd Rhys i ddweud nad o'dd e wedi ca'l y contract IT gyda'r cwmni ym Mangor, er y byse cwpwl o ddiwrnode o waith ar ga'l yn y dyfodol os o'dd e'n fodlon teithio, ac y byddai e siŵr o fod adre'n hwyr achos, fel o'n i'n gwbod, o'dd 'dag e siwrne hir o'r Gogs.

Felly o'dd yn rhaid i fi ffono Mam i ddweud bo fi'n ffaelu galw draw wedi'r cwbwl ('Paid â phoeni, cariad, dw i'n gwybod bo 'da ti bethe lot pwysicach na fi i boeni amdanyn nhw'), casglu'r plant, clirio'r chwd, ffono'r Plymar-Sydd-Ond-O-Gwmpas-Ar-Ôl-Chwech, golchi tunnell o ddillad, dodi'r plant lleia yn y gwely, datgysylltu Llio o'r cyfrifiadur a ffindo rhwbeth yn y ffrij i swper. Fe gyrhaeddodd Rhys adre wrth i *Newsnight* orffen. Gan mod i yng nghanol breuddwyd am Jeremy Paxman a thwba mawr o hufen iâ siocled, ges i damed bach o siom.

Nia

Dw i mor hoff o'r adeg yma o'r flwyddyn ond, jiw, mae rhywun yn blino! Mae Geraint mewn ac allan o'r ysbyty byth a hefyd gan fod cymaint o'n hen bobol ni'n sâl gyda'r ffliw ac ati. Wedyn mae 'na gant a mil o wasanaethau Nadoligaidd – a dw i'n berwi tegell ar ôl tegell yn y Festri neu'n twymo mins peis, ac alla i mo'u godde nhw a dweud y gwir. Wedyn mae ymwelwyr di-ben-draw yn galw heibio'r Ficerdy bob awr o'r dydd a'r nos. Fe fuodd Mrs Powell yn llefain o flaen yr Aga 'da fi prynhawn 'ma – dw i ddim yn siŵr os oedd hi, fwy na fi, yn gwybod pam, ond dw i'n meddwl ei fod e'n rhyddhad iddi gael gwneud. Ond fe gaeais i'r drws yn glep yng ngwyneb Methadone Mike mae arna i ofn – dw i'n meddwl ei fod e'n chwilio am rywle sych a chynnes i gysgodi am y prynhawn, ond gan mod i'n rhuthro i'r hosbis doedd dim amser 'da fi i ymdopi ag e ar ben popeth.

Dyw Eirwen ddim yn brin o egni – mae hi wedi bod yn gweithio'n ddi-baid ers iddi ddod i'r plwy. Mae'n addurno'r goeden Jesse bob bore yn y Festri, yn gweini te a choffi ac yn darllen o'r Beibl. Yna mae'n ymweld â myrdd o gleifion a hen bobol, cyn gwneud dosbarth darllen i oedolion. Ac mae hyn ar ben y gwaith papur diddiwedd a'i chyfnod bob nos gyda chegin gawl y Sally Army. Mymryn o gywilydd arna i a dweud y gwir. A dyw hi ddim yn smygu.

Delyth

Fe es i weld Dadi yn y cartre ddoe. Do'n i'n methu ei weld yn unman i ddechrau. Doedd e ddim yn ei stafell nac yn cael paned yn y ffreutur. Fe ges i afael arno o'r diwedd yn y Day Room, yn gwrando ar griw o garolwyr a rhyw ficer ifanc bochgoch oedd yn cyfeilio ar y gitâr. Sŵn dychrynllyd, hen bobol grynedig yn canu. Ond roedd Dadi yn wên o glust i glust. Yn daclus a thrwsiadus fel arfer – hances ym mhoced ei siaced, plet finiog yn ei drowsus, sgidie'n sgleinio.

Ond mae ei feddwl yn bell o fod yn iawn. Meddwl taw rhywun o'r rhyfel o'n i, cynnig *gin and it* i fi yng Nghlwb yr RAF. Fe dries i esbonio ond doedd Dadi ddim yn deall. Fe ypsetiodd yn sydyn ac fe fu'n rhaid i fi alw'r nyrs. Roedd hi'n hynod o garedig, yn dweud fod Dadi yn ŵr bonheddig a llawen gan amla. Rhaid mod i wedi codi rhyw fwgan yn ei feddwl cymysglyd wrth drio esbonio pwy o'n i.

Pan dw i'n meddwl amdano fe'n ifanc mae'n torri 'nghalon. Roedd Mami a fe mor hardd, mor osgeiddig. Wastod ar eu ffordd mas i bartïon crand – wel, dyna sut oedd hi'n teimlo pan o'n i'n blentyn beth bynnag. Hithe a'i gwallt copor fel nadredd sgleiniog ar ei phen, yn edrych fel rhyw fath o dduwies, ac ynte fel Rock Hudson mewn siwtiau du smart, a chanddo donnau o wallt trwchus du.

Mae'n loes calon i mi nad o'n i'n eu nabod nhw'n well. Ond roedd hi'n anodd â finne i ffwrdd yn yr ysgol. A nawr dyw Dadi ddim yn fy nabod i o gwbwl.

Gymerodd e oesoedd i fi gyrraedd 'nôl i Gaerdydd. Roedd y traffig yn ddifrifol ar yr A470 a doedd y tywydd ddim yn helpu chwaith – glaw rhewllyd a gwyntoedd mileinig. Do'n i ddim yn teimlo fel gwneud datganiadau positif nac ymarfer corff. Beth sy 'da fi i fod yn bositif amdano, wedi'r cwbwl? Fe ges i wydraid o win a phaced o greision yn lle hynny. Caws a winwns.

Anwen

Fe dda'th Rhys adre mewn yffarn o strop. Ro'dd e wedi bod yr holl ffordd i Gaerfyrddin am gyfweliad 'da rhywun o'dd yn edrych tua deuddeg mlwydd oed ac o'dd yn defnyddio geiriau fel 'skillset' a 'sweet spot'. A'th pethe'n flêr pan ofynnodd e i Rhys os o'dd ei strategeth yn 'fit for purpose' tra o'dd e'n tecstio ar ei ffôn a chware gêm ar ei gyfrifiadur. Caeodd Rhys laptop y crwt gyda chlep gan awgrymu'n garedig y dylai e drio gwneud un peth ar y tro yn y gobaith y byse fe'n llwyddo, o'r diwedd, i wneud rhwbeth yn iawn. Ac os na wnele fe hyn, byse Rhys yn stwffio'i iPhone e lawr tin ei drowsus *designer* perffaith. Dw i ddim yn meddwl gas Rhys y cytundeb.

Nia

Bu Drama'r Geni'n llwyddiant mawr, diolch byth. Roedd Eirwen yn awyddus i ni ychwanegu araith am y brwydro parhaus yn y Dwyrain Canol ond ar ôl iddi sylweddoli nad oedd Gwenan fach yn medru dweud llawer mwy na 'Wele angylion Duw' fe anghofiodd am y peth.

Roedd y plant yn edrych mor annwyl: Mair a Joseff mor falch o'r crud bach pren o IKEA a'r ddoli fach mewn lliain aur. Yr angylion ar goll mewn môr o dinsel (â'u bodiau yn eu cegau bob yn ail) a llieiniau llestri streipiog yn coroni pob bugail bach drygionus.

Ar ddiwedd y noson fe gododd Eirwen ar ei thraed i atgoffa pawb am gynllun yr Eglwys i brynu geifr i Oxfam, ond dw i ddim yn gwybod faint o'r gynulleidfa fydd yn barod i hepgor eu hanrhegion eu hunain. Mae pawb yn edrych ymlaen at anrheg fach ar Ddydd Nadolig, on'd y'n nhw?

Roedd y goeden yn edrych yn hyfryd, wedi ei haddurno gan Undeb y Mamau. Fe lwyddodd Eirwen i gael gafael ar addurniadau Masnach Deg eleni, oedd, a dweud y gwir, yn edrych fymryn yn ddi-nod nes i Mrs Bowen ychwanegu tamaid bach o dinsel. Yn anffodus, dw i'n meddwl fod hyn wedi codi gwrychyn Eirwen ond roedd yr addurniadau pren balsa yn edrych dipyn yn fwy llawen o'r herwydd.

Fe atgoffodd Geraint bawb o wir ystyr y Nadolig yn ei araith ar ddiwedd y noson, gan dynnu ein sylw at yr angen i gofio pwysigrwydd ysbrydol yr ŵyl ac i geisio ymwrthod â'r fateroliaeth a'r trachwant sydd wedi dod yn rhan o'r Nadolig yn ddiweddar.

Rhaid i fi annog Geraint i dorri ei farf. Dw i'n dwlu ar Rowan Williams ond, wir, fysen i ddim am gysgu drws nesa i'r tyfiant blewog 'na. Fe allai pethe fod yn byw ynddo fe.

Anwen

Wel, ma gwallgofrwydd y Nadolig ar ein penne ni 'to. O'dd

Huw yn asyn bach doniol iawn yn ei sioe ysgol, yn brefu dros eirie prennaidd y Teulu Sanctaidd – ac o'dd ei wyneb bach annwyl mor ddrygionus yn pipo mas o dan bâr o glustie anferth. O'dd 'da fi ddagre yn fy llyged, yn enwedig pan ganodd Angharad a'r ysgol feithrin fersiwn adenoidal o 'I Orwedd Mewn Preseb'.

Fe geson ni dipyn o sioc yn sioe'r ysgol uwchradd y noson wedyn pan ganodd Llio 'Tinsel ar y Goeden' ar ei phen ei hunan, 'da jyst un crwt ar y gitâr yn cyfeilio. Wel, o'dd yn rhaid i Rhys fy nghodi i lan o'r llawr. Am lais swynol! A'th y gynulleidfa'n boncers – o'n i mor prowd! Ac wrth gwrs, do'dd dim syniad 'da ni ei bod hi wedi bod wrthi'n ymarfer – dyw hi BYTH yn sôn am beth sy'n mynd mla'n yn yr ysgol. Ond o'dd e'n lyfli.

Delyth

Llynedd fe es i draw i'r gwasanaeth carolau yn Eglwys Llandaf – roedd y gerddoriaeth mor brydferth ac roedd yn fraint cael eistedd mewn adeilad mor hynafol a bendigedig. Dw i'n meddwl yr af i eto eleni. Os na wna i, bydd y Nadolig wedi diflannu heb i mi sylwi.

NADOLIG LLAWEN I BAWB

Fel y gwyddom, mae'r Nadolig yn amser i roi yn ogystal â derbyn ac mae'r Parch. Geraint yn gofyn yn arbennig i ni gofio am y rhai sydd heb ddim eleni. Mae'r cyfnod yma yn gallu bod yn unig a diflas iawn i rai. Cynhelir sesiwn 'taro i fewn' ddydd Iau yn y Festri i'r rhai sydd yn teimlo fod y Nadolig wedi mynd

---

yn drech na nhw. Mae'r Parch. Eirwen yn gofyn yn garedig a fyddai modd i'r rhai ohonoch sy'n bwriadu galw gyrraedd yn brydlon am ddeg oherwydd ei fod yn gyfnod prysur iawn iddi hi a'r Ficer. Os byddwch chi'n anfon anrhegion at Ysgol Kwazulu, gofynna'r Parch. Eirwen hefyd i chi gofio nodi'r cyfeiriad yn glir ar eich parseli a sicrhau eich bod wedi defnyddio'r stampiau CYWIR.

Mae'r calendr Nadolig ar wefan yr Eglwys ac mae croeso i bawb fynychu'r gwasanaethau a'r myfyrdodau. Nadolig Llawen i chi i gyd gan bawb ohonom yn y Ficerdy.

Anwen

A'th Rhys a finne mas i swper heno – o'dd Mam yn gwarchod. Halodd Rhys fi lan y wal, yn edrych mas o'r ffenest ar ryw foi o'dd yn trio parco'r car a siarad ar ei ffôn ar yr un pryd.

Fi: Ma hwn yn neis, on'd yw e?

Rhys: Eith e byth mewn i'r twll 'na, byth.

Fi: Shwd ma dy fwyd di?

Rhys: O, iawn… O, dere bant o'r ffôn, y pwrs yffach!

Fi: Mae un fi'n lyfli.

Rhys: Da iawn… O, 'drych, mae e 'di crafu ochor y car nawr! 'Na ti, dere di mas o'r car, gw'boi, i ga'l lwc bach.

Fi: Licsen i ga'l gwydred bach o Merlot gyda'r cwrs nesa.

Rhys: Fe fydd yn rhaid i ti ddiffodd y ffôn nawr. *(Chwerthiniad bach smyg)*

Fi: A wedyn licen i ga'l ci wedi rhostio i bwdin.

Rhys: Swno'n grêt. O, MAE E'N GRAC NAWR! 'Na be chi'n ga'l am fod ar y blydi ffôn wrth yrru! Sori, be o't ti'n ddweud?

Fi: *(Yn trio peido colli 'nhymer)* Wel... o'n i'n meddwl...

Rhys: O 'drych, ma fe'n cico'r car nawr!

Fi: O'R NEFO'DD, WNEI DI GAU DY BEN AM Y BLYDI CAR, RHYS?!

Rhys: *(Wedi ei bechu)* Sori.

Fe wellodd pethe damed bach ar ôl hynny, yn benna gan i'r gyrrwr a'r car ddiflannu a do'dd gan Rhys ddim dewis ond cynnal sgwrs 'da fi. Ond ma fe'n hala COLLED arna i weithe.

Delyth

Codi am chwech, dŵr poeth a lemwn, yna gwers Pilates a gwneud fy ngwallt yn y spa.

Mewn i'r gwaith yn gynnar ond roedd Arfon yno o 'mlaen i yn anffodus, siwt newydd ARALL. Fe ges i wên sychedd ganddo; dw i'n gwybod ei fod mor eiddgar â finne i gael yr Uwch Bartneriaeth. Mae e mor dan din gyda Syr David – nabod y teulu ac yn y blaen.

Roedd hwnnw i fewn yn gynnar hefyd, diolch byth mod i wrth fy nesg. Doedd dim golwg o Ceridwen a doedd hi ddim wedi gorffen y ddogfen ar gyfer yr IPA chwaith, ac ro'n nhw ar y ffôn peth cynta yn galw amdani. Ddaeth hi ddim i mewn tan naw – dillad ddoe a cholur lawr ei hwyneb, wedi rholio mas o wely rhywun arall bum munud ynghynt am wn i.

Fe ges i air, ond o'n i'n gallu gweld ei fod e'n wastraff amser pur dweud unrhyw beth wrthi. Ond 'na fel mae hi pan fo Dadi'n fodlon talu am bob dim, a ffrindiau Dadi'n barod i ffeindio swydd iddi unrhyw bryd. Mae ganddi donnau o wallt melyn trwchus a chroen lliw mêl, coesau sy'n mynd ymlaen am byth a bywyd cymdeithasol mor brysur, mae'n wyrth ei bod hi'n ffeindio'r amser i ddod i'r swyddfa o gwbwl.

Diolch byth fod Courtney yno am wyth – popeth wedi ei drefnu a phob un o eitemau ddoe ar waith yn barod. A does neb adre yn Grangetown i'w gwthio hi.

O'n i'n teimlo damaid yn isel amser cinio felly eisteddais yn y tŷ bach yn mwmian fy nywediadau cadarnhaol ('Rydw i yn haeddiannol'; 'Rydw i yn deilwng') gan fyfyrio yn arbennig ar y ddelwedd o'n hunan fel Cadeirydd Cyfarfod Bwrdd fy Mywyd. O'n i'n teimlo dipyn yn well o'r herwydd ac fe ffeindiais i'r egni i fynd i gael *sushi* gyda Charlotte o Evans, Evans, Bryn ac Evans (dim sôn am fonws yno, a nifer yn ystyried eu dyfodol), cyn dychwelyd i'r swyddfa a dechrau ar gytundeb Hammard.

Cyfarfod mawr i drafod goblygiadau'r ffigyrau masnach yn y prynhawn (y tropyn lleiaf o Bach Flower Remedy ar fy nhafod yn gwneud byd o les), ond y gwaith yn bwrw yn ei flaen tan saith yr hwyr. Draw i'r Senedd i dderbyniad – gwin gwyn braidd yn ddiflas ond fe lwyddais i osgoi'r *canapés* tewychlyd. Marged Melangell yno, yn ffilmio sgwrs gyda Bethan Rhys ar gyfer y newyddion – tenau fel milgi, clamp o fodrwy ar ei llaw chwith a Gŵr Rhif Tri yn disgwyl amdani gyda gwydraid o *prosecco*. Fe ges i wên sychedd ganddi cyn iddi weld rhywun pwysicach i siarad â nhw. Wrth i mi adael roedd hi'n mynd draw at griw S4C – lot fawr o sgrechen chwerthin a boch-gusanu.

Adre i fwyta powlen o lysiau wedi eu stemio a chawl

miso. Yna fitaminau nos, mêl a iogwrt ar fy ngwyneb, tabled gysgu a gwely.

Anwen

Fe alwodd Mam draw bore 'ma i ollwng ei hanrhegion Dolig. Diolch i'r nefo'dd ei bod hi'n mynd at Gwen a Robin 'leni. Fe alla i ga'l *nervous breakdown* mewn heddwch – wel, tan i fam Rhys gyrraedd beth bynnag. O'dd Mam wedi bod wrth y *Western Mail* eto – ma epidemig o E. coli yng Ngwynedd, dyw Charlotte Church ddim yn hoffi afalau a fydd neb yn siarad Cymraeg yng Nghaerdydd mewn deng mlynedd.

Nia

Dw i mor hoff o Noswyl Nadolig. Mae'n hynod o brysur, wrth gwrs – mae 'na bob math o fyfyrdodau ar fynd yn ogystal â'r Gwasanaeth Teuluol.

Roedd Eirwen braidd yn grac am ein bod ni wedi gorfod prynu rhai o'r mins peis oedd yn cael eu gweini yn y Festri – yn anffodus mae pobol mor brysur, doedd dim digon o rai cartre i gael. Flwyddyn nesa mae hi'n dweud, os prynu o gwbwl, y dylen ni brynu rhai Masnach Deg – mae hi am gadw llygad hefyd ar rywbeth o'r enw 'costau uned'. Ac fe fynnodd hi ein bod ni'n ailgylchu'r bocsys cardfwrdd a'r plastig. Roedd tipyn bach o lanast ar ôl iddi eu tynnu o'r fasged sbwriel ond fe gliries i'r cwbwl yn syndod o gyflym. Roedd hi'n anhapus iawn hefyd nad oedd mwy o bobol yn helpu gyda'r gweini (dim ond Gwenfair Bowen fuodd gyda ni drwy'r prynhawn). Fe awgrymodd hi ein bod ni angen rota fwy ffurfiol yn y dyfodol.

Dy'n ni ddim wedi gweld angen gwneud rota yn y gorffennol ond mae Eirwen yn dweud fod pobol yn manteisio ar ewyllys da y lleiafrif. Fe wnes i drio dweud fod Gwenfair a finne wedi mwynhau'r prynhawn ond dw i ddim yn meddwl fod Eirwen wedi fy nghlywed. Ges i ffag fach gyflym wrth ddrws y Festri pan nad oedd neb yn edrych – o'n i'n teimlo dipyn bach yn *tense* ar ôl darlith Eirwen!

Dw i'n edrych ymlaen yn arw at y Gwasanaeth Teuluol ar Noswyl Nadolig. Mae'r plant bach mor llawen ac yn edrych ymlaen mor eiddgar at gael mynd adre ac i'r gwely am unwaith! Wrth gwrs, mae'n noson anodd hefyd mewn rhai ffyrdd – gweld y plant yn esgor ar ryw gymysgedd o genfigen a thristwch, am wn i.

Do'n i ddim yn meddwl y byswn i'n cyrraedd 48 heb fod yn fam.

Ond alle Ger a fi ddim fod wedi cael mwy o IVF, ac ro'n ni'n rhy hen i fabwysiadu erbyn i ni ddechre holi.

Ond, dyna ni, rhyfedd yw ffyrdd yr Arglwydd, ac o leia ry'n ni ar gael i wasanaethu'r nifer fawr o bobol anghenus a thrist sydd yn ein plith yr adeg yma o'r flwyddyn.

Mae Eirwen yn dod draw i helpu ddydd Nadolig. Dyw hi ddim yn bwyta cig. Yn ôl pob tebyg, mae ganddi ffordd ryfeddol o goginio lentils.

Anwen

Ma Huw ishe Nintendo 3DS wrth Siôn Corn. Wel, yn anffodus all Santa ddim fforddio fe, a dw i'n gwbod 'se Nintendo o unrhyw fath yn croesi'r trothwy yma welen ni byth mo wyneb Huw eto. Jyst top 'i ben e.

Delyth

Dw i ddim yn cofio teimlo fod Noswyl Nadolig yn sbesial erioed. Gan amla roedd Mami a Dadi allan mewn rhyw barti crand a finne adre gyda rhywun gwahanol yn gwarchod bob tro. Dim gosod anrhegion i Santa a dim hosan ar waelod y gwely chwaith. Dw i ddim yn meddwl mod i wedi credu ym modolaeth Siôn Corn erioed. Roedd pob dim o dan y goeden wedi dod wrth Mami a Dadi a dyna ni.

Wel, eleni dw i am fwynhau fy hun – digon o amser yn y spa a bwyd sy'n fy siwtio. A gwesty pum seren gyda *pillow menu* a phethau drud yn y baddondy.

Anwen

Ma'n un ar ddeg ar Noswyl Nadolig a ma pawb ond fi yn y gwely. Dyma'r unig noson mewn blwyddyn ma Huw *ishe* mynd i'r gwely, wrth gwrs. Ro'dd hyd yn oed Llio mewn hwylie da ac fe fuodd hi'n wych gyda'r rhai bach – yn trafod yn ddifrifol iawn lle i adel y foronen a'r mins pei i Siôn Corn (ar bwys y tân nwy neu'r ffenest) ac fe a'th hi ag Angharad lan i'r gwely drosta i tra mod i'n setlo Huw. Ro'dd Ysbryd y Nadolig yn bendant ar waith 'ma heno achos fe a'th hi lan yn gynnar 'i hunan, ar ôl helpu fi gliro'r gegin, ac fe gynigodd Rhys DACLUSO'R STAFELL FYW! O'n i'n ddigon balch a gweud y gwir gan fod y lle fel twlc – papure a llwch ym mhobman.

A dw i 'di neud yr hyn alla i cyn fory. Dw i am ga'l gwely cynnar fy hunan. Duw a ŵyr ar ba awr annaearol y ca i fy neffro bore fory…

Delyth

Iawn, ocê, dw i'n gwybod fy mod i ar fy mhen fy hun yn y lle 'ma, ond dw i wedi gwneud ymdrech bendant i fod yn garedig wrth fy hun a mwynhau'r presennol. Dyna mae'r therapyddion yn dweud ddylwn i wneud. Ac mae'n well o lawer bod yma na threulio'r diwrnod gyda fy unig berthynas, Modryb Edith. Dw i'n gwybod ei bod hi (fel mae pawb yn dweud yn ddi-baid) 'yn wych o ystyried ei bod yn 90', ond alla i ddim wynebu cinio Nadolig arteithiol arall yn ei chwmni hi a'i *cronies* hynafol yn gofyn i fi pam na wnes i briodi a chael plant.

Felly, yn hytrach, wele gynfasau cotwm Eifftaidd ar y gwely, pethau Penhaligon's yn y baddondy a chanhwyllau Diptyque ym mhobman. Dechrau da.

Ymlacio yn y gwely tan saith, paned o *camomile* ac yna draw i'r gampfa am awr o Pilates a hanner awr yn y pwll.

Yna hanner cant o ddywediadau positif – 'Rydw i'n haeddu bod yn hapus'; 'Mae'r byd yn lle caredig'; 'Rydw i yn werth fy ngharu'.

Brecwast yn fy stafell – ffrwythau, iogwrt gafr a fitaminau. Yna cawod boeth/oer/boeth/oer i roi hwb bach i fy system. Mae pob math o driniaethau ar gael heddiw, er mawr syndod i mi (ond dim colonic dros Dolig yn anffodus – siomedig braidd gan fod ganddyn nhw declyn go arbennig yma, mae'n debyg), felly *facial*, bath mwd a thriniaeth cerrig poeth. Dechrau ymlacio.

Dim *room service* heddiw felly fe fu'n rhaid i fi fwyta lawr llawr gyda phawb arall. Stafell ferwedig yn llawn plant sgrechlyd. Salad diflas oedd yr unig ddewis posib ar y fwydlen. Ac fe gynigiwyd y fasged fara i mi – ydw i'n edrych fel y math o berson sy'n bwyta bara?!!! Wnes i ddim aros yno'n hir, ac fe lwyddais i ddianc cyn i Siôn Corn a'i fola anferth ymlwybro'n llafurus tuag at fy mwrdd...

Fe lwyddais i gael sesiwn Power Plate yn y gampfa prynhawn 'ma. Ac er mawr syndod i mi, roedd y nyrs yn ei swyddfa ac fe ges i sgwrs hynod o ddiddorol gyda hi am y daioni sydd mewn wyau. Diddorol clywed nad yw'r saim yn y melynwy yn ddrwg i chi – dim mwy o omledau gwynnwy i fi!

Ond ar ôl meddwl, wnes i ddim trafod y calorïau gyda hi. Fe fyddai'n well i fi ymchwilio ymhellach cyn mynd yn rhy wallgo.

Fe ddechreuais i deimlo damaid yn isel wrth iddi dywyllu. Roedd y dywediadau positif yn help: 'Rydw i'n haeddu bod yn hapus'; 'Mae llawenydd yn hawl i fi'; 'Rwy'n ffarwelio â thristwch'.

Ond wnaeth y pryd llysieuol diflas amser swper ddim rhyw lawer i godi fy nghalon. A rywsut rywfodd, fe fethais i sticio at ddim byd – methu canolbwyntio ar unrhyw beth ar y teledu a, beth bynnag, do'n i ddim am weld cant a mil o bobol yn gwenu ac yn dathlu'r Nadolig. Methu darllen chwaith.

Yn y pen draw fe gymerais i dabled ac aros i'r diwrnod hir a diflas ddiflannu mewn trwmgwsg.

Anwen

Dechreuodd y diwrnod am hanner awr wedi pedwar pan dda'th Huw i fewn i'n stafell ni yn gweiddi 'Ma fe wedi dod, Mami, ges i ddim bwced o lo wedi'r cwbwl, ac ma 'na Power Ranger, crys T Ben 10, a losin, a comic – ma fe wedi anghofio'r DS, ond wy'n gwbod nag o'n i'n mynd i ga'l popeth ar y rhestr, er taw hwnna o'n i ishe fwya, a ma 'na lyfyr am nadredd, a cit adeiladu *lightsaber*, a dw i 'di byta'r oren a'r arian siocled a darllen fy nghomic, odi e'n bryd i ni godi eto?'

Wrth gwrs, erbyn i fi berswadio Huw i fynd 'nôl i'w wely, ro'dd Angharad wedi deffro ac fe dries i roi cwtsh iddi yn y gwely er mwyn i ni i gyd ga'l mynd yn ôl i gysgu ond o'dd hi'n gwingo gormod ac fe drodd Rhys rownd a chonan taw dim ond NEWYDD fynd i gysgu o'dd e. Felly lawr â fi i'r gegin, gwres mla'n, potel o la'th i Angharad a'r ddwy ohonon ni'n cwtsho dan yr hen flanced ar y soffa yn y gegin. O'n i ar fin cysgu 'to pan ffrwydrodd Huw i mewn i'r gegin yn gweiddi 'TI'N GWELD, MA FE'N AMSER CODI!' ac yn gofyn am ga'l dechre ar y *lightsaber*. O'n i bron â'i hala fe lan at Rhys, ond ar ôl meddwl am y strop fydde arno fe am weddill y dydd 'sen i'n torri ar ei gwsg e 'to, fe newides i'n feddwl.

Felly fe gafodd Huw ac Angharad blated o Weetabix a DVD *Tintin* ac fe ddechreues i ar y twrci. A ma'n lwcus yn wir mod i lan yn gynnar achos o'dd ishe ORIE o goginio ar y blydi peth. Ond fe ddilynes i Delia bob cam a lapo'r twrci yn y babell ffoil a menyn a'i ddodi yn y ffwrn *cyn* wyth o'r gloch. Ys dwede Huw, RESYLT!

Yna ges i baned (seibiant tra bod y ddau yn delwi o fla'n *Tintin* a'u cege ar agor) a rhoi'r grefi *giblets* mla'n (feri Dudley, wy'n gwbod) A LLWYDDO I GLIRO'R GEGIN!!!!

A jyst pan o'n i'n dechre teimlo'n itha smyg, fe dda'th sgrech annaearol o'r stafell fyw wrth Llio – o'dd, rhyfedd o fyd, wedi codi o'r gwely heb i fi ofyn iddi. Fe ruthres i mewn i ffindo fod Huw wedi agor pob anrheg o dan y goeden. O'dd Llio yn wyllt! 'Dyw e ddim yn deg, Mami, mae e'n sbwylo POPETH i fi, ac o'n i wedi edrych ymlaen at weld eich wynebau chi i gyd wrth agor y pethe brynes i' (annhebygol iawn, ond ma Llio wastod yn mwynhau drama), ac fe

dda'th Rhys lawr yn gweiddi fod 'y lle 'ma fel blydi syrcas'
ac yn bygwth hala anrhegion Huw at Oxfam, ac o'dd Huw'n
gweiddi 'Ti'n ffaelu neud 'na, achos Siôn Corn dda'th â nhw
a fe yw bos Nadolig', ac o'n i'n gallu gweld fod Llio ar fin
dryllio delwedd yr hen Santa. Felly fe dorres i ar ei thraws
hi a dweud 'Reit, Rhys, cer i neud brechdan sosej i bawb tra
bo Huw a fi yn lapo popeth 'to, ma Huw yn flin, on'd wyt ti?'
– ac o'dd ei wefus isa fe'n dechre crynu – 'ac fe gaiff pawb
gyfle i agor pethe ar ôl brecwast.'

Ac fe a'th Huw a fi ati gyda thunnell o *sellotape*. A gan taw
fi brynodd y rhan fwya o bethe o dan y goeden chymerodd
hi ddim yn hir i ni wedi'r cwbwl. *Vouchers* o'dd yno i fi wrth
bawb heblaw Huw, o'dd wedi prynu pecyn o fisgedi cŵn i fi
'rhag ofn bo ti moyn prynu ci'.

Wedi i ni stwffo'r brechdane sosej fe o'dd hi'n ras wyllt i
gliro'r papur a'r plastig cyn bo mam Rhys yn cyrraedd. Ac fe
helpodd y plant, chware teg – ma'n nhw'n nabod Rhiannon yn
rhy dda erbyn hyn. Fe lwyddais i wasgu i mewn i'r crys felfed
(sy ddim yn cau dros 'y mola i ond ma'r ffedog yn cwato'r
gwaetha, diolch byth) brynodd fy mam yng nghyfraith i fi rai
blynyddo'dd yn ôl, 'er mwyn i ti gael rhywbeth sbesial i wisgo
ar ddydd Nadolig' mynte hi – yn lle'r *outfit* arferol, sef top
pyjamas a gwaelod tracsiwt, am wn i…

O'n i'n dechre teimlo mod i ar ben pethe pan gofies i'n
sydyn nad o'n i wedi prynu saws *cranberry* (ma Rhiannon yn
GWNEUD ei hun hi) a heb feddwl am y saws bara. O'dd 'da fi
ddigon o hen fara o gwmpas ac fe lwyddes i wneud rhyw fath
o saws gyda lot o fenyn a hufen. Ond o'dd yn rhaid i *chutney*
ffrwythau o stondin Merched y Wawr wneud y tro yn lle saws
cranberry…

Canodd y gloch yn sydyn a 'na lle'r o'dd Rhiannon yn

'Nadolig Llawen' a 'Hwyl yr Ŵyl' i gyd, yn dal potel o sieri melys. O'dd yn rhaid i fi d'wlu fy nglased i lawr y sinc – o'n i mor flinedig, bysen i wedi cwmpo mewn i'r gino 'sen i 'di yfed mwy ohono fe. Ges i ragor o goffi yn lle 'ny.

A wedyn 'na hi Rhiannon yn dod i mewn i'r gegin yn cynnig gosod y ford a gofyn os o'n i wedi llwyddo i wneud trefniant blode ar gyfer y ford 'leni. A chyn i fi ga'l cyfle i gynnig stwffo'i *centrepiece* hi lan 'i thin hi, o'dd Rhys yn cynnig sieri a sedd o flaen y tân nwy iddi er mwyn ca'l hi mas o'r gegin.

Ond drwy ryw ryfedd wyrth, am hanner awr wedi un 'na lle'r o'n ni i gyd yn ishte o gwmpas y ford yn byta cino Nadolig gyda twrci a'r trimins i gyd (ac, ocê, *chutney* Merched y Wawr), a phawb yn joio ac yn stwffo. Ac o'dd e'n lyfli.

Wedyn gofies i mod i wedi anghofio prynu pwdin Nadolig.

Nia

Dw i 'di ymlâdd! Roedd y diwrnod mawr yn hyfryd ond yn hir! Fe fuon ni lan yn hwyr y noson cynt yn clirio'r Eglwys ar ôl yr Offeren. Yr Eglwys dan ei sang, wrth gwrs (gwasanaeth dwyieithog wedi bod yn llwyddiant!), ond welwn ni ddim mo'r rhan fwya o'r gynulleidfa tan Nadolig nesa. Mae Geraint yn dweud fod croeso i bawb yn Nhŷ'r Arglwydd ond mae nhw'n codi 'ngwrychyn i a dweud y gwir.

Fe fuodd rhywun yn sâl yn nhŷ bach y Festri – chwarae teg i Eirwen, fe fynnodd hi glirio'r llanast. Fe fu'n rhaid i ni ofyn i un hen foi adael ar y diwedd – roedd hi'n amlwg nad oedd ganddo unrhyw le i fynd. Cynigodd Eirwen lifft iddo draw at hostel oedd ar agor dros y Dolig. Ac roedd hi'n ddigon hwyr arnon ni'n mynd at ein gwlâu fel oedd hi.

Diolch byth taw dim ond un gwasanaeth oedd gyda ni yn y bore. Wedyn roedd yn rhaid rhuthro 'nôl i'r gegin i weithio cinio i ddeunaw. Ro'n i wedi paratoi'r llysiau cyn yr Offeren a chael y deryn anferth i fewn i'r ffwrn cyn y Gwasanaeth Teuluol felly do'n i ddim ormod ar ei hôl hi, diolch byth.

Ro'n ni'n griw reit hapus ar y cyfan – er bod Mrs Powell yn ei dagrau fel arfer. Fe driais i 'ngorau i'w hosgoi hi – ddim yn beth Cristnogol iawn i'w wneud, dw i'n gwybod, ond fe aeth Eirwen ati yn fy lle. A chan mod i wedi clywed ei phregeth feunyddiol hunandosturiol yn rhy aml erbyn hyn, efallai fod clust newydd i wrando yn beth da. Ac mae Eirwen mor ymarferol – fe allwn ei chlywed hi'n awgrymu pob math o syniadau i godi ei chalon: ymuno â grwpiau gweddïo, cerdded milltir bob dydd. Syniadau da, wrth gwrs. Ond am wn i fod hunandosturi wedi mynd yn ffordd o fyw i Mrs Powell erbyn hyn.

Wrth i ni glirio ddiwedd y prynhawn fe aethon ni i ddechre sgwrsio ac er mawr syndod i fi fe gynigodd Eirwen redeg Undeb y Mamau drosta i. 'Rhannu'r baich,' medde hi. Fe awgrymodd hi mod i wedi bod yn mynd ati mewn ffordd damaid bach yn henffasiwn – yn cadarnhau rhai ystrydebau benywaidd wrth gynnig sgyrsiau am goginio a gwinio ac yn y blaen. Mae hi am gyflwyno sesiynau fel 'Fi a fy Mocs Tacle Trwsio' a 'Shwd i Drin y Peiriant Torri Gwair'. Dw i ddim yn siŵr sut aiff hyn i lawr gyda merched yr Eglwys, ond fel y dywedodd Eirwen, dw i ddim hyd yn oed yn fam. Mae ganddi hi dri o blant, i gyd wedi tyfu'n oedolion erbyn hyn, felly mae ganddi dipyn o brofiad yn y maes.

Dw i'n gwybod ei bod hi'n iawn, wrth gwrs. Ond o'n i'n

teimlo braidd yn fflat ar ôl i ni siarad. Ges i ffag fach i godi 'nghalon.

Delyth

Diodydd yn nhŷ Syr David. Ei wraig Patricia yn anhygoel o urddasol – er bod y Botox yn gwneud iddi edrych damaid bach fel rhywbeth o Madame Tussauds. Y tŷ yn Llandaf yn fendigedig. Chwaethus ac anferth. Lluniau o'r teulu ar y piano. Telyn yn y gornel a PHAWB yno, o Dafydd Êl i Stifyn Parri a Siân Lloyd. Marged Melangell mewn Nicole Farhi o'r top i'r gwaelod, a Gŵr Rhif Tri mewn siwt Jaeger, yn dal gwydraid o win coch y tro hwn.

O'n i'n teimlo dipyn allan ohoni ar y cychwyn – dim partner fel arfer, ond o leia o'n i'n edrych cystal ag y medrwn i: Spanx ar waith, ffrog shiffon Marni a llewys at y benelin, perlau Nain Aberffraw a *highlights* o Ken Picton.

Roedd Arfon yno gyda rhyw ffifflen fach o'r enw Fflur a oedd fel gelen wrth ei ochr drwy'r nos. A lot o chwerthin uchel rhyngddo a Syr David, y ddau yn smygu sigârs mawr erbyn y diwedd.

Fe ges i wydraid o siampên ac osgoi'r *canapés* tewychlyd. A diolch byth, roedd Catrin o Jones, Jones, Jones a Jones yno, felly fe ges i sgwrs gyda hi, a chwrdd â nifer o bobol neis iawn drwyddi. Dim dynion sengl yn anffodus.

Teimlo'n ddiflas ar ôl cyrraedd adre. Rhois ymgais ar adrodd rhai o ddywediadau'r *Inner Chairwoman* ond doedd dim yn gwneud y tro rywsut.

Dechreuais ddarllen *The Yellow Food Diet: Let the Sunshine In!*. Addawol iawn – y syniad yw fod lliw bwyd yn gallu effeithio ar eich teimladau, a bod llanw'ch corff gyda lliwiau'r haul yn codi'ch calon. Felly rhaid bwrw ati i fwyta lemonau, orenau a moron. Swnio'n grêt – dw i'n eu hoffi nhw i gyd.

Teimlo dipyn yn well ar ôl hynny – am ddechrau *regime* newydd fory.

50 *sit-up*. Fitaminau, bath *detox* a gwely.

Deffro am ddau y bore. Methu cysgu. Fe lyncais dabled.

Nia

Nos Galan. Eirwen ar waith heno. Neb i fod i'n styrbio ni. Felly, cwrw, cyrri a *box set The Killing* i ddathlu'r flwyddyn newydd. Nefoedd!

Anwen

Nos Galan yn tŷ ni:

Llio – 'Ga i fynd i barti Shannon? Plîs, plîs, plîs? Fe fydd ei brawd hi yno a ma fe BRON yn 18 a dim ond alcopops fyddwn ni'n yfed a dyw e DDIM YN DEG!! Fi yw'r UNIG un sy ddim yn ca'l mynd. Fi'n CASÁU ti!'

Huw – 'Ga i aros lan tan canol nos, Mam? Ma Siôn yn dweud bod tân gwyllt ar y teli sy mor cŵl, ac fe af i i'r gwely pan fyddan nhw'n cwpla. Dyw e DDIM YN DEG! Wi bron yn 8 a wi'n CASÁU TI!!!'

Angharad – 'Moyn lla'th a ning ning binc.' Sws fawr wlyb a cwtsh. Calon Mami yn toddi, wrth gwrs.

Rhys – 'Pam ma pawb yn gwneud gyment o ffys am Nos Galan? Ma'r teli'n uffernol, bob parti'n llawn o bobol gaib a *boring* a ma fe jyst yn atgoffa fi am flwyddyn crap arall yn fy mywyd. Wi'n mynd i'r gwely gyda photel o bort.'

Fi – 'Wel, diolch am ofyn. Fel ma'n digwydd, hoffen i fynd

mas i barti crand, gyda siampên a bwyd ffansi, fel yn yr *adverts* M&S, mewn ffrog neis a chyda gŵr sy'n mynd i ddodi ei fraich o gwmpas 'yn ysgwydde i a sibrwd pethe rhamantus yn 'y nghlust. Ond beth ga i yn lle hynny fydd chwyrnu meddw Rhys, plant pwdlyd ac Only Men Aloud ar y teli.'

Delyth

O dier! Newydd ddarllen ar y we am ferch drodd yn felyn ar ôl bwyta gormod o foron. Yn ôl pob sôn, mae'r Sunshine Diet wedi ei wahardd yn yr Unol Daleithiau ac mae Waterstones wedi tynnu'r llyfr oddi ar y silffoedd ym Mhrydain.

Tabled gysgu. Dw i ddim am fod ar ddihun heno.

Ionawr

Addunedau

Anwen

Dim byta sbarion y plant,
dim crisps caws a winwns a dim siocled
Paratoi pryde diddorol, maethlon a thymhorol
Paratoi bagie a brechdane'r plant y NOSON CYNT

Delyth

Ennill Uwch Bartneriaeth
Caru fy hun a dileu'r negyddol yn fy mywyd
Ffeindio perthynas sy'n gweithio
Enemas coffi?

Nia

Bod yn fwy trefnus
Rhoi'r gorau i'r ffags
Prynu cardigans smart yn sêl M&S

Nia

Fe gawson ni Nos Galan nefolaidd. *Forbrydelsen* yn wych, cyrri godidog a neb yn galw.

Wedi bod yn trio meddwl am addunedau. Dim ond syniadau di-fflach am fod yn fwy trefnus a rhoi'r gorau i'r ambell ffagen fach dw i'n smygu ar y slei y galla i feddwl amdanyn nhw. Dw i'n siŵr fod rhai Eirwen yn llawer mwy diddorol a gwreiddiol.

Mae'n dawel iawn yma heddiw. Treuliodd Geraint y dydd yn y stydi, yn paratoi am gyfarfod cynllunio pwysig fory. Mae'n awyddus i amlinellu yr hyn mae'n ei alw yn 'strategaeth bregethwrol ar gyfer y dyfodol' ac mae Eirwen yn mynd i gyfrannu papur arbennig o'r enw 'Ymlaen at Dduw – Ffrwyno Egni'r Flwyddyn Newydd'.

Diolch byth fod y gegin bob amser yn gynnes oherwydd yr Aga (mae gan Geraint dân nwy yn ei stafell) felly does dim rhaid i ni gadw'r gwres canolog anhygoel o ddrud ymlaen yn ystod y dydd. Fe lwyddais i wneud teisen ar gyfer y cyfarfod fory a rhoi trefn ar rai o'r rhestrau gwaith di-ben-draw sy'n pwyso arna i ar hyn o bryd. Ffonodd Eirwen ddiwedd y prynhawn a chynnig gwneud teisen heb glwten a helpu gyda'r lluniaeth ar gyfer y cyfarfod, gan ei bod hi'n gwybod mor flinedig o'n i'n teimlo weithiau. Fe ddywedais mod i'n iawn, mod i'n meddwl fod gen i ddigon o bethau ar waith, ac fe ddywedodd Eirwen ei bod hi'n gwybod mod i bob amser yn gwneud fy ngorau.

Anwen

A'th Rhys i'r gwely mewn yffarn o strop am un ar ddeg. Es i mla'n â'r smwddo (*oh, the glamour!*), ond fe dda'th Llio lawr jyst cyn iddi daro deuddeg ac fe geson ni wydred bach o win gyda'n gilydd i ddathlu'r flwyddyn newydd. O'n i mor falch o'i gweld hi! Ac fe geson ni rial laff yn gwylio S4C ac yn wherthin am ffrog Eleri Siôn a phwslo os o'dd Huw Llywelyn yn gwisgo *toupée*.

Ond ma diwrnod cynta'r flwyddyn mor ddiflas. Ma'n llwyd ac yn dywyll a dw i wastod wedi ca'l hen ddigon o'r blydi addurniade Nadolig erbyn 'ny. Ma'n coeden ni'n wa'th nag erio'd 'leni – ma hi 'di gollwng gyment o nodwydde ma'n edrych fel 'se rhywun wedi siafo hi.

Halodd Rhys y prynhawn yn aildrefnu ei gasgliad CDs – yn nhrefn y wyddor, wrth gwrs, ond gydag 'is-adrannau cerddorol lle bo'r angen'. Dda'th e mewn i'r gegin yn edrych mor smyg, yn rwto'i ddwylo ac yn dweud fod e'n teimlo 'mor grêt i ga'l TREFEN ar bethe'. Allen i fod wedi awgrymu y bysen i hefyd wedi lico ca'l TREFEN ar y lle 'ma – 'se fe wedi helpu fi 'da'r hwfro a'r cliro. Ond wnes i ddim. O'dd yn dda iawn ohona i, dw i'n meddwl.

O'dd Llio yn ddiflas achos bod lot o waith cartre 'da hi ar ôl i'w neud. Ac o'dd Huw yn grac achos fod Siôn, 'i ffrind mawr e, wedi ca'l mynd i'r panto hebddo fe. O'dd e'n conan rownd 'y 'nhra'd i drwy'r prynhawn nes i fi fygwth hala'i degane newydd e i Oxfam os o'n nhw i gyd mor *boring*. Fe withodd hyn yn wych – glywes i ddim smic wrtho fe am weddill y prynhawn.

Ges i amser bendigedig yn cliro'r sinc, o'dd wedi bloco'n llwyr gyda chyfuniad o hen dato a saim twrci. Lyfli. Ac i goroni'r cwbwl, o'dd yn rhaid i fi d'wlu bag chwaraeon Huw gan fod y tywel damp o'dd wedi bod yn pydru ynddo ers tair wthnos wedi dechre tyfu barf o lwydni cystal ag un Siôn Corn. Hyfryd.

Delyth

Diwrnod cynta'r flwyddyn a *regime* newydd. Paned o lemwn a dŵr poeth, awr o Pilates cyn brecwast a darllen pennod arall o *Inner Chairwoman*. Rhestru a blaenoriaethu yw'r ateb yn ôl y llyfr – ac mae 'na bennod wych o'r enw 'Decluttering your Agenda'.

Felly fe fwrais i ati i glirio cypyrddau a chael gwared ar unrhyw beth sy'n mynd i fy atal rhag symud ymlaen at 'agenda newydd': hen luniau, llythyrau, cylchgronau ac yn y blaen.

Wnes i ddim dechrau ar bapurau 'nhad. Rhaid aros am ddiwrnod arall pan fydda i'n teimlo'n gryfach dw i'n meddwl.

Ges i gawod boeth ar ôl paned arall o lemwn a dŵr poeth (o'n i'n gallu teimlo'r *toxins* yn llifo allan) ac yna fe restrais i nifer o ddywediadau positif ynglŷn â'r clirio: 'Rwy'n teimlo'n drefnus a phwrpasol'; 'Rwy'n haeddu glendid yn fy mywyd'.

Fe ges i deimlad chwerwfelys wrth edrych ar un ffoto. Criw Adran y Gyfraith, dosbarth 1982. Pob un ohonon ni'n edrych mor llawen. A sylweddoli gymaint dw i'n colli cyfeillgarwch fel'na. Ers i Llinos gwrdd Gwynfor a magu teulu dw i ddim yn gweld digon ohoni, ac mae Laura mor brysur a llwyddiannus yn Llundain, dyw hi byth ar gael chwaith.

Roedd yna lun o Gwion hefyd. O'n i'n meddwl mod i wedi cael gwared ohonyn nhw i gyd. Mae e'n dal i fod yn briod â Suki am wn i. Ddim yn cofio llawer amdani heblaw ei bod hi'n fach ac yn bert ac yn gyfoethog.

Pwy feddylie y bydde hen hanes fel hyn yn dal i fod mor boenus?

BLWYDDYN NEWYDD DDA ODDI WRTH Y FICERDY

Ry'n ni'n gobeithio eich bod chi i gyd wedi mwynhau'r Nadolig ac yn edrych ymlaen at flwyddyn newydd gynhyrfus. Ac er bod y gaeaf yn ei anterth, gobeithio fod arwyddion y gwanwyn yn eich calonnau.

Mae'r Parch. Eirwen yn gofyn a hoffai unrhyw un ymuno â'r criw trafod 'Duw/Gwryw/Benyw' o hyn tan y Grawys. Fe fydd hi'n cynnal y trafodaethau hyn bob nos Iau yn y Festri. Croeso i bawb. Rwy'n siŵr y bydd y thema'n ennyn sgwrsio brwd!

Cofiwch y bydd y Parch. Geraint yn cynnal cyfres o wasanaethau i fyfyrio ar bwysigrwydd y Grawys, yn cychwyn ddiwedd Chwefror.

Mae'r Parch. Eirwen yn gofyn hefyd a oes modd i bawb ddod â'u hwyau eu hunain i'r parti pancos eleni oherwydd fod wyau wedi mynd mor ddrud. Organig os yn bosib. Ac yn lleol os oes modd.

Delyth

Dw i'n ei chael hi'n anodd iawn ffeindio digon i'w wneud ar ddydd Sul. Mae 'na gant a mil o bethau i'w gwneud ddydd Sadwrn – theatr a gwahoddiadau i ginio – ond rywsut rywfodd mae'r Sul yn ddiwrnod mwy teuluol.

Dw i'n deffro'n rhy gynnar – wedi darllen y papurau i gyd erbyn naw o'r gloch. Yn aml dw i'n mynd am dro a ffeindio rhywle braf i fwyta *brunch* – wel, sudd ffrwythau a iogwrt a granola beth bynnag. Osgoi Canton a'r Bae – ddim eisiau cwrdd ag unrhyw un dw i'n nabod. Yna'r sinema. Dim ots beth sy 'mlaen – all neb weld mod i ar fy mhen fy hunan yn y tywyllwch.

Alla i ddim diodde tai bwyta yn y nos – gormod o gyplau'n edrych i fyw llygaid ei gilydd. Fe driais i ddarllen llyfr wrth y bwrdd unwaith, ond o'n i'n rhy hunanymwybodol i fwynhau fy hun.

Gan amla dw i'n troi'r cyfrifiadur 'mlaen ac yn gwneud 'chydig o waith. Yna, o'r diwedd, mae'n amser ar gyfer tabled gysgu a chael bod yn anymwybodol tan fore Llun.

Anwen

Ma dydd Sul yn gymysgedd o lanhau, sgrechen a Morrisons. Dw i'n trio trefnu'r wthnos o flaen llaw – bwyd ac yn y bla'n – ond dw i wastod yn anghofio rhwbeth. Yn enwedig os o's rhaid i fi fynd ag Angharad gyda fi achos ma hi'n hala'r amser yn gweiddi 'MOYN E!' bob tro y'n ni'n mynd yn agos at losin neu grisps. Wedyn ma'n rhaid perswadio Huw a Llio i gwpla'u gwaith cartre, a cha'l y ddadl wythnosol gyda Llio am fynd allan yn y nos ('DYW E DDIM YN DEG, MA PAWB ARALL YN CAEL GWNEUD!') gan ei bod hi'n noson ysgol mewn gwirionedd.

Ma Rhys yn hala'r diwrnod yn cysgu a dim ond yn deffro i fyta cino neu i weiddi ar y plant. Weithe ma Mali ac Alun yn dod draw am gyrri, sy'n grêt – ma'r plant yn edrych ar DVD a byta *pizza* ac y'n ni'n ca'l bach o gwrw a trio anghofio fod hi'n ddydd Llun fory.

Nia

Mae'r Sul mor brysur! Gwasanaethau yn y bore a'r hwyr, ac mae Geraint yn hoffi cig moch ac wy i frecwast yn ogystal â chinio go iawn. Yn aml iawn, fe fydd Geraint wedi gwahodd gwesteion annisgwyl i ymuno â ni o gwmpas y bwrdd cinio, a wiw i fi fethu â'u bwydo. Wedyn rhaid cael teisen i de (mae llond tŷ o bobol yn galw am baned pnawn Sul), ac yna 'nôl i'r Eglwys am hanner awr wedi pump i baratoi ar gyfer gwasanaeth yr hwyr, cyn gweithio swper i ni'n dau yn y gegin. Yna, wedi i ni olchi'r llestri ry'n ni'n cael cyfle o'r diwedd i ymlacio a darllen y papurau. Os nad oes un o'n plwyfolion gwallgo – Mrs P neu Methadone Mike ayb – yn galw, wrth gwrs. Yna mae'n ras wyllt i gael gwared arnyn nhw cyn fod *Downton Abbey* yn dechre...

Delyth

Blwyddyn newydd – dechrau newydd. Felly fe benderfynais i fynd ar ddêt. Fe fues i'n myfyrio ar lyfr yr *Inner Chairwoman* er mwyn magu mymryn o hyder – rhoi blaenoriaeth i fy angen i fwynhau, gan gloi pwysau'r dydd i ffwrdd mewn bocs metafforig, yn union fel mae'r llyfr yn dweud. Ac roedd y dacteg yn syndod o lwyddiannus. Fe ddiffoddais y ffôn a'r Fwyaren, gan adael digon o amser i mi baratoi. Fe wnes i bwynt o hoffi'r hyn ro'n i wedi dewis ei wisgo mewn ffordd hynod o bositif, ac ordro tacsi mewn digon o bryd er mwyn osgoi unrhyw densiwn am fod yn hwyr.

Chris (ffrind i Catrin o Jones, Jones, Jones a Jones) oedd yn aros amdana i wrth y bar yn yr Hilton. Ac roedd e'n ymddangos yn berffaith i ddechrau. Fe brynodd e wydraid o siampên i mi, a chynnal sgwrs ddigon derbyniol. Roedd e'n ymddwyn fel petai ganddo wir ddiddordeb yndda i a dweud y gwir. Felly, pan awgrymodd e ein bod ni'n mynnu bwrdd yn y *restaurant*, o'n i'n ddigon hapus i gytuno. Roedd digon o ddewis i fi ar y fwydlen ac fe brynodd e botel o win coch hyfryd.

A'i yfed e bron i gyd ei hun.

A dyna pryd ddaeth e i gyd allan mewn un ffrwd ddiflas a chwerw. Dyw ei gyn-wraig ddim yn gadael iddo weld ei blant; mae hi wedi mynd â'i arian e i gyd; wedi cael y tŷ yng Nghyncoed tra'i fod e'n byw mewn 'twll o le yn Grangetown'. A diawl, roedd hi wedi gorymateb – dim ond 'one-night stand' oedd e wedi'r cwbwl, a nawr roedd e'n mynd i golli popeth achos yr hen bitsh afresymol 'na...

Erbyn hynny dw i ddim yn meddwl fod Chris yn cofio mod i'n dal i fod 'na, roedd e mor feddw a hunandosturiol.

Fe godais a mynd. Roedd y dynion wrth y drws mor garedig – fe alwon nhw dacsi i fi.

50 *sit-up*. *Algae* gwyrdd a gwely.

Dal i fod ar ddihun am ddau y bore: te *camomile*, whisgi mawr a *Friends* ar y teledu. Fe lwyddais i gysgu tua pedwar dw i'n meddwl.

Anwen

Trip i Tesco i wario'r *voucher* ges i wrth fy mam yng nghyfraith fel anrheg(!) Nadolig. Dim byd i fy ysbrydoli yno, felly ddes i o 'na gyda'r casgliad arferol a diflas o nwydde diddychymyg gan gynnwys papur tŷ bach, J Cloths a stwff i ddodi lawr yr *U-bend*.

Fe dries i weithredu un o fy addewidion blwyddyn newydd (cynllunio prydau diddorol a maethlon, gan ddefnyddio cynhwysion tymhorol a lleol) tra mod i yno, ond gan nad o'dd Jamie Oliver yn sibrwd syniade ysbrydoledig yn fy nghlust, o'n i ddim yn gwbod ble i ddechre. Fe fues i'n pendroni dros *spaghetti squash* am dipyn. Ond yn anffodus dydw i ddim y math o berson sy'n gwbod yn reddfol beth i wneud gyda *spaghetti squash*. A beth am *quinoa* neu ffa *edamame*? Pwy ddiawl sy'n gwbod beth i neud gyda nhw?

Pan gyrhaeddais i gatre o'dd Rhys yno yn taranu am y Llywodraeth yn San Steffan, pobol sy ddim yn gweud lle ma'n nhw'n mynd ar rowndabowts a phobol sy'n gyrru o gwmpas â fflagiau Lloegr ar eu ceir. O'n i'n arfer dwlu ar y ffaith fod Rhys mor grac am bob dim – o'n ni'n dau'n credu mor gryf mewn cyment o achosion. A ry'n ni'n dal i drio – pleidleisio i'r Blaid, aelode o Greenpeace, cefnogi Amnesty ac yn y bla'n. Ond diffoddwyd y tân yn fy mola i flynyddo'dd yn ôl a gweud y gwir, a nawr wi ishe crogi Rhys weithe pan ma fe'n dechre ranto. A gweud wrtho fe am olchi'r llestri.

Nia

Fe fwres i ati o ddifri bore 'ma! Mae'r cyfrifon misol i'r Pwyllgor Plwyfol yn barod. Fe orffennais i'r llythyron ar gyfer y Dosbarth Derbyn a ffonio'r swyddfa am y ffurflenni CRB. Fe lwyddais i hefyd i roi caserol bach yn yr Aga.

Dw i wedi bwcio stafell hyfryd i Geraint ar gyfer y Penwythnos Myfyrio – mae ganddi olygfa o'r môr ac mae'r gwesty mewn lle tawel iawn yn ôl y ddynes hyfryd y bûm yn sgwrsio â hi pnawn 'ma.

Mae Eirwen am fynd ar y Myfyrdod hefyd y tro hwn mae'n debyg. Mae hi ishe cyflwyno papur yno. Ddim yn siŵr os oedd Geraint yn disgwyl hyn. Ond bydd yn rhaid i ni drefnu *locum* os aiff hi hefyd. Wel, fi fydd yn gorfod trefnu am wn i.

Delyth

Dêt arall neithiwr – yn benderfynol o newid fy myd ar ddechrau'r flwyddyn. Y tro yma gydag un o ffrindiau Ben, gŵr Catrin (Jones, Jones, Jones a Jones). Do'n i ddim yn disgwyl rhyw lawer. Mae ffrindiau Ben gan amla yn gyfoethog a diflas, ond roedd Emrys 'Vindaloo' Evans yn enghraifft fwy eithafol nag arfer o'r dynion diddychymyg a hunanbwysig mae Ben mor hoff ohonyn nhw.

Roedd e'n wên o glust i glust o'r cychwyn cynta, ac roedd ei wyneb anferth yn disgleirio fel lleuad goch y cynhaeaf ar ben corff oedd yn bygwth diosg ei grys siec tyn, gan fod haenau o fola blonegog yn ymwthio'n fygythiol rhwng y botymau ar waelod y crys.

Roedd yn amlwg ei fod yn meddwl amdano'i hun fel tipyn o dderyn, yn rhaffu jôcs gwael un ar ôl y llall ac yn gwneud acenion dwl gan droi i'r Saesneg bob cyfle posib. Ac roedd ganddo farn am bob dim: y Cynulliad (gwastraff arian), Ewrop (twll 'u tine nhw) ac S4C (*gravy train*, byth yn watcho fe). Ac roedd e'n barod iawn i gario clecs am Ben:

'Boi ocê. A *ball and chain* itha deche hefyd. Car teidi a tŷ neis yn Rhiwbeina' – ac mewn acen Swydd Efrog ofnadwy, 'as well as t'ancestral pile in Usk.'

'Nawr'te, what's your poison, what falling down water do you want, eh? Gwin gwyn? Martini? Whisgi? Not all in one glass, eh? Eh?'

Dyna pryd dylen i fod wedi esgus fod gen i ben tost a hel fy mhac. Ond o'n i'n meddwl – 'Nerfus yw e, fe setlith e lawr nawr, o's bosib...'

Wnaeth e ddim.

'O, ie, mae Ben yn y swyddfa drws nesa i fi... earns

about the same, I should think. Pishyn o ysgrifenyddes... nice arse, if you'll pardon my French... wps, gobitho nad wyt ti'n un o'r *feminists* 'na, wyt ti?' – gan ddal ei ddwylo i fyny mewn ffug ofn a dweud mewn llais babi 'Pleeease, don't hurt me...'

Eto, o'n i'n bod yn garedig, yn siŵr taw nerfusrwydd oedd yr esboniad. Ond na...

Fe fynnodd Emrys fynd am gyrri (sy'n iawn i fi, dw i'n gallu bwyta cig *tandoori* heb fraster a salad a *dhal*). Ond, wrth gwrs, rhaid oedd i Emrys gael y cyrri twyma yn y bwyty ('smo chilli'n poeni fi o gwbwl'), ac roedd yn brofiad rhyfedd ei weld yn troi'n gochach a chochach wrth iddo stwffio cyrri a llowcio lagyr.

'Ie, wir', medde fe, 'cyrri bach *perky* yw hwn... very perky... o, ie, fe fydd 'da fi fonws go fawr eleni... disgwyl... another glug I think... O, 'na well... ie wir... Ben said you were feisty... mae e'n hen foi... y wraig yn... o dier...'

A'r olygfa ddiwetha weles i ohono oedd ei ben ôl tew yn diflannu i mewn i dŷ bach y dynion. Bum munud yn hwyrach o'n i mewn tacsi ar y ffordd adre.

Yn anffodus, fe fydd yn rhaid i fi wynebu Catrin ar y ffôn fory yn gofyn beth aeth o'i le, gan fod Emrys yn gyfoethog, yn bartner ac yn berchen ar locyr parhaol yn y clwb golff. A fi, nid fe, fydd yn cael y bai am fethu meithrin perthynas.

Anwen

Wedi torri fy adduned blwyddyn newydd gynta'n barod gan mod i wedi stwffo myffin siocled anferth ar y ffordd i'r cyfarfod codi arian bore 'ma. O'dd dim amser 'da fi fyta brecwast fel arfer ac o'n i'n llwgi! Ac o'dd Mali yn fy nhemtio yn y siop – hithe hefyd yn stwffo siocled. Gweud bod ishe egni arni achos bod hi ac Alun wedi bod lan hanner y nos yn ca'l hymdinger o strop achos bod e'n neud dim byd i helpu yn y tŷ na gyda'r plant. O'n i'n flin i weld golwg mor ddiflas arni – ma Mali'n gyment o hwyl a ma hi'n 'gwd Llambed girl' fel finne. A wi'n lico Alun hefyd, er ei fod e'n gallu bod yn bwrs. Ma fe'n dod mla'n yn dda iawn 'da Rhys – lico ffwtbol, casáu'r Toris ac yn y bla'n. Y'n ni'n meddwl mynd ar ein gwylie 'da nhw 'leni, gan fod Huw a Siôn yn gyment o ffrindie hefyd.

Do's dim rhyfedd mod i byth yn ca'l amser i fyta dim yn y bore. Cyn gadel am yr ysgol wi'n llanw bocsys bwyd pawb, sorto gwaith cartre, neud brecwast i bawb ond fy hunan a rhoi o leia un golchad drwy'r peiriant. Heb sôn am gliro llestri neithiwr a neud lle ar ford y gegin i bobol ga'l ishte (sy'n sialens yn 'i hunan). Ma Rhys, ar y llaw arall, yn… codi mas o'r gwely. 'Na gyd. Dim byd arall. A ma fe'n neud digon o ffys am hynny.

Do'dd y myffin ddim yn neis iawn. Ond o'dd ishe'r siwgir arna i ac fe withodd yn iawn gyda phaned gryf o goffi i gliro 'mhen i.

Ma ishe codi mil arall i brynu bws bach newydd i'r ysgol a dim ond dadle fuodd am y ffordd ore i neud hyn. Wi'n difaru'n ened mod i wedi cytuno i fod yn gadeirydd. Ma'n rhaid edrych fel 'se diddordeb 'da chi ym MHOPETH ma pobol yn gweud, dim ots pa mor dwp neu wallgo y'n nhw. Fe gynigodd Amber (dysgwraig, chware teg iddi) neud gweithdy ysbrydol mewn *teepee* pinc – lot fawr o rolio llyged wrth y pwyllgor a finne'n gorfod ffindo ffordd o weud y dylsen ni stico at bethe mwy traddodiadol falle, fel stondine teisennod a bric a brac ayb.

Ro'dd Julie (un o'r mamau-sy'n-gwitho) yno am unweth, yn pregethu am yr angen i ga'l y cyfarfodydd 'ma gyda'r nos.

'Dim ond achos o'dd 'da fi apwyntiad gyda'r doctor bore 'ma dw i'n medru bod yma blah blah… dy'n ni ddim i gyd yn ddigon lwcus i fedru aros adre blah blah…' O'dd hi'n mynd ar 'yn wich i a gweud y gwir. A dim jyst fi, wrth gwrs – fe lwyddodd hi i godi gwrychyn y mamau-sy'n-aros-adre a dyna lle'r o'n i yn 'u canol nhw a dim taten o ots 'da fi am safbwynt y naill ochor na'r llall.

Ac wrth gwrs, ar ddiwedd y cyfarfod do'dd DIM YW DIM wedi ei setlo a'r unig beth o'dd yn glir o'dd taw'r rhai sy'n conan fwya sy'n neud y lleia i helpu. A beth am yr holl bobol ddoeth 'na sy'n gweud na fydde rhyfelo'dd yn digwydd petai menywod yn rheoli'r byd? Dy'n nhw heb fod i un o'n cyfarfodydd PTA ni, ma'n amlwg.

Delyth

Dyw *Finding your Inner Chairwoman* ddim yn gweithio i fi felly dw i 'di dechrau darllen *You Can Love Yourself, your World and your Life* gan rywun o'r enw Harmony B Glade.

Llyfr hynod o ddiddorol sy'n crisialu'n berffaith yr hyn dw i'n deimlo am yr angen am fwy o bositifrwydd naturiol yn fy mywyd. Mae hi'n credu y dylen ni i gyd fod yn un â byd natur er mwyn elwa o'i bwerau rhyfeddol. I ddechrau'ch siwrne mae hi'n awgrymu astudio deilen yn fanwl er mwyn gwerthfawrogi ei pherffeithrwydd. Fe af i allan amser cinio i chwilio am un yn y parc bach. Dw i wedi fy nghyffroi!

Damia! Welais i Arfon yn y parc – aeth e heibio wrth i fi chwilota yn y llwyni, yn chwerthin gyda chriw o fois bochgoch o Williams, Williams, Williams a Williams. Ond fe anwybyddes i nhw a bwrw 'mlaen gyda'r astudio gan dynnu deilen o lwyn yn ymyl yr amgueddfa.

Dw i'n meddwl mod i'n gallu gwerthfawrogi rhywfaint

o'r hyn yr oedd Harmony yn sôn amdano ond efallai y bydde'r broses yn fwy ysbrydoledig yn y gwanwyn. Dyw dail bytholwyrdd ddim yn gafael ynddo i rywffordd.

Roedd hi'n oer iawn yn y parc ac fe frysiais i 'nôl i'r swyddfa heb sylwi mod i wedi sefyll mewn baw ci. Yn anffodus, sylwais i ddim hyd nes i mi gerdded drwy'r lobi, i mewn i'r lifft a'r holl ffordd 'nôl at fy nesg.

Anwen

Pam bo fy nhŷ i mor BLYDI O'R??!! Ac i ble a'th y BLYDI HAUL??!! Alla i ddim godde'r cymyle llwyd a'r glaw mân di-ben-draw sy 'di bod 'da ni ers y Nadolig.

O'dd Y-Fam-Sy'n-Conan-Am-Bopeth wrth iet yr ysgol eto bore 'ma. Yr un bregeth sy ganddi bob tro, sef conan am safon addysg y plant. Yn ôl hi, allwch chi ddim ca'l addysg dda heb dalu amdani hi a ma gormod o ganu a dawnsio a'r Urdd yn ein hysgol fach ni. Ry'n ni i gyd yn ffaelu deall pam na wnaiff hi fynd â'i phlant erchyll hi o 'ma. Ond y gwir yw ei bod hi'n ca'l modd i fyw wrth gonan ac yn dwlu ar achosi trwbwl i bawb fan hyn.

Delyth

Dynion dw i'n casáu ar ddêt:

> Dynion sy'n yfed gormod o win coch ac yn poeri briwsion bara drosta i.
>
> Dynion sy'n trio esbonio rheolau criced i mi.
>
> Dynion gafodd eu hala bant i'r ysgol ac sy'n dechrau llefen am Mami a Metron cyn diwedd y noson.
>
> Dynion sy'n meddwl fod ymuno ag UKIP yn beth da.

Nia

Mae swyddfa'r Esgob wedi fy ffonio dair gwaith heddiw i drafod ymweliad Esgob Nkomo o Malawi ym mis Mehefin. Yn gynta fe ffoniodd rhywun i ddweud fod ganddo alergedd i bysgod cregyn. Wedyn ges i alwad yn dweud fod y gwrthwyneb yn wir a'i fod e'n dwlu arnyn nhw, yn arbennig corgimychiaid. Yna ges i alwad gan ryw Saesnes yn dweud 'Awfully sorry – breakdown in comms – best to stick to chicken after all.'

Ar ben y cwbwl fe ddaeth Eirwen i fewn a dweud ei fod yn debygol iawn o fod yn llysieuwr – mae ganddi brofiad helaeth o Affrica ar ôl blynyddoedd yn y VSO.

O'n i mor gymysglyd erbyn hyn o'n i'n DYHEU am ffag fach, er mod i wedi addunedu i roi'r gorau iddyn nhw, wrth gwrs. Diolch byth fod y Clwb Garddio tu fas i'r drws cefn – roedd gormod o gywilydd arna i smygu o'u blaenau nhw, heb sôn am Eirwen, sy'n casáu smygu. Dyw Geraint ddim yn meindio'n ormodol, chwarae teg iddo fe – mae'n dweud fod arnon ni i gyd angen rhyw fymryn bach o'r byd weithiau.

Mae Eirwen yn bendant yn mynd ar y Penwythnos Myfyrio. Yn ôl Geraint mae hi am wahodd rhyw siaradwr arbennig i ymuno â nhw. Wnes i ddychmygu mod i 'di gweld cwmwl bach sydyn yn tywyllu gwên Geraint wrth iddo sôn am hyn?

Roedd yn rhaid iddo fe ruthro i'r ysbyty a'r hosbis cyn i fi gael cyfle i siarad ag e'n iawn ac wedyn fe ganodd y ffôn yn ddi-baid drwy'r prynhawn. Mae Eirwen yn dweud fod ishe gwell system negeseuon arna i (darn o hen amlen neu bapur sgrap sy 'da fi wrth y ffôn fel arfer) ac mae'n dweud mod i'n hala'n rhy hir ar y ffôn hefyd. Ddylsen i fod yn fwy cadarn a threfnus, yn ôl Eirwen. Ond ai trefnusrwydd y mae pobol yn chwilio amdano pan maen nhw'n ffonio'r Ficerdy?

Anwen

Dyw e jyst ddim yn deg! Shwd yn y byd ma hi'n bosib i fi ga'l rhyche dwfn ar fy ngwyneb yn ogystal â sbots?

Delyth

6yb Ioga Bikram.

7yb *Mani/pedi* a thylino gwddf gyda Theresa.

Mae ishe tipyn o faldod arna i heno gan i fi gael f'asesiad blynyddol gyda Syr David bore 'ma. Roedd e'n canmol fy ngwaith, diolch byth – lot o sôn am fy 'ngwerthfawrogi' ac yn y blaen. Ond roedd hi'n stori arall pan ofynnais i am yr Uwch Bartneriaeth – methu edrych arna i'n iawn ac yn rwdlan rhyw ddwli am 'bwyso a mesur' a bod 'pethau pwysig yn y fantol', beth bynnag mae hynny'n ei olygu. Dyw Syr David ddim yn dda iawn gyda menywod ar y gorau ond heddiw dw i'n meddwl mod i wedi ei lorio e'n llwyr. Dw i'n credu iddo ddianc i'r bar i lowcio whisgi anferth ar ôl fy ngadael.

Mae'n RHAID i mi symud lan i fod yn Uwch Bartner eleni! Ddylsen i fod wedi gwneud ymhell cyn hyn. Diolch i'r nefoedd mod i'n edrych yn iau nag ydw i. Ond mae e gymaint yn galetach i fenywod. Mae pawb yn meddwl eich bod chi am ddiflannu i gael babis bob dwy funud. Dim llawer o obaith o hynny i mi. Dw i 'di methu ffeindio dyn, heb sôn am fabi...

A rhaid i mi gadw golwg ar y deiet. Fues i braidd yn

esgeulus dros y Dolig – bisgïen siocled Ddydd Calan, bara gyda'r cawl yn nhŷ Gwenllian (sy'n eironig, gan ei bod hi'n ffrind o Pilates a'r cynta fel arfer i bregethu am beryglon gwenith a glwten) a'r tipyn paced o greision ges i ar ôl bod yn gweld Dadi!

Beth bynnag, rhaid cofio am fy adduned i fod yn fwy positif. Ys dywed Harmony, 'Let the wonder of the natural world transform the good into bad and let the green man/woman within you flourish.'

A dw i'n mynd i newid i yfed llaeth gafr – llawer gwell i chi na llaeth buwch, yn ôl *Grazia*.

Anwen

Ma hi MOR O'R!! Wi'n hebrwng y plant i'r ysgol ar goll o dan haene o siwmperi a charthenni gan nad o's cot gaea deidi 'da fi ar hyn o bryd. Dim ond fy nhrwyn bach coch i sy'n pipo mas.

Ma'n gwmws 'run peth yn y gwely – pyjamas, siwmper a sane. Alla i ddim MEDDWL am neido ar Rhys yn yr oerfel ofnadw 'ma. Sai'n gwbod beth sy'n bod ar y gwres – ishe gwaedu'r *radiators* neu rwbeth. A do's neb yn gwbod lle ma'r allweddi wedi mynd i ni ga'l ei neud e. A ma Rhys yn conan mod i'n sychu dillad o gwmpas y tŷ, sy'n neud pethe'n wa'th medde fe. Lle arall dw i fod i'w sychu nhw, wi ddim yn gwbod.

Ma Huw yn llawn doethinebe am yr oerfel – wedi bod yn neud *global warming* yn yr ysgol am wn i. Geson ni'r sgwrs ganlynol ar y ffordd gatre

Huw: Mam?

Fi: Ie, Huw.

Huw: Mam?

Fi: Ie, Huw.

Huw: Mam?

Fi: IE, HUW!!!

Huw: O, sori. Ie, wel… Mam?

Fi: *(Jyst yn dechre blino nawr)* Ie, Huw?

Huw: Alla i ddweud rhywbeth wrthot ti?

Fi: Gelli, Huw.

Huw: Wel… ti'n gwbod fod yr iâ yn toddi ym Mhegwn y Gogledd er ei bod hi'n rili, rili oer?

Fi: Odw, Huw.

Huw: Mae e'n toddi er ei bod hi'n RILI, RILI oer.

Fi: Odi, Huw.

Huw: Wel, mae e fel'na fan hyn, on'd yw e? *(Saib)* Er… does 'da ni ddim iâ…

(Saib)

Huw: Mam?

Fi: *(Wedi blino nawr)* Ie, Huw?

Huw: Alla i gael iâ yn y bath heno?

Diolch i'r nefo'dd, fe anghofiodd e bopeth am yr iâ pan gyrhaeddon ni gatre – a'th e i ddarllen y *Beano* yn ddigon hapus.

Delyth

Trip i Baris – i gydweithio ar gynllun gyda chwmni allan yno. O'n i wedi edrych ymlaen GYMAINT. Wedi pacio cwpwl o siwtiau bach smart mewn bag Mulberry, a chael noson

49

yn Llundain cyn dal yr Eurostar. Ac aeth popeth yn dda i ddechrau. Y siwrne o Gaerdydd i Lundain yn wych am newid – paned neis a'r dosbarth cynta yn dawel.

Ond wedyn fe ddigwyddodd un trychineb ar ôl y llall. Laura yn gorfod gweithio'n hwyr felly roedd yn rhaid i fi gael swper bach unig a gwely cynt na'r disgwyl yn Llundain. Yna'r bore wedyn, nid yn unig roedd y trên yn hwyr a dim *wi-fi* yn gweithio yn St Pancras, doedd dim hyd yn oed sedd i gael eistedd yno, gan fod gormod o dorfeydd. Wedyn, roedd y trên pan ddaeth e'n ferwedig, felly fe gyrhaeddais i Baris yn hwyr ac yn goch fel tomato. A heb fy mag Mulberry, oedd wedi diflannu. Dim hyd yn oed pâr o nicers gyda fi ar ôl...

A dim cyfle i fi wneud dim byd amdano fe chwaith gan fod M Auteuil o'r swyddfa yn disgwyl yn ddiamynedd amdana i ar y platfform – siwt anhygoel, edrych fel George Clooney a finne'n chwysu chwartiau.

Ac wrth i mi gerdded i mewn i'r cyfarfod, pwy oedd yno mewn crys gwyn a thei sidan a llewys wedi eu rholio lan at ei benelin ond Arfon. Yn LLAWN cydymdeimlad, wrth gwrs, gan fod cyfeillion ganddo yn y Marais, trwy lwc, ac roedd e wedi gallu dod draw neithiwr. Ond dim ots – o'n i yma nawr, ac roedd yn rhaid i ni fwrw 'mlaen gan fod CYMAINT gyda ni i'w wneud. A gwên fach slei yn dangos ei fod yn gwybod yn iawn ei fod wedi sgorio LOT o bwyntiau pwysig.

A chyn i mi gael gwneud unrhyw bwyntiau adeiladol yn y drafodaeth roedd hi'n amser cinio – a finne mor bigog allwn i ddim cyffwrdd â dim o'r bwyd anhygoel oedd wedi ei osod yn y *vestibule*. Fe ddihanges i'r tŷ bach i roi tamaid o Rescue Remedy ar fy nhafod. Teimlo dipyn yn well ar ôl pum munud o fyfyrio dwys – 'Rydw i'n haeddu bod yma' ac 'Mae'r hyn sydd gen i i'w ddweud yn WERTH gwrando arno' ac yn y blaen.

'Nôl i'r stafell gyfarfod yn y prynhawn a finne, wrth gwrs, ddim yn diodde o'r *slump* a ddaw ar ôl cinio mawr – ac felly'n dechrau ennill fy nhir. Llwyddo i wneud nifer o bwyntiau sylweddol a M Auteuil hyd yn oed yn gwenu wrth iddo estyn paned o de mintys draw ata i.

Ac yna, GORFOLEDD! Tua chwech o'r gloch fe gafodd Arfon alwad ffôn ac fe ddaeth e 'nôl yn edrych yn wyn fel y galchen. Tipyn o argyfwng 'nôl yng Nghaerdydd, medde fe – yn anffodus, roedd yn rhaid iddo fe fynd ar unwaith. Ac o hynny 'mlaen aeth pob dim yn iawn. Fe gwblhawyd y gwaith – yn hwyr y nos, ond gyda fy sylwadau i'n flaenllaw i'r cynllun. A phan ffonies i Syr David i egluro fod y gwaith wedi ei wneud fe ymddiheurodd e am alw Arfon yn ôl a dweud fod ganddo hyder mawr ynddo i!

Fe ges i wydraid hyfryd o siampên gyda M Auteuil cyn cael tacsi i westy braidd yn neis a bagied o bethau nos yn disgwyl amdanaf, wedi ei drefnu gan Courtney, chwarae teg iddi.

Dim lot o gwsg – gormod o adrenalin yn fy system ac roedd yr olwg ryfedda arna i'n cyrraedd y swyddfa'r prynhawn wedyn. Diolch i Courtney fe lwyddais i newid i ddillad glân cyn i fi orfod cael *debrief* gyda Syr David ddiwedd y prynhawn. Arfon yno'n fraster i gyd yn siarad mewn llais uchel am y ffaith fod 'ishe'r bechgyn mawr o gwmpas pan mae'r hwch yn mynd drwy'r siop'. Ond pa hwch a pha siop? Arfon yn gwrthod dweud...

O'n i 'di blino gymaint doedd dim ishe tabled gysgu na whisgi arna i. Gysges i fel trogen drwy'r nos.

Nia

Dw i 'di bod MOR brysur. Rhoi neges Geraint ar y we, ffonio'r brifathrawes am gyngerdd yr ysgol, ymweld â'r hosbis ar ran Geraint (gan ei fod mewn cyfarfod Esgobol). Fe alwes i fewn i weld Emma fach a'r babi newydd hefyd. Popeth yn mynd yn iawn, a hyd yn oed y tad yn dangos diddordeb nawr yn ôl pob sôn.

Ffoniodd Eirwen i siarad am y grwpiau trafod. Dim llawer wedi dangos diddordeb yn anffodus – mae hi ishe i fi ffonio o gwmpas i atgoffa pobol. Fe soniais i fod rhai o'r plwyfolion fymryn yn hen i fod yn brwydro allan drwy'r oerfel yn y gaea, efallai, ond roedd Eirwen yn fyr ei thymer braidd – dweud fod ishe procio pobol weithiau a'u gwthio allan o'u *comfort zone*.

Dw i'n gwybod ei bod hi'n iawn, wrth gwrs. Ond, yn anffodus, fi fydd yn gorfod gwneud y procio.

Roedd ishe ffagen fach arna i ar ôl y sgwrs ond fe ges i baned a theisen yn lle hynny. Grêt i'r ysgyfaint. Ddim cystal i'r bola.

Swper Anwen

Sbarion Huw ac Angharad – hanner *fish finger*, tair moronen, cwpwl o siape tatws *smiley face*, iogwrt mefus sy'n cynnwys 'gormod o bits' yn ôl Huw a phaced o *healthy eating stir fry* Llio, o'dd yn 'gross' ma'n debyg. Fe alla i gadarnhau ei bod hi'n hollol gywir am hynny…

Swper Delyth

Plated o *sushi*, ffa *edamame* a iogwrt probeiotig gyda mêl *manuka*. Bendigedig a phrin dim calorïau!

Swper Nia

Pastai'r bugail, moron a phys. Teisen o stondin Merched y Wawr a gwydraid mawr o Merlot. Ac yna un arall.

Delyth

Wnes i ddim sôn wrth neb ei bod hi'n ben-blwydd arna i heddiw. Fe gofiodd Courtney, chwarae teg iddi – parsel bach yn fy nrôr: sebon Penhaligon's gydag arogl nefolaidd. Ond doedd neb arall yn gwybod neu neb yn cofio. Cerdyn wrth y garej Mercedes.

Dim byd wrth 'nhad. Llinos a Laura yn rhy brysur i gofio mae'n siŵr.

Ges i wydraid o siampên a llysiau gwyrdd wedi eu stemio o flaen *Charade* gyda Cary Grant ac Audrey Hepburn.

Tabled gysgu. Dim pwynt trio cysgu hebddi heno.

Anwen

Cyfarfod PTA erchyll arall – y tro hwn am saith y nos. Hollol ddibwrpas – dim mwy o bobol nag sy'n dod yn y boreau a'r un hen wynebe beth bynnag. Pawb mewn tymer uffernol (gan gynnwys yr athrawon) am 'u bod nhw'n gorfod aros yn hwyr.

Uchafbwynt y cwbwl o'dd trafodeth a'th mla'n am BYTH am y math o lanhawr tŷ bach o'dd ore (a rhata) i'w ddefnyddio.

O'n i ddim yn gwrando'n rhy astud a gweud y gwir – yn meddwl yn lle hynny shwd yn y byd alla i ga'l tamed bach o sylw gan Rhys. Potel fach o win falle? Breib i gadw Llio mas o'r ffordd a finne'n cynnig noson gynnar ar ôl i fi ga'l y rhai lleia i'r gwely? Fe alle fe witho. Os nag o's pêl-droed ar y teli…

Ond pan gyrhaeddais i gatre o'dd neges wrth Rhys yn gweud y byse fe'n hwyr 'to ac i beido aros lan. Felly yn y pen draw ges i gwmni Jeremy Paxman a thwba mawr o Häagen-Dazs.

Delyth

Meddwl trio clinic newydd ym Mhontcanna (yn ôl pob sôn mae Katherine Jenkins yn ffan mawr), y triniaethau'n swnio'n fendigedig – cerrig poeth, *shiatsu*, *facials* Halen Môn ac ati. Mae yna arbenigwr yno sy'n argymell y deiet grŵp gwaed. Swnio'n ddiddorol.

Nia

O, mae siopa yn yr archfarchnad MOR ddiflas – yr un hen bethe sy'n mynd i'r fasged bob wythnos. Dw i mewn tipyn o *rut* am wn i. Ac mae popeth mor ddrud.

Ond y peth gwaetha yw mod i'n taro i fewn i rywun o'r plwy byth a hefyd. Dechreuodd Mrs Parri sgwrs 'da fi pan o'n i'n chwilio am eli *haemorrhoids* i Geraint wythnos diwetha a ches fy nal yn prynu nicers gan bob aelod o deulu'r Ifansys yr wythnos cynt.

Mae Eirwen yn dweud y dylwn i fod yn siopa'n lleol ac yn defnyddio'r marchnadoedd ffermwyr newydd sydd wedi blodeuo yn ein hardal ni'n ddiweddar. Ond maen nhw mor ddrud.

Mae Eirwen wedi addo dod â llysiau i fi o'r alotment yn yr haf. Oes, mae ganddi alotment. Ar ben popeth arall.

Anwen

O, diawl erio'd! Ma ishe ffrog ar Llio i fynd i ryw ddawns yn yr ysgol, wi 'di cytuno mynd â 400 o sosej rôls i'r ffair aea a ma ishe gwisg gwenynen ar Huw erbyn dydd Gwener!

Ar ôl noson yn troi a throsi wi 'di penderfynu ar y canlynol. Yn gynta, wi'n mynd i ludo secwins ar yr un ffrog deidi sy 'da fi ac fe gaiff Llio fynd yn honna. Wedyn wi'n mynd i ddodi rhubane melyn ar hen *leotard* bale Llio i neud gwisg Huw, a chwpwl o *pipe cleaners* du (gobeitho i'r nefo'dd eu bod nhw'n dal i'w gneud nhw) a dwy belen ping pong wedi eu lliwio'n ddu ar ei ben. A'r sosej rôls? Wel, Lidl amdani pnawn 'ma!

Ffonodd Mali a gweud ei bod hi wedi clywed fod Y-Fam-Sy'n-Conan wedi heiro siwt octopws i Caradog bach a'i bod hi wedi costio dros ganpunt. O'dd hi'n lico fy syniad i am wisg gwenynen. Ma Siôn yn mynd fel cath – ma hi 'di addasu hen *fancy dress* wisgodd hi i barti Panty rhywdro. Gobeitho gafodd hi'r arogl cwrw mas...

Y funud y rhois i'r ffôn lawr ar ôl siarad â Mali, fe ganodd e 'to. Mam. O'n i'n gwbod fod Huw Edwards yn hoffi tomatos a bod Charlotte Church yn whilo am dŷ yn Sir Fôn?

Delyth

Wedi cael canlyniadau'r prawf gwaed yn y clinic. 'Math O' ydw i mae'n debyg, felly mae angen i mi fwyta fel heliwr yn ôl y deiet gwaed. Lot o gig, cnau a hadau. A lot fawr o ymarfer corff!

Siwtio fi i'r dim.

Wedi prynu llyfr newydd i ddathlu – *Find the Predator in You – a Self-help Guide for Single Businesswomen*. Mae e'n cyd-fynd yn berffaith â fy neiet newydd. Grrrrr!

Anwen

Ma Rhys yn casáu:

Dynion gyda *comb-overs*

Noson Lawen ar S4C

Pob *chef* ar y teli heblaw Dudley, achos 'ma fe'n edrych fel
'se fe'n lico'i fwyd'

Alan Titchmarsh

Pob gwleidydd

Dynion canol oed mewn cryse pêl-droed.

Nia

Mrs Powell yn ei dagrau am y prynhawn, Methadone Mike
wedi ei cholli hi'n llwyr yn y fynwent (roedd yn rhaid galw
ambiwlans eto), Geraint mewn cyfarfod yn Llundain a
miloedd o alwadau ffôn diflas drwy'r dydd.

Fe es i de parti ar gyfer yr hyn a elwir yn 'Clergy Spouses
– Cardiff Area'. Pobol neis ond mae'n achlysur mor Seisnig.
Ro'n i'n teimlo mod i wedi fy nhrawsblannu i Esher am y
prynhawn. Roedd gan Jane Gardener o St Michael and
All Angels DVD yn olrhain ei thaith ddiweddara i Affrica,
lle cododd hi ysgol a dechre cronfa i addysgu deugain o
blant.

Roedd ishe ffagen fach arna i ar ôl gweld yr holl waith
gwych roedd hi wedi ei wneud felly fe sleifiais i mas yn
ystod y cwestiynau. A ffeindio gwraig yr Esgob yno yn
gwneud yr un fath! Roedd hi'n edrych yn euog i ddechre
ond yna fe ddechreuodd y ddwy ohonon ni chwerthin ac
fe gynigodd hi dân i fi!

Fe gawson ni sgwrs ddiddorol iawn a dweud y gwir. Sôn
am ba mor anodd yw ffeindio'r amser i wneud pob dim –

ishe cefnogi'n gwŷr ond hithe'n dweud ei bod hi'n bwysig i ni ffeindio 'me time' hefyd. Mae hi'n mynd allan o'r plwy am baned unwaith yr wythnos i ddarllen llyfr mewn caffi lle na fydd neb yn ei hadnabod. Dweud ei fod yn gwneud byd o les iddi. Swnio'n grêt i fi.

Fe allen i ei wneud ar fore Gwener pan fo Geraint yn y Cyfarfod Plwyfol – fyse neb yn gweld fy ngholli am awr fach. Fe allen i ffeindio rhyw gaffi bach crand, yfed *latte* a bwyta teisen. A darllen!

Mae'n adduned y gallwn ei chadw, dw i'n meddwl…

Anwen

Ma Ionawr yn fis MOR ddiflas. Ma codi mas o'r gwely i borthi Angharad yn erchyll yn yr oerfel 'ma. Ma hi wedi mynd i'r arfer o ddeffro am bedwar y bore yn gofyn am botel. Wi'n benderfynol o beido rhoi un iddi gan ei bod hi bron yn dair.

Es i miwn i'r gwely gyda hi bore 'ma a deffro wedi sythu ar ôl hanner awr gan bo dim lle i'r ddwy ohonon ni o dan ei gorchudd.

Mwy o hunllefe amser brecwast. Fe gofiodd Llio am draethawd Saesneg o'dd hi heb ei neud, o'dd clust tost gyda Huw ac fe a'th Rhys bant mewn yffarn o strop i gyfweliad diflas arall.

Ffonodd Mam jyst pan o'n i'n gadel ac wedyn o'dd hithe mewn strop achos bo dim amser 'da fi siarad â hi. O'dd hi'n ffaelu deall bo dim amser 'da fi. Ro'dd wastod amser gyda hi, gan bod ganddi drefen ar bethe, yn ôl hi. Ddim fel fi. Wel, diolch Mam – jyst beth o'n i ishe clywed i godi fy nghalon.

O'dd Mali bant o'r gwaith am unweth gan fod ganddi apwyntiad doctor, felly fe aethon ni am baned ar ôl gadel y plant – ond 'na lle'r o'dd Y-Fam-Sy'n-Conan yn taranu yn un gornel a Derek-y-Drip yn y llall. Ma'r caffi yn rhy agos i'r ysgol – dim preifatrwydd. O'dd Mali bach yn isel – ma hi'n ffindo jobyn llawn amser yn ormod iddi a dyw Alun ddim fel 'se fe'n deall pam ma hi mor isel am y peth. A ma hanner ei chyflog yn mynd ar warchod y plant ar ôl ysgol – ar ôl talu'r bilie sdim byth ceiniog ar ôl.

Dries i godi 'chalon ond a gweud y gwir o'n i'n isel a blinedig hefyd. Ac o'dd y cwbwl yn rhy frysiog beth bynnag. Ar ôl iddi ruthro draw i'r syrjeri fe es i draw i Lidl. *Living the dream* myn yffach i.

Delyth

Os dw i'n teimlo'n *stressed* dw i'n cael *massage*, Bach's Rescue Remedy a thabled gysgu.

Anwen

Wi'n ymlacio gyda thwb o hufen iâ, nofel Jilly Cooper a bath twym.

Nia

Os dw i'n isel dw i'n codi 'nghalon gyda gwydraid o win coch a phennod o *Lewis* ar y teli. A ffagen fach.

Delyth

Wedi dechrau'r deiet. Afal a pheren i frecwast a salad tiwna a sbigoglys i ginio. Dw i ddim yn rhy dew ar hyn o bryd ond dw i am edrych fy ngorau yng nghinio'r Law Society yn fy ffrog Missoni newydd. Ond fe fydd yn rhaid i mi guddio top fy mreichiau. Maen nhw'n edrych fel dwy goes anferth o ham.

Mae'r llyfr *Predator* yn dweud fod yn rhaid i rywun fyw yn y foment a gwneud y gore o bob cyfle a chaniatáu i'r blaidd mewnol reoli. Felly ar ôl awr o *aerobics* amser cinio o'n i'n teimlo'n gryf a phwerus wrth i mi ddechrau trafod gyda James o Williams, Williams, Williams a Williams. Wrthodais i gyfaddawdu o gwbwl a cherdded mas yn teimlo'n wych!

Es i'n syth draw i'r opera yn y Bae a chael gwydraid o siampên cyn mynd i mewn. Marged Melangell a Gŵr Rhif Tri yno – fe HWYLIES i heibio iddyn nhw!

Grrrr!

Anwen

Reit, wi wedi ca'l DIGON! Dim ond conan na'th Rhys bore 'ma ac o'dd y plant yn erchyll. Fe gafodd Y-Fam-Sy'n-Conan-Am-Bopeth afel ynddo i wrth iet yr ysgol yn parablu rhyw ddwli am bolisi'r ysgol ar sgidie. Fe sleifies i bant yn esgus mod i'n mynd at y doctor ond DIAWCH ma ishe amynedd y SEINTIE arna i ar hyn o bryd.

RHAID i fi ga'l munud i fi'n hun. Wi'n mynd i ffindo caffi bach yn bell oddi wrth yr ysgol fory a stwffo *cappuccino* a'r deisen fwya alla i ffindo a darllen llyfyr, heb ŵr na phlant na blydi rhieni i 'mhoeni!

Delyth

Fe alwodd Syr David fi i fewn i'w swyddfa bore 'ma i ddweud mod i wedi bod yn rhy ymwthiol a digyfaddawd yn y cyfarfod ddoe a holi a o'n i wedi anghofio ein bod wedi cytuno ar bolisi gwahanol am y cytundeb arbennig yna.

Ac wrth gwrs, mi o'n i! Roeddwn i mor benderfynol o ffeindio'r blaidd mewnol fel mod i wedi anghofio pob dim am y cynllun a gytunwyd. Roedd yn rhaid i Syr David ailnegydu'r cyfan neithiwr, mae'n debyg!

Ro'n i bron â llefen o'i flaen e. Ond a dweud y gwir, roedd e'n syndod o garedig. Yn sôn am ryw bolisi newydd oedd ganddo – gweithio o adre ar fore Gwener, i roi rhyw fath o berspectif i ni i gyd, medde fe. Ailgyflenwi'r batris, fel petai.

Efalle'i fod e'n iawn. Mae ishe gwneud rhywbeth i godi 'nghalon. 'Na un peth sy'n sicr o fod yn wir...

Chwefror

Anwen

Prynu stwff i gliro'r *U-bend*
Defnyddio seleri a moron
fel byrbryde maethlon (dim bisgïen!)
Nôl llyfyr o'r llyfrgell i'w ddarllen yn y caffi

Nia

Ordro clogyn newydd i Geraint
Ffeindio caffi!

Delyth

Tabledi burum?
Hufen fitamin D?
Cysylltu gyda fy marmoset mewnol cyn cysgu

61

Wel, am nefo'dd ar y ddaear! Fe adewais i Angharad yn yr ysgol feithrin a baglyd hi o'na mor glou ag y gallen i draw at gaffi bach braidd yn neis yr olwg weles i yn y Rhath. POPETH yn binc yno – teisennod pinc, cwpane streipiog pinc, llieinie ford pinc a phopeth o'dd ddim yn binc yn Cath Kidston.

Eidalwr sy bia fe am wn i – coffi neis iawn a theisennod anhygoel yr olwg. A jiwsys o bob math (dim mod i'n bwriadu CYFFWRDD â nhw) – enwe fel Zippy Zinger a Detox Vitality.

Arogl coffi, winwns yn ffrio a Mamma yn gwenu yn nrws y gegin (mam y perchennog wi'n meddwl). Bach yn chware yn y cefndir. Nefolaidd.

Fe dda'th criw o Iymi Mymis a'u plant bach penfelyn mewn ar ôl tipyn bach. Lot ifancach na fi, wrth gwrs, ac yn edrych yn anhygoel o gyfoethog. A thene. Dim syniad shwd yn y byd lwyddodd yr un ohonyn nhw gario babi am naw mis. Ma'n nhw'n edrych fel 'se un gwth o wynt yn ddigon i'w chwythu nhw i Landudno a 'nôl. Ma'n siŵr taw bola bach, bach o'dd 'da nhw o dan 'u smocs Stella McCartney a naethon nhw ddim datblygu tine anferth fel pawb arall. Beth bynnag, sdim tamed o floneg yn pipo dros dopie'u *skinny jeans* nhw nawr. Fe fydde ishe gwinio tua phump pâr ohonyn nhw at ei gilydd i gwmpasu fy nghlunie anferth i.

Gwallte hir melyn. Ewinedd amryliw o'r Nail Bar lawr yr hewl. A lot o siarad (yn Saesneg) am *nannies* ac ysgolion bonedd Caerdydd.

Enwe dwl ar y plant hefyd – glywes i Thaddeus a Gudrun a chwpwl o Orlandos. A phob plentyn yn sgrechen a wewan rownd y caffi wrth i'r siwgir gico miwn.

Ro'dd 'na ddwy fenyw mwy normal yr olwg yno hefyd –

tua'r un oedran â fi am wn i. Un ohonyn nhw mewn siwt yn edrych yn uffernol o bwysig ac yn teipo'n wyllt ar ei laptop a'r llall yn fwy hamddenol yn darllen llyfyr gan Barbara Pym. Golwg neis arni. Licen i 'se Mali ddim yn gwitho – allen ni'n dwy fod yma'n joio coffi posh a chacs. Byse fe mor neis ca'l rhannu'r profiad nefolaidd o fyta heb orfod poeni am neb arall, a dim sôn am un diawl o'r PTA ar gyfyl y lle. Wi'n dod 'to!

Delyth

Fe godais i fel arfer bore 'ma – *lie in* bach tan saith yna hanner awr o Pilates, bwyta ffrwyth a iogwrt, llyncu fitaminau a propolis.

Ond rywsut allwn i ddim canolbwyntio'n iawn ar y gwaith wrth fwrdd y gegin.

Am naw, fe rois y ffidil yn y to a phenderfynu trio'r *café* rownd y gornel. Er mawr syndod i mi roedd y signal *wi-fi*'n wych ac roedd yna amrywiaeth anhygoel o sudd i'w yfed. Ac yn sydyn, ro'n i'n hedfan! A hyd yn oed pan ddaeth criw o famau a phlant stwrllyd i mewn, doedd dim yn amharu ar fy myd bach i. Roedd cerddoriaeth hyfryd yn chwarae yn y cefndir ac fe lwyddais i ymgolli'n llwyr.

Profiad llawer gwell na'r disgwyl. Ac fe lwyddais i wneud tipyn o waith. Fe ddo i 'nôl 'ma eto dw i'n meddwl.

Nia

Bore 'ma fe ges i afael ar fy hoff lyfr (*Less Than Angels* gan Barbara Pym) a theithio ar fws draw i'r Rhath – mae yna gaffi bach yno ag enw da iawn. Braidd yn ddrud ond mae ansawdd y coffi a'r teisennod yn anhygoel.

Fe ges i rywbeth o'r enw *mochaccino*, oedd yn fendigedig (fel hufen iâ siocled Thayers), a phwyso 'nôl ar glustogau melfed moethus.

Nifer o famau a phlant ifanc yr olwg – enwau braidd yn rhyfedd. Pwy alwai blentyn yn Orlando? Roedd yna ddwy fenyw arall ganol oed yno hefyd – yn eistedd ar wahân. Un ohonyn nhw â'i phen i lawr yn gweithio ar gyfrifiadur, golwg ddifrifol iawn arni. Roedd y llall yn bwyta teisen anferth ac yn cael blas aruthrol arni, ddywedwn i.

Mae awr gyda Barbara Pym wastod yn werth ei chael ac roedd y baned a'r deisen (afans a siocled) yn anhygoel.

Meddwl efallai taw fy nghyfrinach fach i fydd hon. Fyse ddim taten o ots 'da Geraint ond dw i'n meddwl y byse Eirwen yn ei ystyried yn dipyn o wendid rywsut. Mae hi mor egnïol a dyw hi ddim yn fy nharo fi fel person sydd angen rhyw gysuron arwynebol. Efallai mod i fel'na unwaith. Ond dw i ddim yn cofio bod mor egnïol erioed.

Un peth da. Wnes i ddim teimlo'r angen am ffagen fach. Teisen a choffi posh yn hen ddigon i fi heddiw.

Anwen

Wi'n teimlo gyment yn well ar ôl fy more yn y caffi. Fe lwyddes i neud stiw heno, o'dd yn gamp anhygoel i fi! Fe es i mas, prynu'r bwyd a choginio'r cwbwl rhwng strops Huw am waith cartre ('Ma sgrifennu'n STIWPID'), strops gan Llio am wisgo colur i fynd i'r wers biano ('Ond falle gwrdda i â rhywun o'r ysgol a ma PAWB yn gwisgo colur tu fas i'r ysgol') a strops gan Angharad am bopeth – a hyd yn oed strop gan Rhys am y traffig ar yr A470.

Ac o'dd y stiw yn hyfryd – porc wedi ei goginio am amser hir mewn seidr. Llysie a mash. Pryd maethlon cymharol rad ac un adduned blwyddyn newydd wi wedi llwyddo ei chadw. Ys dwede Huw, 'Go Mami!'

Delyth

Dêt arall – ffrind arall i Catrin. Boi yn gweithio mewn PR o'r enw Hywel. Roedd yn aros amdana i yn yr Hilton, wedi ei wisgo'n hynod o drwsiadus mewn siwt ddrud iawn yr olwg. Wnaeth ei wyneb e ddim cwympo i'w sodlau pan welodd e taw fi oedd ei ddêt (sy'n newid bach neis) ac fe ges i sws bach ffurfiol ar bob boch a gwydraid o siampên hyfryd cyn i ni ymlacio ar y soffa foethus yr oedd wedi ei chadw ar ein cyfer.

Er bod y sgwrs fymryn yn stiff i ddechrau, fe ddechreuodd hi lifo wrth i ni ffeindio ffrindiau a diddordebau yn gyffredin – opera, theatr ac ati.

Fe gytunes i fynd am bryd o fwyd – a oedd yn fendigedig – ac ro'n i'n dechrau teimlo fod y noson yn argoeli'n dda pan ochneidiodd Hywel yn uchel a rhoi ei ben yn ei ddwylo.

Fe ddywedodd e 'Mae'n wir ddrwg 'da fi, Delyth – ti'n berson lyfli ond alla i ddim gwneud hyn rhagor. Dw i'n hoyw, ti'n gweld, ond dw i ddim wedi dweud wrth neb yn y swyddfa. Does dim syniad 'da Catrin chwaith ac mi fydden i mor ddiolchgar petaet ti'n fodlon cadw'r gyfrinach. Fe ladde fe fy rhieni. Dw i mor sori – ti mor neis a ti'n haeddu gwell.'

A chodi a'i heglu hi o'na. Gan adael fi gyda'r bil.

Oedd yn swmpus.

Nia

Mae Eirwen wedi diwygio'r Festri! Dim ond te, coffi a siwgwr Masnach Deg sydd yno nawr! Mae'r bagiau sbwriel yn rhai wedi eu hailgylchu, yn ogystal â'r papur cegin (a'r papur tŷ bach hefyd, ond dw i ddim yn mynd i sôn wrth neb am hynny) ac mae'r sebon golchi llestri yn *biodegradable.*

Fe wnaeth Eirwen gwrs ar arbed amser y llynedd ac mae'n dweud y byse hi'n hapus iawn i roi cyngor i fi gan ei bod hi'n gallu gweld 'bod lot ar fy mhlât'. Fe all hi roi sesiwn i fi nos Lun – rhwng ei gwers Zumba a sgrifennu ei phapur ar 'Y Fenyw fel Pen Duw'. Mae Eirwen yn dilyn cwrs rhan-amser gyda'r Brifysgol Agored. Wrth gwrs ei bod hi.

Fe ges i ffagen fach ar ôl iddi fynd. Yna daeth Geraint i fewn wedi cael diwrnod caled. Angladd drist iawn, profiadau trist yn yr hosbis hefyd a sesiwn hollol ddibwrpas gyda Methadone Mike. Fe geson ni botel o gwrw yr un ac ordro cyrri. Yna fe ddarllenodd Ger lyfr am gofrestru tiroedd yn oes Fictoria ac fe edrychais i ar bennod o *Poirot.*

Delyth

Dim llawer o lwc yn ffeindio fy marmoset mewnol. Wedi penderfynu chwilio am sloth mewnol yn lle hynny gan fod ishe help arna i i gysgu.

Roedd yn rhaid i fi wneud yr adroddiadau blynyddol bore 'ma. Courtney yn rhwydd – lot o ganmol a bonws bach iddi gael prynu cwpwl o siwtiau newydd. Ceridwen yn fater arall, wrth gwrs. Fe dries i ffeindio pethau positif i'w dweud – mae hi'n boblogaidd iawn (yn bennaf gan ei bod hi'n gwisgo sgertiau mor fyr) ond allwn i ddim esgus nad oedd rhestr faith o bwyntiau du yn ei herbyn: diffyg disgyblaeth, hwyr i'r gwaith, diffyg canolbwyntio a manylder, gormod o alwadau personol ar y ffôn, dillad anaddas ar gyfer y swyddfa ayb ayb.

Bu tawelwch. Yna fe luchiodd ei chudynnau gwallt melyn dros ei hysgwydd a dweud 'Wel, dw i'n, fel, trio fy ngorau, ie? Ond mae 'da fi, fel, *loads* ymlaen ar hyn o bryd ac mae Dadi'n dweud galla i, fel, rhoi'r gorau i hwn pan dw i, fel, eisiau?'

Mae Ceridwen wastod yn swnio fel pe bai hi'n gofyn cwestiwn, hyd yn oed pan mae hi'n ateb.

A dyna ddiwedd ar y mater. Mae hi'n mynd i aros tan ddiwedd yr wythnos ac roedd hi'n eitha hapus achos fod yna 'fel, *loads* o eira da ar hyn o bryd?' ac mae ganddi '*loads* o, fel, ffrindiau yn mynd i Gstaad wythnos nesa?'

Roedd Syr D yn iawn am y peth, diolch byth – ro'n i'n poeni braidd gan ei bod hi'n ferch i'w ffrind. Ond a dweud y gwir do'n i ddim yn teimlo ei fod yn rhoi ei sylw llawn i mi. Fe ddechreuodd sôn am *feng shui* yn sydyn, a gofyn i mi os o'n i'n meddwl y dylen ni fod yn ei ddefnyddio yn y swyddfa. Ges i gymaint o syrpréis fe fethais i feddwl am ateb i'r cwestiwn ond sylwodd e ddim. Jyst dweud 'da iawn' gwpwl o weithiau a symud heibio fi fel tase fe mewn rhyw fath o berlewyg.

Fe es i o un cyfarfod i'r llall drwy'r prynhawn. Te gwyrdd gyda Catrin yn trafod cytundeb Mannions, gwydraid o ddŵr pefriog yng Ngwesty Dewi Sant gyda thîm economaidd Swyddfa Cymru a galwad ffôn *conference* gyda'r swyddfa yn Llundain am y cytundeb ym Mharis.

Yna mymryn o *sushi* cyn noson yn y Chapter. Gwyn Elfyn yn wych fel Othello!

Wedi blino'n shwps heno. Ond dydd Gwener yw hi fory a dw i'n mynd yn ôl i'r *café*!

Anwen

Y ddwy fenyw ganol oed arall yna eto heddi. Yr un o'dd yn darllen Pym yn darllen Kate Roberts, felly ma hi'n Gymraes! A'r llall mewn siwt smart a'i phen yn ei chyfrifiadur – wrthi'n gwitho am wn i. Lle od i'w ddewis. Ges i deisen anhygoel – sleisen anferth o *meringue* a hufen a *sponge* siocled. Mor nefolaidd. Trio peido meddwl am y *calories*.

Delyth

Dw i'n taflu'r llyfr marmoset mewnol. Braidd dim cwsg neithiwr. O leia mae'r *café* yn dal i weithio – hedfanes i drwy'r papurau bore 'ma.

Gostyngodd y lefelau siwgr yn fy ngwaed tua un ar ddeg ond mae'r holl sudd anhygoel sydd ar gael yma'n rhoi'r union hwb sydd angen arna i – betys, moron, oren a sinsir a mymryn o sbigoglys. Perffaith.

Fe ges i hoe fach wrth sipian a sylwi ar ddwy ddynes arall tua'r un oed â fi. Mae gan un ohonyn nhw groen ofnadwy – gwythiennau coch a mannau sych. Ac roedd y llall yn llowcian y deisen fwya anferth welais i erioed – ac yn ei mwynhau. Er bod ganddi haenen drwchus o floneg o gwmpas ei chanol yn barod.

Nia

Ro'n i'n meddwl gwenu ar y ddwy arall heddiw ond roedd un yn gweithio'n ddyfal heb godi'i phen o'r cyfrifiadur a'r llall yn edrych fel tase hi mewn breuddwyd wrth fwyta'i theisen. Ro'n i'n hapus yn darllen beth bynnag – mor braf cael cyfle! A *Te yn y Grug* mor wyrthiol ag erioed.

Cappuccino neis hefyd. Roedd ishe mymryn o faldod arna i ar ôl cyfarfod reit anodd gydag Eirwen ddoe am drefnu a blaenoriaethu. Awgrymodd hi mod i'n creu rhyw fath o *spreadsheet* ar y cyfrifiadur a gosod ffiniau pendant i fy ngweithgareddau – amcanion penodol ac ati. Yna glynu at fy nghynllun a pheidio â gwyro oddi ar y llwybr. Ei damcaniaeth hi yw bod rhywun yn gwastraffu llai o amser ac yn cyflawni llawer mwy wrth wneud hyn. Ro'n i'n nodio 'mhen yn awdurdodol trwy gydol y cyfarfod. Ond y gwir yw, does dim syniad 'da fi ble i ddechre. Meddwl byse fe'n cymryd mwy o amser i fi gynllunio *spreadsheet* nag i wneud y gwaith! Roedd yn rhaid i fi ddianc am ffagen fach yn y fynwent ar ôl iddi fynd.

Delyth

Derek 'Shwmae' Brockway yn sôn am fwy o eira ar y ffordd a iâ du ym Mro Morgannwg. Dyw eira ddim bob amser yn beth drwg i fi gan fod Arfon yn methu cyrraedd y gwaith weithiau o'i herwydd. Ac fe alla i sefyll yn y bwlch, fel petai.

Mae Courtney'n straffaglu i fewn o Grangetown mewn cot Puffa a phâr o Uggs, ond mae hi fel pin mewn papur mewn siwt smart a sgidie sgleiniog cyn pen dim.

Mae'r boreau tywyll 'ma mor ddiflas a'r mis bach yn teimlo fel tase fe'n mynd ymlaen am byth. A'r erchyll San Ffolant yn ei ganol. Mae'n rhwyddach osgoi Dwynwen yma yng Nghaerdydd, ond mae blincin Valentine ym mhobman! A bob blwyddyn dw i'n danfon rhosod coch i'r swyddfa ac esgus mod i'n gwybod yn iawn wrth bwy maen nhw. Ond licen i gael rhosod wrth ddyn go iawn rhyw ddydd.

Anwen

Ma Dydd San Ffolant yn boen yn y tin. Wi'n ca'l darlith flynyddol wrth Rhys am lygredd cyfalafol Eingl-Americanaidd yr ŵyl ac am y gweithwyr yn Kenya sy'n anadlu *pesticides* i gynhyrchu rhosod cochion i bobol wynion afradus. 'Sen i ddim yn meindio ond sneb byth yn hala blydi rhosod cochion ata i beth bynnag.

Ma Llio'n byw mewn gofid na chaiff hi flodyn na cherdyn wrth unrhyw un tra bod ei ffrind penna hi'n ca'l canno'dd. Ac, wrth gwrs, os yw'r truan anghywir yn hala un ati ma hynny'n drychineb yn ei hunan. Ma Llio fel Groucho Marx, ddim ishe bod yn aelod o unrhyw glwb fyse'n derbyn hi fel aelod.

Ma Huw yn dod adre o'r ysgol mewn tymer wael gan fod y merched bach yn ei ddosbarth e wedi hala'r diwrnod yn trio rhoi sws iddo fe ac yn ei boenydio gyda lluo'dd o gardie bach pinc. Dyw Huw ddim yn gweld pwynt merched ar hyn o bryd. Ma fe'n gweud, os o's rhaid iddo fe ga'l carden wrth unrhyw un, byse'n well 'da fe ga'l un wrth rywun teidi fel Siôn.

A wi'n ca'l dim. Dim yw dim. Dim taten wrth neb.

Mam yn ffono. Yn ôl y *Western Mail* ma mewnfudwyr yn ca'l *facials* ar yr NHS a ma Charlotte Church wedi ffindo cegin newydd.

COFION CYNNES GAN DÎM Y FICERDY
AR DDYDD SAN FFOLANT

Gofynna'r Parch. Eirwen i ni geisio bod yn llai gwastraffus wrth gofio San Ffolant eleni. Mae hi'n awgrymu danfon planhigion yn lle blodau wedi eu torri ac yn ein hatgoffa fod llysiau a hadau yn gwneud anrhegion penigamp! Mae'n gofyn i ni hefyd gofio'r rhai fydd yn unig ac yn anghenus eleni ac i ni wneud ymdrech arbennig i wenu ar bawb fel ffordd o ddathlu a chofio'r sant.

Cynhelir mwy o drafodaethau Duw/Rhywogaeth yn ystod cyfnod y Grawys ond fe'ch atgoffir na fydd bisgedi siocled ar gael yn y cyfarfodydd gan fod y Parch. Eirwen wedi rhoi'r gorau i siocled dros y cyfnod. Ry'n ni'n gwybod, wrth gwrs, mor anodd yw hepgor ein cysuron ar adeg mor ddiflas o'r flwyddyn ond mae'r Parch. Eirwen am i ni gofio nad oedd pethau'n rhwydd ar ein Harglwydd pan oedd Ef yn crwydro yn yr anialwch.

Gair bach am glirio'r Festri. Mae'r Parch. Eirwen wedi gofyn i ni wneud ymdrech i ddefnyddio dulliau glanhau sy'n garedig i'r amgylchedd – torchi llewys yn lle dibynnu ar gemegau cryf! Mae finegr, lemwn a phapur coch ar gael yng nghwpwrdd glanhau'r Festri.

All pwy bynnag sy'n defnyddio'r pethau te a choffi ar ddiwedd y sesiwn Bums & Tums yn y Festri gofio eu cadw? Mae'r Parch. Eirwen yn ein hatgoffa ei bod hi'n rhwydd denu llygod!

Anwen

Ma Huw wedi bod yn dysgu am y Grawys. Ma fe'n awyddus i roi'r gore i'r ysgol a brocoli am y cyfnod.

Delyth

Fe ddechreuais i feddwl am y Grawys bore 'ma. Tro cynta
i mi wneud ers achau. Cofio fod yn rhaid i ni roi'r gorau
i fwyta losin – mor anodd i fi pan o'n i'n blentyn gan
fod y bwyd yn yr ysgol mor ffiaidd a finne'n llwgu lot
o'r amser. Losin oedd yr unig gysur oedd gen i. Ond,
wrth gwrs, roedd yn rhaid i mi guddio losin rhag Mami
– roedd hi'n ddigon beirniadol fel oedd pethau. Er, cael
stŵr ganddi oedd yr unig bryd o'n i'n cael ei sylw hi'n
llawn. Pan fuodd hi farw mor ddisymwth ddwy flynedd
yn ôl fe sylweddolais i nad o'n i'n ei hadnabod hi'n
ddigon da i alaru'n iawn. Peth ofnadwy. Galaru am y
diffyg perthynas rhyngon ni wnes i mewn gwirionedd
– nid amdani hi.

Fe es i weld Dadi ddydd Sadwrn. Dim syniad 'dag e
pwy o'n i. Rhy oer i ni fynd allan felly fe eisteddon ni
yn y lolfa'n chwarae cardiau. Mae'n rhyfedd – mae Dadi'n
chwarae whist yn wych, ond does dim clem ganddo pa
ddiwrnod o'r wythnos yw hi, na beth yw ei enw e.

Ar ôl tipyn fe ysgwydodd e fy llaw a dweud ei fod
wedi mwynhau ei hun yn fawr ond fod yn well iddo fe
fynd yn lle bod y CO'n ei ddal yn slaco. A saliwt bach,
cyn troi ar ei sawdl a diflannu.

Gyrru adre'n hanner chwerthin a chrio.

Pan gyrhaeddais i adre roedd neges ar y ffôn wrth
Modryb Edith yn fy ngwahodd draw i de. Fe fydd yn
rhaid i fi fynd, sbo, ond alla i ddim mo'i hwynebu am
ychydig wythnosau.

Anwen

Yr Iymi Mymis yn sgrechen am yr HOLL Valentines geson nhw ddoe. O'dd un ohonyn nhw wedi ca'l brecwast siampên yn y gwely, un arall wedi bod mewn rhyw westy crand am y noson ('He'd arranged it with the nanny and everything!') ac un arall yn chwifio modrwy ANFERTH o gwmpas.

O'n i'n mynd i drio peido byta teisen, ond o'n i mor ddiflas yn gwrando ar y blydi menywod fe ordres i'r un fwya allen i ei gweld ac o'n i'n ffaelu suddo 'nannedd miwn iddi'n ddigon clou. O'n i'n teimlo fel Alice in Wonderland – o'dd y deisen yn gweiddi 'EAT ME!!!'. Sylwes i ar Y-Fenyw-Sy-Wastod-Yn-Darllen yn edrych arna i'n syn. Fe wenes i arni ond fe edrychodd hi 'nôl ar ei llyfyr yn glou. Poeni ei bod hi wedi ca'l ei dala'n pipo falle.

Ond o'dd y deisen yn *de-lish*.

Delyth

Fe fwytodd un o'r menywod eraill canol oed ddarn anferth o deisen heddiw. Mae'n amlwg nad oes mymryn o ots ganddi am yr holl floneg rownd ei chanol.

Nia

Dim siwgwr yn y coffi a dim teisen gan ei bod hi'n dymor y Grawys. Ond dyna ni, byse'r Iesu wedi mwynhau paned fach o goffi wrth grwydro'r anialwch. Dw i fod yn myfyrio ar Ei ddioddefaint, nid mwynhau fy hun. Ond, o, mae'r *cappuccinos* yn neis fan hyn!

Fe fytodd y fenyw â wyneb neis deisen – amlwg nad yw hi'n grefyddol. Ond roedd y llall yn edrych yn syn arni. Fe

wenodd hi arna i. Efallai ei bod hi'n eglwyswraig. Fe wena
i arni tro nesa.

Anwen

Mwy o wallgofrwydd yn y PTA. Lot o drafod codi arian. Ma
Derek-y-Drip (o leia un babi wedi clymu rownd ei ganol
byth a hefyd) yn poeni nad o's teisennod heb glwten ar ga'l
ar ein stondin deisennod yn y sêl flynyddol. Gŵr-Sy'n-Aros-
Adre yw Derek. Ma'i wraig yn rhedeg ei busnes ei hun ac yn
ymddangos mewn siwtiau drud a sgidie uchel ambell waith,
ond Derek sy'n neud popeth gyda'r ysgol. Ma fe ar ga'l bob
amser i gyflwyno darlith am beryglon brechu plant, bara
gyda glwten a lla'th buwch. Ma fe'n fegan, wrth gwrs, a ma fe
a'i blant mor wyn ma'n nhw'n edrych fel 'se nhw wedi bod yn
byw mewn cwpwrdd tywyll ers blynyddo'dd.

Yna fe ddechreuodd Y-Fam-Sy'n-Conan-Am-Bopeth:

'Allwn ni ystyried codi arian drwy gynnal gornest
soddgrwth noddedig?'

Ma'i mab hi, Caradog (7 oed), newydd baso arholiad
gradd 3 a galle fe arwain yr ornest.

Ro'dd seibiant parchus ar ôl y geiriau hyn ac yna agorodd y
llifddorau. Ma Enfys yn wych ar y chwibanogl; fe all Gwydion
chware'r delyn *a'r* piano; ma Dyfan yn dipyn o *whizz* ar y
xylophone, ac yn y bla'n ac yn y bla'n.

Diolch byth, o'dd Mali yno yn neud stumie tu ôl i gefen
Y-Fam-Sy'n-Conan ac fe fuon ni'n corco wherthin wrth i ni
gadw'r cadeirie ar y diwedd.

Fe gyrhaeddes i adre a ffindo Rhys yn gwrando ar Jarman
ac yn coginio *spag bol*. MA FE 'DI CA'L CONTRACT
NEWYDD!!!! Ffonodd cwmni o Gasnewydd a gweud 'ie' mawr
tew! A dim ond cysylltu 'da nhw ar hap na'th e! Contract dros

dro yw e tra bo nhw'n newid i system IT newydd ond ma'n golygu rhyw fath o gyflog am dipyn beth bynnag!

Ro'dd Huw ac Angharad yn y gwely ac o'dd Llio wedi gosod y ford i ni'n tri. Ro'dd y bwyd yn grêt ac o'dd e mor neis gweld Rhys yn ymlacio a gwên fawr ar ei wyneb. Fe fuon ni'n sgwrsio rownd y ford am oeso'dd. O'dd Llio am glywed am ein dyddie coleg ni. Do'n i ddim yn meddwl fod e'n amser mor faith yn ôl ond ro'dd Llio'n siarad fel 'se fe'n y Canol Oeso'dd. Methu CREDU nad o'dd ebyst nac iPads 'da ni – a bod rhaid i ni giwio i ddefnyddio ffôn Panty unweth yr wthnos.

Ac o'dd e'n hwyl trio disgrifio'r crôls – Cŵps, Crystal Palace, White Horse ac yna disgo ar y Pier (Jarman, Ail Symudiad) neu jyst *lock-in* yn y Llew Du. Ma fe'n teimlo fel ddoe i fi ond o'dd Llio'n sgrechen wherthin ar y llunie – fi mewn clogs coch a *poncho* a Rhys a'i *mullet* anferth mewn crys *cheesecloth* a gwasgod. O'dd hi fel Tsieina o dan Mao yn Aber yn yr wythdege – o'dd rhaid bod tafodiaith ddiddorol 'da chi, dillad tad-cu a chefndir gwerinol. Duw a'ch helpo os o'ch chi wedi bod i ysgol Gymraeg neu bo chi'n dod o Gaerdydd. O'dd y *thought police* Adferol ar 'ych ôl chi. Dw i'n cofio lot o blant Caerdydd yn colli'u hacenion er mwyn ca'l eu derbyn.

A diawch, o'n ni'n bethe bach crac! Un demo ar ôl y llall – protestio yn erbyn ymweliad y Prins of Wêls, torri miwn i fastie teledu, picedu'r bancie am eu polisïe iaith – heb sôn am gefnogi CND a'r mudiad gwrth-apartheid. A phobol yn diodde'n ofnadwy a gweud y gwir – ffrindie yn y carchar, heddlu cudd ym mhobman a dirwyon di-rif. O'dd Llio'n edrych yn syn arnon ni. Ond dyw hi ddim yn cofio Thatcher na Streic y Glowyr nac ympryd Gwynfor. Ma'n anodd credu. Ac yn anoddach fyth cyfleu'r ysbryd o'dd ar waith. Ac er bod

Llio nawr yn gallu mwynhau'r hyn a enillwyd gan yr holl brotestio, wi'n meddwl ei bod yn rhwyddach i ni rywffordd. Ro'dd yna bethe gwerth ymladd drostyn nhw pan o'n ni'n ifanc. Ma pobol ifanc heddi'n ddigyfeiriad rywsut.

Beth bynnag. O'dd hi'n noson grêt a wi jyst ishe gwbod pam na allith hi fod fel hyn yn fwy amal.

Delyth

Mae gwaith yn amhosib ar hyn o bryd – gormod i'w wneud a dim digon o bobol i'w wneud e. Arfon yn sgio, Syr David wedi mynd i ryw *retreat* yn yr Alpau a finne'n rasio o gwmpas yn trio llanw bob bwlch.

Roedd Courtney a finne lan drwy'r nos neithiwr yn trio gorffen cytundeb Mannions. Mae hi'n wych – diod *camomile* bob tro dw i angen, popeth wedi ei deipio a'i ebostio cyn i mi ofyn amdano.

Ond dw i'n teimlo'n isel.

Mae'r therapyddion i gyd yn dweud mod i'n deall yn dda iawn yr hyn mae fy mhlentyndod oeraidd a digariad wedi'i wneud i mi. Ond dyw deall y pethau hyn ddim yn codi fy nghalon.

Meddwl trio llaeth *yak* – yn llawn pethau maethlon a dim gormod o galorïau gan eich bod yn medru ei gymryd ar ffurf tabled. *Power walking* yn gysur mawr hefyd. Awr a hanner heno, bath *detox*, yna tabled i gysgu.

Anwen

Cyffro yn y caffi heddi! Fe lewygodd un o'r Iymi Mymis, o'dd ar 'i phen 'i hunan am ryw reswm. A'th hi lawr fel sach o datws 'da yffarn o glatshen. Coffi ym mhobman ac fe laniodd

hi ar ben ei theisen – a'th hufen a siocled yn dalpe mawr dros
'i chot hi. O'dd *mess* ar diawl arni, druan. O'dd dim golwg
o'r Iymis eraill. Fe ruthrodd Y-Fenyw-Sy-Wastod-Yn-Darllen
(Nia) ati'n syth, fe es i at y plentyn o'dd yn sgrechen wrth
weld 'i mam ar y llawr ac fe ffonodd Y-Fenyw-Sy-Wastod-Yn-
Gwitho (Delyth) am ambiwlans.

Delyth

Ac maen nhw'n gwneud popeth mor rhwydd i chi – yn
gofyn y cwestiynau iawn i gyd. Ac fe ges i'r cod post oddi ar
y fwydlen a phasio'r wybodaeth yr oedd Nia yn ei rhoi i mi
ymlaen i'r ddynes ar ochr arall y ffôn. Roedd y paramedics
yma mewn dim o beth ac yn canmol Nia i'r cymylau...

Nia

... gan mod i wedi ei gosod hi yn y *recovery position* a
gwneud yn siŵr fod ei llwnc hi'n glir a mân bethe fel'na.
Roedd Delyth mor cŵl ar y ffôn ac Anwen yn wych gyda'r
plentyn bach, oedd wedi cael cymaint o ofn. Fe aethpwyd
â'r fam i'r ysbyty (doedd y paramedics ddim yn meddwl
fod dim byd mawr o'i le – rhyw fath o lewyg oedd e yn eu
barn nhw, ac roedd hi ar ddihun ac yn ffonio'r gŵr cyn iddi
fynd) ac fe eisteddodd y tair ohonon ni lawr wedi blino'n
lân! A siarad Cymraeg! 'Na neis oedd hynny.

Anwen

Felly fe blygon ni ei Bugaboo hi a'i osod tu ôl i'r cownter yn
y caffi ac fe fynnodd y perchennog ein bod ni i gyd yn ca'l
paned am ddim!

Nia

Ac roedd hi mor braf cael dweud 'helo' yn iawn.

Delyth

Ac yn rhyfedd iawn, roedd y sgwrs yn rhwydd. Er ein bod ni'n troi mewn cylchoedd mor wahanol. Mae Anwen yn wraig tŷ a Nia yn wraig i ficer. Sy'n esbonio efalle pam nad oes ots gyda nhw am yr hyn maen nhw'n ei wisgo na'i fwyta. Mae Nia yn edrych fel tase hi wedi prynu bob dilledyn sydd ganddi mewn siop elusen. Heddiw roedd hi'n gwisgo cardigan hollol ddi-siâp dros ryw smoc brown diflas a throwsus llac oedd yn rhy fyr iddi. Ac o'i gweld hi'n agos mae'n amlwg fod angen *facial* da arni'n ddirfawr – mae ganddi groen mor sych yr olwg a gruddiau coch ofnadwy. Bydde tamaid o *foundation* neu *tinted moisturiser* yn gwneud lot i guddio'r fath bechodau.

A dyw Anwen ddim llawer gwell – er ei bod hi'n fwy ffasiynol, mewn dillad Boden am wn i. Hithe chwaith ddim yn gwneud y gore ohoni'i hun: dim colur, gwallt gwyn yn britho'i phen a dillad cwbwl ddi-siâp sy'n trio cuddio bola go swmpus. Ac yn methu.

Sut yn y byd allwch chi adael eich hun i fynd fel'na? Ond wedyn, os nad oes neb yn rhoi pwysau arnoch chi i edrych yn ifanc ac yn ddeniadol efalle fod y demtasiwn i lowcio calorïau gwag yn ormod. Ond beth yn y byd mae eu gwŷr yn meddwl?

Ro'n nhw'n ddigon neis, chwarae teg – ac yn ddoniol hefyd. Ac fe fuon ni'n chwerthin am y mamau ifanc sydd wedi bod yn llanw'r *café* 'ma'n ddiweddar.

Anwen

Ma'n bywydau ni i gyd mor wahanol. Gwraig i ficer yw Nia – bywyd itha caled yn ôl bob sôn. Ma hi'n dod yma ar fore Gwener i osgoi aelode'r plwy. Ma bos Delyth wedi mynnu eu bod nhw'n gwitho o gatre ar ddydd Gwener ond all hi ddim neud dim wrth fwrdd y gegin medde hi – ma hi'n ffindo'r caffi'n well. Person digon rhyfedd yw hi – ddim yn yfed coffi na the, ac yn sicr ddim yn stwffo cacs. Bach yn *uptight* falle? Ond fe geson ni sgwrs ddifyr a ma'n amlwg ein bod ni i gyd yn osgoi rhwbeth wrth fod yma. Ac o'dd hi MOR neis ca'l siarad Cymraeg!

Nia

Ac yn sydyn roedd hi'n amser cinio ac roedd yn rhaid i fi ruthro 'nôl i'r Ficerdy i wneud y cant a mil o bethe y dylwn i fod yn eu gwneud yn hytrach nag eistedd o gwmpas yn yfed coffi posh! Ond roedd e mor neis cael y cyfle i sgwrsio. Ac yn Gymraeg. Gobeithio y byddan nhw yno wythnos nesa.

Anwen

O'dd yn rhaid i fi faglyd hi bant i'r ysgol feithrin i nôl Angharad, ond do'n i ddim am adel y parti! Wi'n croesi 'mysedd y byddan nhw yno dydd Gwener nesa.

Delyth

Er i mi fwynhau'r sgwrs, gwell i mi beidio anghofio fod gen i waith i'w wneud. Gobeithio na fydd hi'n rhy anodd i mi gadw at fy hun wythnos nesa.

Nia

Pan gyrhaeddais i 'nôl i'r Ficerdy roedd Eirwen ar stepen y drws 'ishe gair bach'. Mae hi am i ni ystyried gwneud mwy o waith *outreach* fel plwy. Mae Geraint yn ymweld â charchar Caerdydd yn aml yn barod, wrth gwrs, ond mae Eirwen am ddechre grwpiau a 'digwyddiadau' yn y gymdeithas ehangach – canolfannau cymdeithasol, parciau, clybiau a chynnal cwrdd gweddi yn Tesco hyd yn oed!

Ges i wared ohoni o'r diwedd ac fe gafodd Geraint a finne swper ar ein pennau ein hunain heno – dyw e ddim yn digwydd hanner digon aml rhwng un peth a'r llall. Fe ddechreuais i ddweud mod i'n ffeindio Eirwen yn rhy egnïol weithiau ac fe atebodd Ger fod Eirwen wedi gwneud gwahaniaeth mawr i'r pwysau gwaith sydd arno a bod popeth yn teimlo'n llai o faich rywsut. Ond mae hi'n gofyn cwestiynau reit ddwys am faterion diwinyddol – sy'n peri tipyn o sialens iddo mae'n debyg. Mae hi dipyn yn fwy llythrennol yn ei dehongliad hi o'r Beibl na Geraint. Mae e'n dweud ei fod yn croesawu'r cyfle i archwilio'i ffydd yn ddyfnach. A bydd cyfle da i wneud hyn adeg Ymwrthodiad yr Eglwys. Ddim yn swnio'n lot o hwyl i fi. Ond wedyn, dyna pam taw fi yw'r wraig ac nid y ciwrad.

Ar ôl swper fe aeth Ger at y cyfrifiadur i hel achau ac fe ddarllenais i *The Girl with the Dragon Tattoo*.

Anwen

Dechre blino ar y gaea di-ben-draw 'ma. Nid yr oerfel ond y llwydni diflas a'r brige noeth.

Ma Huw yn dod i fewn aton ni'n y boreue fel 'se fe yng nghanol sgwrs.

Huw: Ie, wel, Mam?

Fi: *(Yn flinedig)* Ie, Huw.

Huw: Y… Mam?

Fi: *(Tamed yn fwy effro)* Ie, Huw?

Huw: Mam?

Fi: *(Ar ddihun nawr)* IE, HUW?

Huw: O, ie, reit. *(Saib)* Alla i ofyn rhwbeth i ti?

Fi: Gelli, Huw.

Huw: Pwy yw bos Affrica?

(Saib. Ochenaid)

Fi: Wel, Huw, ma nifer o frenhinoedd achos ma lot o wledydd. Cyfandir yw Affrica, ti'n gweld.

(Saib)

Huw: Na, o'n i'n meddwl pwy yw BOS Affrica? BOS AFFRICA – ti'n gwbod?

Fi: *(Tamed bach yn frou nawr)* Wel, fel wi newydd weud, Huw, sdim un brenin, ma lot ohonyn nhw.

Huw: O's ma 'na.

Fi: *(Yn grac nawr ond yn trio peido dangos)* Nag o's, Huw, ma nifer ohonyn nhw.

(Saib hir iawn.)

Huw: Wel, pwy yw bos NHW 'te?

Dyma pryd wi fel arfer yn sylweddoli taw dim ond hanner awr sy 'da fi i ga'l y tri plentyn yn barod i fynd i'r ysgol a ma Rhys yn dechre conan am 'yr holl blydi sŵn 'ma pan ma rhywun yn trio cysgu' a ma hynny'n rhoi stop ar y sgwrs.

Delyth

Mae Arfon wedi prynu fflat yn y Bae! Damia. Fydd 'na fyth amser pan mae e'n methu cyrraedd y gwaith nawr.

Swnio'n anhygoel – spa yn yr un adeilad yn gwneud pob math o driniaethau. Allwch chi gael *colonics* a phopeth. Tasen i'n symud yno allen i fod wrth fy nesg am wyth y bore dri phwys yn ysgafnach.

Efalle dylen i symud i fflat mwy addas – mae'r tŷ 'ma mor llawn o atgofion, y cysylltiad ola gyda Mami a Dadi. Dyw byw gymaint yn fy ngorffennol ddim yn beth da ac mae'n RHAID i mi wneud rhywbeth i godi 'nghalon.

Dw i wedi prynu llyfr newydd – *Find your Inner Clown* gan Francis P Weckenheimer. Mae e'n gwneud gweithdai chwerthin mae'n debyg. Ac mae pob math o ddyfyniadau positif yn y broliant am y gwahaniaeth mae ei dechnegau'n gallu gwneud i gyflyrau iselder ysbryd. Yn dod i Lundain cyn bo hir – swnio'n gyffrous. Trip bach yno am benwythnos efalle?

Nia

O dier. Mae Eirwen wedi bod yn rhedeg sesiwn 'taro-i-fewn' i'r Festri i bensiynwyr yr Eglwys. Fe gawson nhw ddarlith am beryglon hypothermia heddiw a sut i'w osgoi. Gan atgoffa pawb fod gwario eich arian prin ar wres a bwyd maethlon lawer yn bwysicach nag ar wydraid o win neu ffags. Roedd ishe gwneud tipyn o faldodi ar y diwedd, sawl gwrychyn wedi ei godi cyn iddi ruthro bant i wneud ei sesiwn wythnosol yn y Citizens' Advice Bureau.

Ac roedd yr holl sôn am win a sigarennau wedi codi'r awydd rhyfeddol yndda i am ffagen fach.

Mae 'na broblemau eraill wedi dechrau codi hefyd oherwydd fod Eirwen mor garismataidd o ran ei ffydd. Mae Geraint yn mwynhau defodau'r Eglwys – beth mae'r Sais yn ei alw'n *smells and bells*. Ond mae Eirwen yn fwy efengylaidd – cwrs Alpha ac yn y blaen. A dyw hyn ddim yn siwtio nifer o'n plwyfolion ni. Ar y llaw arall, mae 'na ambell un yn hoffi'r hyn sydd ganddi i'w ddweud. A allai fod yn broblem yn y dyfodol i Geraint, efallai?

Anwen

Ro'dd Nia a Delyth yn y caffi eto heddi – o'n i mor falch o'u gweld nhw. Fe eisteddon ni gyda'n gilydd yn hollol naturiol y tro hyn ar ôl ein profiad ysgytwol wthnos dwetha. O'dd Delyth fel 'se hi'n ysu am ga'l mynd 'nôl at 'i laptop i ddechre ond fe relacsodd hi ar ôl yfed cymysgedd stecslyd o iachus o'dd yn edrych yn gwmws fel glaswellt a dŵr. Sticodd Nia a finne i'n *cappuccinos*.

Wrth i ni siarad fe sylweddoles i fod Nia a Delyth wedi bod i Aber hefyd – cwpwl o flynyddo'dd o 'mla'n i. O'dd Nia mas yng Ngholeg y Llyfrgellwyr yn Llanbadarn a Delyth lan yng Nghwrt Mawr. A chan nad o'dd yr un o'r ddwy arall yn hala'u hamser yn yfed *lager top* mewn *lock-ins* yn y Cŵps, sdim rhyfedd nad o'dd ein llwybrau wedi croesi.

Rywsut fe ddechreuon ni sôn am arwyr plentyndod a finne'n cyfadde mod i wedi mynd i'r Capitol yng Nghaerdydd i weld David Cassidy pan o'n i'n fach. SGRECHEN wherthin wrth gofio i fi hala'r noson yng nghwmni St John's Ambulance yn hwdu 'mherfedd mas ar ôl gweiddi gyment. Cofio DC fel rhyw smotyn mewn *cheesecloth* rywle yn y pellter – ffaelu clywed dim wrth gwrs. Sŵn yr hysterics mor fyddarol.

Yr holl siarad am Aber/David Cassidy yn neud i fi feddwl

am Daniel am y tro cynta ers ache. Gwmws fel DC – 'run gwallt, crys denim a gitâr. Bob nos Wener yn yr Aelwyd yn Llambed. O'n i'n DWLU arno fe – gwên o'dd yn troi fy stumog yn jeli. Ac o'n ni'n deall ein gilydd rywsut – hiwmor tebyg ac yn gallu siarad am bethe'n rhwydd. Ond, wrth gwrs, o'n i'n iawn fel ffrind – gyda merched deniadol a cŵl o'dd e'n mynd mas fel sboner.

Bu bron i rwbeth ddigwydd pan aethon ni i'r coleg. O'dd e'n mynd mas gyda rhyw Saesnes, Alison, o'dd off ar ei blwyddyn dramor yn Ffrainc ar y pryd. Ac yn y cyngerdd Jarman ar y Pier fe ddechreuon ni siarad a smwcho. Ond wedyn, wrth gerdded 'da'n gilydd 'nôl i Panty yn dal dwylo, fe gwrddon ni â chriw o ffrindie Alison ac fe ollyngwyd fy llaw. Ac wedyn fe gafwyd 'nos da' sidêt wrth ddrws Panty. A dyna'r unig gyfle ges i gydag e wedi ei golli. A 'sen ni ddim wedi cwrdd â ffrindie Alison wi'n SIŴR y byse rhwbeth wedi digwydd.

Ac, o! – o'n i wedi siomi! Lefes i mewn i 'nghlustog drwy'r nos. O'dd 'na rwbeth mor ddelfrydol, mor berffeth amdano fe. Ond wedyn, dy'ch chi ddim yn priodi perffeithrwydd odych chi? Dyw bywyd bob dydd jyst ddim fel'na. A phan gwrddes i â Rhys fis yn ddiweddarach o'dd y cwbwl yn fwy rial a pharhaol rywsut. Er bod y bola ddim yn troi'n jeli.

Delyth

O'n i'n mynd i gyflawni gymaint heddiw ond pan gyrhaeddodd Nia ac Anwen ddechreuon ni sgwrsio, ac roedd hi mor braf eistedd gyda nhw. Ro'n i'n teimlo fymryn yn euog i ddechrau ond fe ges i Zippy Zinger (gyda sbigoglys) a rywsut arhosodd clawr y cyfrifiadur ar gau.

Mor ddiddorol darganfod fod y ddwy arall wedi bod yn

fyfyrwyr yn Aber hefyd. Wnaethon ni ddim cwrdd o gwbwl – ond gan i fi dreulio fy amser bron i gyd yn y llyfrgell dyw hynny ddim syndod. Ac o'n i'n byw lan ar ben y bryn wrth gwrs. Rhy swil i fynd i Bantycelyn ar ôl bod mewn ysgol fonedd yn Lloegr. Hanes fy mywyd i. Rhy swil i bopeth, bron.

Mae Nia wedi rhoi'r gorau i fwyta siwgr dros y Grawys. Fe esboniais i nad ydw i byth yn bwyta siwgr nac yn yfed caffein. Ond o'n i'n methu dwyn perswâd arnyn nhw i drio Zippy Zinger.

Nia

Fe fues i'n siarad lot gormod am fy hun, ac am waith Geraint, ond maen nhw'n wrandawyr mor dda! Mae gan y ddwy o' nhw fywydau mor brysur – llond tŷ o blantos gan Anwen a Delyth trwy ei gwaith fel cyfreithwraig.

Cofio am David Cassidy o bawb – Anwen wedi ei weld yng Nghaerdydd yn '73! A chofio mod i wedi trio plesio Mam a Dad trwy ddweud fod well gen i Donny Osmond gan ei fod e'n grefyddol! Ond o'n i'n meddwl fod gormod o ddannedd gydag e mewn gwirionedd.

Anwen

Newyddion *stop press*!

Ma Mali wedi gadel Alun! Dda'th hi draw 'ma ar ôl ysgol ar dipyn o *high* a gweud y gwir. Llyged yn pefrio a ffrwd o eirie'n byrlymu mas ohoni wrth iddi esbonio pam ma hi 'di neud shwd beth dwl, a lot o sôn am *toyboys* a *cougars*.

Meddwl fod 'i gobeth hi o ffindo Ashton Kutcher *lookalike* (a hei – dewch i ni gofio beth ddigwyddodd i Demi Moore tra bo ni wrthi) yn itha gwan rownd ffor' hyn. Beth geiff hi fwy na thebyg fydd boi canol o'd arall sy'n lico cadw ei CDs yn nhrefn yr wyddor ac sy'n cario gormod o bwyse rownd 'i fola.

Ond do'dd hi ddim yn gwrando ar air wedes i a gweud y gwir. Gobeitho neith hi bwyllo tamed bach a meddwl am y plant. Ma Luned yn neud TGAU flwyddyn nesa a ma Siôn yn ifanc iawn i orfod delio â hyn. Ac ar ben hyn i gyd ry'n ni wedi bwco gwylie 'da Alun a Mali yn yr haf – beth ddigwyddith am hynny nawr?

O'n i ddim yn sylweddoli fod pethe wedi mynd mor ddrwg rhyngon nhw. Licsen i feddwl y byse Rhys a finne'n trio Relate neu rwbeth cyn mynd cweit mor bell. Sai'n credu fod Mali wedi ystyried y peth hyd yn oed.

Wel, ar ôl iddi fynd o'n i'n teimlo'n itha diflas. *Roll on* y gwanwyn weda i. Ma popeth yn edrych yn well yn y gwanwyn, on'd yw e?

Mawrth

Nia

Trefnu'r Dosbarthiadau Derbyn
Nicotinell?
Torri aeliau Geraint yn ei gwsg?

Delyth

Massage pen Indiaidd?
Tabledi *algae* gwyrdd?
Gweithdy clown?

Anwen

Cliro'r *U-bend* yn sinc y gegin
Glanhau top y stof (ishe *Brillo pads* newydd)
Ca'l Rhys i gofio mod i'n bodoli

Anwen

Dydd Gŵyl blydi Dewi!

A'th gwasanaeth Huw yn y bore mla'n am ORIE. Emyne diflas, araith fwy diflas fyth gan Evans Hen Destament a'i sgwrs flynyddol am 'wneud y pethau bychain'.

O'n i'n despret am baned o goffi ond o'dd yn rhaid i fi aros i Huw ga'l neud ei ddarn bach e. O'dd e'n un o res o blant yn dal llythyren yr un i neud enw Dewi Sant. 'N' o'dd 'da Huw – 'Non mam Dewi'.

O'dd popeth yn mynd yn iawn nes i'r bachgen o'dd yn dal y llythyren 'D' hwdi dros y llwyfan. Huw yn gweud wedyn 'i fod e 'di byta cenhinen Bedr gan feddwl ei bod 'run peth â chenhinen. O'n i jyst yn synnu fod y crwt yn gwbod beth o'dd daffodil yn Gymraeg.

Wedyn Llio 'nôl o'r ysgol mewn yffarn o strop. Elin Arianrhod wedi ennill POPETH yn steddfod yr ysgol. Llio yn ei chasáu hi gyda chas perffaith. *Ac* ma'r erchyll Elin 'yn mynd mas gydag Alwyn Huws, y bachgen mwya cŵl yn yr ysgol, *ac* ma hi wedi cael clyweliad i S4C *ac* ma hi'n bert ac yn siŵr o fynd i blincin Caergrawnt achos ma hi'n cael A* ym mhopeth!'

Dryse'n clepian drwy'r tŷ a dim help o gwbwl i neud te.

Ac i goroni diwrnod perffaith o'dd yn rhaid i fi ruthro 'nôl i'r ysgol gynradd ar gyfer ein 'Noson Cawl Cennin' yn y ffreutur. Diolch i'r nefo'dd o'dd itha lot o bobol yno ac, yn ôl Guto y trysorydd, fe fydd y PTA wedi codi cwpwl o ganno'dd.

Llwyddes i osgoi Y-Fam-Sy'n-Conan-Am-Bopeth, o'dd draw gyda Derek yn whilo am fara heb glwten. Synnu gweld hi yno a gweud y gwir gan bo hi wedi bod yn conan yn uchel fod y noson yn rhy ddrud. Ond gollith hi ddim cyfle da i boenydio neb ac wrth i fi adel ar y diwedd weles i ei bod hi wedi llwyddo i gornelu'r brifathrawes. Esguses i mod i heb 'u gweld nhw a dianc adre i weld ripît o *Gwaith/Cartref*.

Nia

Mae cymaint i'w wneud yn y Ficerdy ac mae'n boen gorfod gofyn am arian byth a beunydd am bethe mor bersonol. Dw i ddim yn hoffi trafod maint ein tŷ bach gyda Phwyllgor y Plwy!

Glywodd Eirwen fi'n sôn am ein biliau gwres yn y swyddfa a chynnig nifer o syniadau am insiwleiddio ac yn y blaen. Mae modd gwneud haenen effeithiol iawn gyda chnu defaid a rhyw fath o laswellt wedi ei sychu, mae'n debyg. Mae hi wedi gwneud cwrs ar 'atebion gwyrdd' ac mae hi'n argyhoeddedig y gellid haneru biliau trydan a nwy y Ficerdy.

Delyth

Dw i'n ystyried o ddifri rhoi cynnig ar y gweithdy clown ond y nodyn yma ar y wefan ddim yn argoeli'n dda: 'Red noses will be provided but please bring own jumpsuit.'

Ond wrth feddwl, fe welais i *onesie* neis iawn yr olwg yn Agnès B.

Anwen

Fe dda'th Mali draw ac o'n i'n gallu gweld ar unweth fod gyda hi rwbeth mawr i'w weud. A chyn gynted ag y ces i wared o'r plant a setlo'r ddwy ohonon ni ar y soffa gyda gwydred fe dda'th e i gyd mas.

Fe halodd hi neithiwr 'da rhyw foi gwrddodd hi mewn bar ac fe fuon nhw wrthi DRWY'R NOS. O'dd hi ffaelu stopo siarad am y peth! A gweud y gwir, o'n i am weiddi 'Too much information!' ar un pwynt – ond o'dd dim pwynt trio atal y llif.

A rhaid cyfadde 'i bod hi'n edrych yn blydi grêt. Falle fod yr holl secs 'na wedi rhyddhau rhyw hormons ieuenctid ynddi.

O'n i bach yn jelys a gweud y gwir.

CYFARCHION GWANWYNOL O'R FICERDY

Gofynna'r Ficer i ni ystyried yn ein calonnau sut gallwn ni droi'r tir diffaith yn ffrwythlon. Mae'r Parch. Eirwen yn cynnal bore plannu hadau ar y 7fed ac yn gofyn am wirfoddolwyr i helpu. Rydyn ni am blannu gardd lysiau ger drws cefn y Ficerdy er budd y plwyf.

Mae'r Parch. Eirwen am lanw tomen gompost i greu gwrtaith ac mae hi'n gofyn i chi ddod â gwastraff cegin draw atom i ni gael bwrw 'mlaen â'r cynllun. Dim cig wedi ei goginio na phlisgyn wy – a phopeth yn organig os gwelwch yn dda, medd y Parch. Eirwen.

Croesewir pob cyfraniad.

A oes gan unrhyw un fwydod sbâr?

Nia

Fe eisteddais i gydag Anwen wedi i mi gyrraedd y caffi bore 'ma. Roedd hi'n ymddangos bach yn isel a dweud y gwir. Mae ei gŵr yn ffeindio gwaith yn anodd i'w gael ac yn gorfod teithio milltiroedd i chwilio amdano.

Anwen

Ma Nia mor dda am wrando – 'na beth yw bod yn wraig i ficer sbo. O'n i'n conan am bopeth wrthi druan – Rhys, y plant, gwaith tŷ. A diffyg arian – *boring*! Felly fe newides i'r testun. Teimlo'n wael am gonan gyment ar ôl i fi sylweddoli fod Nia wedi methu ca'l plant. Meddwl y byse hi'n dwlu ca'l rhai o 'mhrobleme i.

Fe ddechreuon ni drafod ein hamser yn Aber – ry'n ni ryw ddwy flynedd ar wahân. Aethon ni i rai o'r un gigs – Jarman ar y Pier, Ail Symudiad ac yn y bla'n – o'dd Nia, wrth gwrs, yn cofio'r gigs 'ma'n well na fi gan nad o'dd hi wedi bod yn tanco'i ffordd rownd tafarne Aber ar y ffordd yno. Fe fuon ni'n wherthin wrth gofio'n dillad – clogs coch a *poncho* o'dd fy ffefrynne i tra o'dd Nia'n cofio gwisgo *cheesecloth* o'i chorun i'w sawdl. A'r ddwy ohonon ni'n drewi o olew *patchouli*...

Nia

Roedd e'n neis hel atgofion am Aber, er bod ein profiadau ni braidd yn wahanol. Es i ddim mewn i'r Cŵps unwaith. Ond wedyn, roedd Llanbadarn yn teimlo ar wahân rywsut.

Mae Anwen yn annwyl iawn – yn deall yn iawn mod i fymryn yn fregus o hyd am y busnes plant 'ma. Ar ôl yr holl flynyddoedd, ddylwn i fod wedi arfer erbyn hyn. Y lluniau teuluol sy'n fy llorio bob tro.

Delyth

Pan gyrhaeddais i'r *café* bore 'ma roedd Anwen a Nia yn siarad am Aber. Yn rhyfedd iawn, roedd gan Nia a finne ambell ffrind yn gyffredin – ond mae'n amlwg fod Anwen yn troi mewn cylchoedd tra gwahanol! Ond roedd hi mor braf sgwrsio. Ac roedd gan y merched ddiddordeb mawr yn fy *regime* i. Wnes i ddim hyd yn oed MEDDWL am agor fy nghyfrifiadur.

Ond profiad rhyfedd oedd y sgwrsio mewn gwirionedd. A sylweddoli ar y ffordd adre mod i heb siarad â neb fel hyn ers gadael Aber. Dw i 'di colli'r arfer o rannu cyfrinachau. Mae'r ddwy arall mor agored – Anwen yn siarad am ei phriodas heb flewyn ar ei thafod a Nia'n hollol barod i drafod y ffaith ei bod hi wedi methu cael plant, a bod hyn yn loes calon iddi. A finne'n methu dweud dim am fy hun heblaw mod i'n osgoi caffein a glwten ac yn hoffi ymarfer corff.

Anwen

Ma Delyth yn anhygoel – yn neud Pilates, ioga a mynd i'r *gym*. A ma hi'n hala orie'n paratoi yn y bore – tunnell o stwff gwahanol ar ei hwyneb a phethe fel *exfoliation*. O'dd dim clem 'da fi beth o'dd *exfoliation* nes iddi esbonio i fi!

Babywipe o dan 'yn llyged i – 'na'n *beauty regime* i…

Nia

Mae Delyth yn poeni'n ddirfawr am yr hyn mae hi'n ei fwyta. Mae ganddi sawl alergedd – bara, llaeth ac yn y blaen. Mae alergedd i fara (wel, grawn mewn gwirionedd) yn gyffredin iawn yn ôl Delyth – yn achosi gwynt ac ati. Pwy feddyliai? A dyw hi ddim yn cyffwrdd â the na choffi chwaith. Allwn i ddim byw heb baned o de.

Mae hi'n fy nharo i fel person braidd yn unig – yn gweithio'n anhygoel o galed ac yn llwyddiannus iawn yn ei maes. Ond yn mynd adre i dŷ gwag bob nos.

Anwen

O jiw – yr holl siarad am yr hwyl geson ni yn Aber yn y caffi wedi hala naw math o iselder arna i. Ma 'mywyd i MOR ddiflas ar hyn o bryd. Ma'n rhaid i fi neud rhwbeth i newid pethe. O'n i'n arfer dwlu ar sgrifennu – pam 'nes i stopo? Enilles i'r Fedal Lenyddiaeth ddwywaith yn y Rhyng Gol ac unwaith yn yr Urdd hyd yn oed. I ble ddiflannodd yr holl blydi creadigrwydd 'na?

O'dd gwaith yn y ffordd ar y dechre, wrth gwrs – dim amser i ddim pan ma rhywun yn dysgu. Ond wi'n cofio fod 'da fi ffantasi y bysen i'n gallu ailddechre sgrifennu pan ges i blant – y babi'n cysgu'n dawel yn ei grud a finne'n llenydda wrth ei ochor. Ond y gwir yw, o'n i mor flinedig, cwmpo i gysgu o'n i'n neud yn ystod unrhyw seibiant bach a deffro gyda dribls lawr 'y ngên. Dda'th dim nofel fawr o hynny wedi'r cyfan. Na'r ddrama 'na o'n i mor benderfynol o'i sgrifennu. Licsen i neud rhwbeth llenyddol nawr – a cha'l 'y nhalu amdano fe fydde'n neis.

Fe dda'th Tim Howells a'i wraig draw i swper heno. Ma Rhys yn gobeitho caiff e'r contract IT yn swyddfa newydd Tim. O'dd *e*'n ocê. Ond o'dd *hi*'n DRYCHINEBUS. Dillad, colur, gwallt i gyd yn berffeth a dim BYD 'da ni i siarad amdano fe.

Dries i blant/ysgolion/gwylie – ond gan bod ei thrysore hi'n ca'l eu cludo i Howells gan *au pair* o Sweden bob dydd a bod 'u gwylie dwetha nhw yn Japan a Hawaii, do'dd dim lot o dir cyffredin yn fanna.

Ofynnes i am 'i thŷ hi wedyn, a feddylies i am funud bod pethe'n gwella – dechreuodd hi siarad am ryw gynllun addurno sy ar y gweill 'da hi ar hyn o bryd:

'I want everything in aqua and sandstone – silks, cashmeres, Farrow and Ball paints – you know.'

Na. Do'dd dim clem 'da fi. A diolch i'r nefo'dd ei bod hi mor dywyll yn ein stafell fyw ni a'i bod hi'n ffaelu gweld y staen anferth ar y to lle orlifodd bath Llio, a'r hanner cant o staenie sy o dan y *throw* brynes i o IKEA i d'wlu dros y soffa.

NEGES ODDI WRTH Y PARCH. EIRWEN

Diolch yn fawr i bawb a fuodd yn llafurio yn yr ardd fore Sadwrn. Yn anffodus mae eisiau mwy o bobol i wneud yr ymdrech i ddod draw y tro nesaf. Doedd yna ddim digon o freichiau cryf i ymdopi â'r gwaith palu dwbwl angenrheidiol.

Nodyn hefyd i'ch atgoffa taw myfyrio ar undod Ef/Hi yw'r gwaith cartref ar gyfer y drafodaeth nesaf a gynhelir gan y Parch. Eirwen yn y gyfres am Rywogaeth/Duwdod.

A all criw Bums & Tums roi POPETH 'nôl yn y cwpwrdd ar ddiwedd y sesiwn yn y Festri – wedi eu golchi a'u SYCHU os gwelwch yn dda?

Nia

Wedi treulio'r bore yn trefnu ceir i gasglu rhai o henoed y plwy a'u cludo i wasanaeth Sul y Pasg. Fydda i ddim yn bwrw ati mor bell â hyn o flaen llaw fel arfer, ond gan fod Eirwen wedi awgrymu ein bod yn trio *car pooling* mae angen trefnu reit ofalus. Pwy sy'n eistedd gyda phwy ac ati.

Mae Eirwen wedi cynnig defnyddio ei fan hi i gludo dau ohonyn nhw gan bod lle i dri yn y blaen, mae'n debyg. Ond mae e mor uchel, dw i ddim yn gallu meddwl am unrhyw un fyddai'n gallu dringo i mewn iddo fe. Efallai gallwn ni ffeindio stepen o ryw fath?

Roedd Geraint yn dawel iawn amser brecwast. Doedd e ddim am siarad am y peth i ddechre ond ar ôl i fi brocio fymryn fe ddywedodd ei fod yn myfyrio am awgrym a wnaed gan Eirwen. Mae hi'n meddwl fod defnyddio arogldarth yn yr Eglwys ar fore Sul yn anaddas – yn rhy Gatholig ei naws.

Fe gododd hyn fy ngwrychyn i'n syth – roedd hi'n gwybod yn iawn pan ddaeth hi i'r cyfweliad fod yna elfennau 'uchel' yn ein heglwys ni. Dim bocsys cyffes, wrth gwrs, ond ambell ddefod sy'n ychwanegu naws ac awyrgylch i'r gwasanaeth. Dechreuais i daranu y dylai hi fynd i eglwys arall os nad yw hi'n hapus yn lle ceisio newid pethe fan hyn.

Geraint yn fwy pwyllog, wrth gwrs, yn dal i feddwl bod ei dyfodiad yn rhyw fath o brawf iddo, yn ennyn trafodaeth iach ac yn dyfnhau ei ffydd yn y pen draw.

Dw i'n gweld fod yna wirionedd yn hyn, wrth gwrs, ond hoffen i petase Eirwen yn procio fymryn yn llai. Mae golwg wedi blino ar Geraint ac mae ishe seibiant hyd yn oed ar ficeriaid weithiau!

Ac mae hi wedi creu problemau gyda swper y Grawys ar ben hyn i gyd. Yn dweud y dylai'r cwbwl fod yn llysieuol ac aelodau'r pwyllgor yn dweud, os felly, y dylid gostwng y pris. A Mrs Evans yn dweud fod y ffowls wedi eu hordro beth bynnag felly allwn ni ddim newid. A chawdel arall i'w sortio.

Anwen

Blydi Elin Arianrhod yn mynd drwodd ar BOPETH yn y Steddfod Gylch. Dechre gweld beth ma Llio'n feddwl. A'th Llio drwodd yn y parti cerdd dant a'r côr merched, diolch byth, ond o'dd hi'n uffernol o siomedig am yr unawdau. A ma'i llais hi mor naturiol a phert.

Mam Elin yn y rhes fla'n gyda'r Mame-Steddfod eraill – pob un yn cyd-eirio'n wallgo. 'U penne nhw'n nodio fel cŵn-bla'n-y-car a'r gwefuse'n gwitho *overtime*. O leia sai'n un ohonyn nhw – er mod i wedi hala hanner awr yn taranu am 'feirniaid o'r North' a bod Llio wedi 'ca'l cam' pan dda'th Rhys gatre. Ond chlywodd neb arall fi, diolch byth.

O'dd mam-gu Elin yn arfer bod gwmws 'run peth 'da mam Elin. Wi'n cofio nhw pan o'n i'n blentyn yn Llambed. Ac fe fydd Elin yn siŵr o gario'r peth mla'n pan gaiff hi blant. Fel'na ma'n mynd o un genhedleth i'r llall.

Meilir Gwynn yn arwain o'r llwyfan. Hollol ddiflewyn-ar-dafod. Yn gweiddi pethe fel:

'A wnaiff y fenyw dew 'na yn y cefen ishte lawr, plîs – y'n ni moyn dechre!'

Ac wedyn:

'All y dyn â'r bola mawr yn yr ail res gau 'i ben e, plîs, mae Gwion ar fin whare'i ddarn ar y soddgrwth.'

Ma gormod o ofon arna i symud pan fod e'n arwain. Rhag ofon 'i fod e'n gweiddi rhwbeth am y 'fenyw ganol oed â'r pen ôl anferth'.

Delyth

Syr David yn llawn syniadau rhyfedd ar hyn o bryd.

Dweud ei fod wedi bod yn 'meddwl y tu allan i'r bocs'. Wedi newid lliw papur wal y swyddfa i las golau, sy'n 'lliw mwy addawol' yn ôl Syr David.

Wedi penderfynu peidio â mynd i'r gweithdy clown. Methu ffeindio jympsiwt neis yn un peth. Ac ar ôl edrych, doedd y lluniau ar y wefan ddim yn apelio chwaith – pawb yn edrych yn rhy llawen rywsut. Ac yn, wel, dew.

Dw i'n benderfynol o ffeindio rhyw fath o therapi sy'n gweithio i mi. Fe ofynnais i am dabledi *anti-depressant* wrth y GP ond fe wrthododd hi. A dweud y gwir, roedd hi am i mi roi'r gorau i'r tabledi cysgu hefyd. Awgrymu mod i'n gwneud mwy o ymarfer corff gan ei fod yn achosi chwistrelliad hormonaidd yn y gwaed sy'n rhoi hwb i chi heb gyffuriau.

Esboniais wrthi mod i'n cerdded am awr bob dydd ac yn mynychu'r *gym* a gwersi Pilates a ioga yn barod. Ond gwrthod wnaeth hi o hyd – dim ond mewn cyfyng-gyngor y bydd hi'n eu defnyddio. Adre'n teimlo'n isel. Paned o ddŵr twym a lemwn. Tabled i gysgu – diolch byth fod gen i rai ar ôl. Ond beth wna i pan ddaw'r rhain i ben?

Neges arall wrth Modryb Edith, am i mi alw draw – fe fydd yn rhaid i mi fynd cyn bo hir. Ond, o! mae 'nghalon yn suddo wrth feddwl am y peth. Mae hi'n berson gwych, dw i'n gwybod. Ond o'n i'n ei hofni hi pan o'n i'n blentyn – roedd hi mor ffroenuchel. 'Formidable' fyse'r Sais yn ei ddweud. Teimlo'n bum mlwydd oed eto yn ei chwmni hi.

Roedd hi a Mami fel ci a hwch a 'nhad druan yn eu canol nhw. Er eu bod nhw mor debyg mewn gwirionedd, y ddwy mor feirniadol o bob dim. Y ddwy'n galed, galed.

A dim lot o serch yn dod i 'nghyfeiriad i wrth y naill na'r llall.

Anwen

Duw a'n gwaredo, fe LADDA i rywun yn y PTA nesa! Ma'r Fam-Sy'n-Conan-Am-Bopeth a'i chriw yn hala colled arna i. Ma'n nhw ond yn dod i'r cyfarfodydd i greu trafferth ac i frolio'u plant. Gweud pethe fel:

'Mae Dyddgu [6 oed] MOR dda gyda ieithoedd – allwn ni bwyso ar yr athrawon i ddechrau gwersi Mandarin fel rhan o'r cwricwlwm? Dw i ddim yn teimlo fod Dyddgu'n cael ei SIALENSO ddigon gyda dim ond Cymraeg, Saesneg a Ffrangeg.'

Neu:

'Mae Gwydion [5 oed] wedi cael digon ar brintio – allwn ni awgrymu'n garedig fod y plant yn dechrau eu sgiliau *cursive* fymryn ynghynt?'

O'dd conan heno am waith cartre (dim digon ohono fe), yr Urdd (gormod ohono fe) a pholisi cnau'r ysgol (ymyrryd ar hawliau sifil), a dim un o'r criw afiach yn meddwl gweud 'diolch' na hyd yn oed gydnabod yr holl waith caled ma'r athrawon yn neud dros 'u plant nhw yn DDI-DÂL i redeg clybie a rihyrsals a phopeth arall.

Ar ddiwedd y noson es i at Miss Morris a rhoi yffarn o gwtsh mawr iddi – o'dd hi'n edrych wedi ymlâdd. Wedes i wrthi am fynd gatre a cha'l yffarn o wydred mawr o win a pheido MEDDWL am yr ysgol.

'Fe wna i yn y man,' medde hi. 'Ond ma'n rhaid i fi neud cwpwl o orie o waith papur cyn i fi fynd heno.'

Ac o'dd hi'n naw o'r gloch yn barod!

Pwy fydde'n bod yn athro heddi?

Nia

O dier. Mae Eirwen wedi bod wrthi eto yn ypsetio pobol. Undeb y Mamau y tro hwn. Mae hi'n awyddus iawn i roi'r sesiwn 'Fi a Fy Mocs Tacle Trwsio' yn y calendr mor fuan ag sy'n bosib, ond gan fod tipyn ar y gweill yn barod dyw hyn ddim yn rhwydd iawn. Bydd rhaid aros ychydig fisoedd yn ôl pob sôn.

Yn anffodus, doedd nifer o'r aelodau ddim yn hapus pan awgrymodd Eirwen fod deall sut i drwsio peiriannau yn fwy pwysig na sesiwn Mrs Mair Roberts ar gwiltio. Wedi'r cyfan, mae Mrs Roberts yn dod yr holl ffordd o'r Wig i'n gweld ni.

Delyth

Dw i'n ystyried trio triniaeth newydd – rhoi gwedd dipyn yn ifancach i chi yn ôl bob sôn. Wedi bod yn darllen amdani yn *Vogue*. Dim angen yr hyn a elwir ganddyn nhw'n *down time*, sef amser gwella am wn i, gan nad yw'r driniaeth yn gadael ei hôl ar y croen – dim marciau nodwydd na chwyddo ac ati. Mae'n tynhau'r croen yn wych drwy ddefnyddio golau a phelydrau radio yn unig! Anhygoel o ddrud ond yn werth ei hystyried yn sicr.

Ar y llaw arall, rhaid teithio i Lundain i'w chael ac mae'n driniaeth mor newydd, pwy a ŵyr beth fydd y sgileffeithiau.

Wedi llanw ffurflen i 'Asiantaeth Gyfarfod' newydd – i bobol broffesiynol yn unig, yn ôl y broliant. Rhestr faith o gwestiynau – rhai ohonyn nhw'n anodd i'w hateb. Sut fydde rhywun yn ymddwyn mewn damwain? Neu wrth ffeindio ffortiwn ar ochr yr heol, er enghraifft. Cwestiynau braidd yn haniaethol ac mae'n anodd gwybod sut i'w hateb heb swnio braidd yn hunangyfiawn.

A hyd yn oed y rhai traddodiadol yn ddigon anodd – diddordebau ac yn y blaen. Mae fy atebion i mor ddiflas, fyswn i ddim am fynd allan gyda fi.

Anwen

Steddfod Sir. Lot fawr o Elin Arianrhods a'u mame yma, wrth gwrs, a'n Elin ni ddim yn ei cha'l hi mor rhwydd. Y rhes fla'n yn ferw o fwy o fame boncers nag yn y Steddfod Gylch hyd yn oed, a phethe'n edrych bach yn hyll yn ystod yr unawd offerynnol dan 12 pan gwmpodd un fam dros soddgrwth un arall.

Ond a'th Elin drwodd ar gerdd dant a chanu gwerin felly o'dd hi'n ddigon hapus. Ac a'th Llio a'r ysgol drwodd ar gwpwl o bethe, sy'n golygu trip i'r Gogs i ni dros y Sulgwyn, fydd yn neis. O leia allwn ni aros gyda brawd Rhys, sy'n neud y cwbwl lot yn rhatach. A fydd hi'n neis bod ym Mhen Llŷn ddechre'r haf.

Delyth

O dier, y dêt cynta drwy'r asiantaeth yn drychinebus. Eistedd yn y bar ar fy mhen fy hunan am awr go dda cyn i mi gyfadde i mi fy hun nad oedd neb yn dod a taw'r dêt oedd y dyn ddaeth i mewn i'r bar a throi ar ei sawdl pan welodd e fi.

Ac o'n i wedi gwneud y fath ymdrech hefyd. Alla i ddim edrych yn well na hyn – gwallt a dillad yn tip-top. Ond ddim yn gwneud y tro, mae'n amlwg.

Eistedd yno yn sipian fy ngwin a gwên ffug ar fy ngwyneb, ac atgofion yn llifo 'nôl o'r amseroedd o'r bla'n. Finne ar fy mhen fy hun droeon ar ymyl y ddawns yn esgus mod i'n mwynhau fy hun. Rhyw Amazon o ferch o'n i yn yr ysgol – rhy dal i dynnu sylw'r bechgyn. A Mami yn dweud mod i'n rhy afrosgo ac yn rhy barod i ddweud fy marn, bod dynion ddim yn lico hynny. A does dim wedi newid. Dim ots mod i'n gwisgo Prada a Missoni ac yn cael *facials* drud a lliw organig yn fy ngwallt. Does neb am fynd mas 'da fi o hyd.

Nia

Sgwrs gyda Geraint am fusnes Eirwen ac Undeb y Mamau. Fe drodd ei sylw o Gyfrifiad 1861 i siarad â fi, felly o'n i'n gallu gweld ei fod yn meddwl fod hyn yn bwysig. Dw i'n gwybod fod hel achau yn ffordd dda iddo ymlacio, ond weithiau dw i'n meddwl fod Geraint yn rhy barod i daflu ei hun i fewn i'r gorffennol gan 'y ngadael i ar ôl i ddelio â materion pigog y presennol.

Beth bynnag – fe ddywedodd Ger fod Eirwen, fel o'n i'n gwybod, damaid yn fwy radical nag oedd e wedi sylweddoli. Ond, gan ei bod hi'n gweithio mor galed ac mor llawn o syniadau diddorol, mae e'n gwneud ymdrech i ymfalchïo yn y tir cyffredin sydd rhyngddyn nhw. Onid felly oes modd i finne hefyd ffeindio ffordd o ffrwyno ei hegni a'i brwdfrydedd? Ac onid oes ganddi rai pwyntiau diddorol am Undeb y Mamau?

Dw i'n gwybod ei fod e'n iawn a bod yn rhaid i fi fod yn fwy aeddfed gydag Eirwen. Ond mae'n anodd weithiau.

Delyth

Wedi ffeindio llyfr newydd gwych: *Find your Inner Sat Nav*. Y broliant yn swnio'n addawol iawn – ffeindio'r llwybr cywir trwy eich bywyd a mwynhau'r siwrne yw'r nod. Ffrwyno egni positif.

Syr David mewn cyfarfod drwy'r prynhawn gyda rhyw ddyn dwyreiniol yr olwg mewn dillad llaes lliw saffrwm a phenwisg felen. Aethon nhw o gwmpas y swyddfa yn casglu'r binie sbwriel ac yn symud planhigion o gwmpas. Glywais i fymryn o'r sgwrs rhyngddyn nhw – rhywbeth am 'ryddhau'r *chi*'. Arfon yn chwerthin tu ôl i'w law yng nghefn y swyddfa. Meddwl fod Syr D yn ei cholli hi – ac yn sicr mae ei ymddygiad braidd yn rhyfedd ar hyn o bryd. Beth allai hynny olygu yn y dyfodol?

Sudd sbigoglys gyda Gwenllian yn y Chapter yna cerdded draw i Neuadd y Ddinas (*trainers* yn fy mag!) i gyfarfod swyddog y Cyngor am y datblygiad newydd yn Fairwater. Sesiwn gyflym yn y *gym* cyn mynd yn ôl i'r Chapter i weld fersiwn newydd o *Blodeuwedd* gyda Syr Wynff ap Concord y Bos a Phlwmsan.

Anwen

Fe benderfynes i olchi'r ffwrn heddi ac o'n i wedi plastro'r stwff mwya ffiedd drosti gyd pan ganodd y ffôn. Yr ysgol feithrin. Angharad yn dost – a ddethen i i'w nôl hi?

Wel, erbyn i fi gyrraedd o'dd hi'n hollol iawn, wrth gwrs, ond o'dd yn rhaid i fi fynd â hi o'na beth bynnag. Ac erbyn i fi gyrraedd gatre o'dd y stwff ar y ffwrn mor galed â haearn Sbaen. Gymerith hi ache i fi ga'l e bant ac fe fydd Rhys mewn strop achos ma fe'n lico tarten o Marks ar nos Iau a fydd y ffwrn ddim yn barod i'w defnyddio am ddyddie.

Ac o'n i 'di blino'n uffernol beth bynnag achos dda'th Huw miwn am bump yn darllen jôcs mas o'r *Beano*.

Wedyn collodd Rhys ei limpin yn llwyr ar ôl neud ei lyfre – dechre conan am y bilie gwres a gweiddi ar Llio am ei bod yn cadw ei chyfrifiadur hi mla'n drwy'r amser 'i edrych ar blydi Facebook'. Fe fuodd y ddau'n sgrechen ar ei gilydd ar waelod

y staer a finne'n trio ca'l Angharad i gysgu a Huw'n wewan
am rhyw brosiect am y Llychlynwyr sy fod yn barod erbyn
bore fory a dim ond nawr o'dd e'n cofio bod ishe adeiladu
helmed.

Ma ishe gras, on'd o's e? Sai'n gwbod pwy sy waetha – Rhys
neu'r plant. Diolch i'r nefo'dd fod hi'n ddydd Gwener fory.
Alla i ddianc i'r caffi.

Nia

Y Grawys yn teimlo'n hir iawn eleni – y teisennod yn
y caffi yn edrych MOR neis ond, na, rhaid i fi fod yn gryf
ac ymwrthod. Anwen yn ceisio colli pwysau ac yn sticio
i'r coffi hefyd. Delyth, wrth gwrs, yn ymwrthod â bron
popeth beth bynnag, felly'r Grawys yn ddim iddi hi! Ond
y sgwrsio'n ddigon i 'nghynnal i – a dim ishe meddwl am
Eirwen am ddwyawr!

Delyth

Swper blynyddol y partneriaid heno – y merched yn y
café mor ffeind, Nia'n dweud mod i'n *elegant*! Neb wedi
dweud hynny amdana i erioed! Ond dw i mor ddihyder yn
mynd i'r achlysuron yma – fe fyddai'r profiad gymaint yn
rhwyddach petawn i'n mynd yno gyda phartner. Nid bod
hynny'n debygol iawn o ddigwydd. Ro'n i bron â chyfadde
wrth y merched mod i heb fod mewn perthynas hirach na
mis erioed, ond rywsut ddaeth y geiriau ddim a dyna lle'r
o'n i eto yn trafod fy *regime* bwyta ac ymarfer corff.

Anwen yn gwneud i mi chwerthin – yn tylino'r cnawd
ar ei bola, ei Play-Doh personol, medde hi. Licen i tasen
i'n gallu bod mor hyderus am fy hun. Ac yna'n adrodd

stori ddoniol am gyrraedd y til yn Lidl heb bwrs a gorfod gadael wythnos o siopad yno a rhuthro adre i nôl arian. Cyn mynd 'nôl a dechrau ar y cyfan eto!

A'r ddwy mor NEIS i mi.

Anwen

A ma Delyth yn gwisgo ffrog maint wyth i'r gino 'ma heno! Wyth! Sai 'di bod y maint 'na ers 1972!

Ond ma hi mor ddihyder – fe roies i gwtsh bach iddi cyn i ni adel, o'dd golwg mor ddiflas arni. Ddim yn meddwl fod neb yn cyffwrdd â hi'n aml. Ond, jiw, o'dd hi fel deryn bach – mor dene.

Nia

Meddwl fod y cinio yn rhyw fath o brawf ar Delyth – rhaid edrych yn ifanc, medde hi, a sgwrsio'n gall. Swnio'n dipyn o straen i fi. Meddwl fyse noson gydag Eirwen, hyd yn oed, yn well na'r hyn sydd gan Delyth o'i blaen.

Anwen

Licsen i fynd mas i ga'l cino crand mewn nicers Spanx a ffrog smart. Alla i ddim cofio pryd fues i mewn unrhyw fath o achlysur crand ddwetha. Sdim un ffrog posh 'da fi sy'n ffito erbyn hyn.

Delyth

Wel, dw i mor barod ag y galla i fod. Ffrog Anna Sui. Manolos ar 'y nhraed. Tacsi wedi ei fwcio. Does ond gobeithio y bydd gen i'r hyder i ddisgleirio heno.

Ebrill

Delyth

50 *sit-up* a hanner awr o Pilates bob bore
Ffonio'r cartre i drafod Dadi
Dewis y ffordd a glynu ati!

Nia

Cynhadledd 'Clergy Spouses'?
Cardigan newydd?

Anwen

Ymarfer sgrifennu gyda Huw
Siarad yn gall gyda Llio
T'wlu dymi Angharad

CYFARCHION Y PASG!

Mae'r Pasg yn cynnig cyfle da i fyfyrio am golledion ond hefyd am enedigaeth a bywyd newydd. Eleni rydyn ni am wneud ymdrech arbennig i gyffwrdd â'r rhai hynny sydd heb ddim, gan geisio gwerthfawrogi cyfoeth ein bywydau ni ein hunain wrth wneud.

Gofynna'r Parch. Eirwen i ni gasglu dillad ail-law i'w danfon i Kwazulu. Gellid ailgylchu dillad carpiog hefyd i godi arian i'r achos. Mae'r Parch. Eirwen am i ni gofio fod yna lawer iawn o wastraff yn y byd modern ac fe fydd hwn yn gyfle i ni fyfyrio am yr hyn y gallwn ni fel unigolion ei wneud i arbed gwastraff.

Bydd Helfa Wyau Pasg ar ôl y Gwasanaeth Teuluol ar Sul y Pasg ac mae'r Parch. Eirwen yn gofyn i ni sicrhau bod ein cyfraniadau eleni yn rhai Masnach Deg. Mae hi am ein hatgoffa hefyd y gellir prynu wyau siocled arbennig sy'n cynnwys stori'r Pasg ar ochr y bocsys ac sy'n ategu gwir ystyr yr ŵyl.

Nia

Roedd y Pasg mor brysur gan ein bod ni'n cynnal Prosesiwn Tystio yn ogystal â'r holl wasanaethau arferol. Fe arweiniodd Eirwen wylnos dros y Groglith hefyd er, yn anffodus, dim ond rhyw ddau neu dri ddaeth ynghyd i fyfyrio gyda hi. Roedd y tywydd mor oer, a'r ffaith fod y myfyrio yn digwydd dros nos wedi effeithio ar y niferoedd dw i'n siŵr. Ond pan ddywedais i hynny wrth Eirwen fe ddywedodd hi nad oedd diffyg cwsg a thipyn bach o oerfel yn ddim o'i gymharu â'i ddioddefaint Ef ar y Groes.

Roedd ishe ffagen fach arna i ar ôl hynny. A *sit-down* bach gyda'r *Hello* a adawyd yn y Festri ddoe. Ges i funud gyda'r *Church Times* hefyd. Meddwl o ddifri am fynd i'r gynhadledd 'Clergy Spouses' fis nesa. Sgwn i oes 'da nhw sesiynau ar sut i ddelio gyda chiwrad sy'n gwybod y cyfan…?

Delyth

Dêt trychinebus arall. Do'n i ddim yn teimlo fel mynd ar ôl yr un mis diwetha, ond ar ôl bod mor unig yn swper y partneriaid ro'n i'n teimlo fod yn rhaid i fi wneud ymdrech i ffeindio cymar. Fi oedd yr unig un yno ar fy mhen fy hun – ac er i'r noson fynd yn iawn (dw i'n siŵr i mi siarad â'r bobol iawn a dweud y pethe iawn ac yn y blaen) roedd bod yno ar fy mhen fy hun yn hunlle. A doedd gwisgo ffrog maint wyth ddim yn ddigon o gysur rywsut.

Y tro hwn ro'n i wedi trefnu cwrdd â rhywun o'r enw Dave mewn bar coffi o'r enw The Beacon. Roedd y lle'n llawn pan gyrhaeddais i ond fe ddaeth Dave draw ata i'n syth – llaw allan, gafael cryf, yn wên o glust i glust.

Fe aethon ni i eistedd ac fe ges i baned o de mintys. Roedd y sgwrs yn araf i ddechrau, ond fe wellodd pethe ar ôl i ni ddechrau trafod teuluoedd a chefndir ac yn y blaen.

Mae e'n dod o'r Rhondda, wedi cael ysgariad, 'but we're the best of friends, it's all very civilised', dau o blant yn y coleg.

Ddim yn siarad Cymraeg: 'No, I've never felt the need to do it, probably should learn it now. Devolution gravy train and all that…'

Cynhyrfodd y dorf yn y *café* yn sydyn wrth i ŵr mewn

siwt smart a chudynnau o wallt melyn frasgamu i fewn yn egnïol. Fe ddaeth e'n syth draw at ein bwrdd ni a chyflwyno ei hun fel 'Jake – a friend of Dave's'. Ac ar ôl syllu'n graff arna i am ychydig eiliadau fe aeth e 'mlaen: 'So, Delyth, do you ever think about God, or is it all money, Botox and clothes with you?'

Ges i gymaint o sioc o'n i'n methu meddwl am ddim i'w ddweud ac fe eisteddais i yno â 'ngheg ar agor yn edrych arno'n syn.

Ychwanegodd Dave, 'You see, Delyth, I couldn't form a meaningful relationship with anyone who hasn't let the Lord Jesus into their life.'

A Jake yn dweud wedyn, 'Which is why we like to have these little chats with all the new friends our members bring to The Beacon.'

Sylweddolais yn sydyn nad dêt oedd hwn o gwbwl ond rhyw wahoddiad i ymuno â chylt diflas oedd yn chwarae ar unigedd *singletons* truenus fel fi. A'r Jake rhyfedd 'ma gyda'i wên annaearol oedd y bos mawr ar y cyfan!

Sefais yn fy sandalau Prada, gafael yn fy mag Mulberry a chodi fy nghot Missoni oddi ar gefn y gadair.

Edrychais i fyw llygaid Jake a datgan yn uchel, 'I have my own religion, thank you, and I don't appreciate being lectured by people who know ABSOLUTELY NOTHING about me,' a throi ar fy sawdl a mynd. O'n i mor wyllt fe gerddais i'r holl ffordd adre heb sylwi mod i mewn sodlau chwe modfedd!

Nia

Wel, dw i 'di bwcio lle ar y gynhadledd! Mae Ger yn meddwl ei fod yn syniad gwych a dw i'n meddwl y gwnaiff les i fi gael cwrdd â gwragedd eraill sydd yn yr un sefyllfa â fi. Mae'r lluniau ar y wefan yn edrych yn grêt. Yn un ohonyn nhw mae criw gwengar yn eistedd ar soffa gyfforddus yr olwg yn dal paneidiau o de a chwerthin yn braf. 'Sharing a Joke Over a Cuppa' yw'r pennawd. Nid trafod dulliau o drin ciwradiaid poenus, 'te.

Anwen

O, wi mor *stressed*!

Wi'n hala orie yn y car yn hebrwng y plant i un peth ar ôl y llall – ma'n nhw'n ca'l bywyd llawer mwy cymdeithasol na fi! A phan wi ddim yn gyrru, wi'n coginio, neu'n cliro llestri, neu'n neud gwaith cartre, neu'n ca'l y plant miwn i'r gwely, neu'n trio ca'l nhw mas o'r gwely. A do's NEB yn neud UNRHYW BETH y tro cynta wi'n gofyn!

Ma 'na dwll yn y leino ar waelod y staer achos mod i'n hala gyment o amser yn sefyll yno'n gweiddi lan y staer i ga'l y plant i ddod lawr. Dyw Mam ddim yn deall pam bo byth amser 'da fi i ga'l '*chat*' bach a ma'r PTA yn hala fi lan y wal!

Delyth

Dyw'r llyfr *Sat Nav* ddim yn gweithio i mi. Alla i ddim ffeindio dechrau'r daith rywsut. Y syniad yw eich bod chi'n llunio'ch siwrne a glynu wrthi drwy gydol eich bywyd. Ond dyw'r llwybr ddim yn ymddangos yn glir i mi o gwbwl.

Y newyddion mawr yw mod i wedi ffeindio therapydd newydd sy'n fwya addawol! Mae Jasinder yn gweithio mewn stafell uwchben y siop lysieuol bob nos Iau a nos Wener – roedd yna sesiwn gyflwyno yno neithiwr pan ddigwyddais i daro mewn i brynu hadau *linseed*.

Mae ei athroniaeth yn syml ond MOR ysbrydoledig. Mae'n annog ni i wneud y gorau o bob cyfle a gwahodd egni positif i mewn drwy wneud datganiadau positif a myfyrio ar yr hyn sy'n ein llawenhau. Mae Jasinder mor hawddgar ac yn annwyl tu hwnt. Mae ganddo lygaid brown hyfryd ac mae e'n hoelio'i sylw arnoch chi wrth wrando. Fe ddywedodd wrtha i mod i'n haeddu bod yn hapus, ac y dylwn i ymestyn fy mreichiau tuag at y goleuni sy'n fy nisgwyl.

Ac am unwaith dw i'n meddwl efalle y bydd modd i mi wneud hynny!

Nia

Mae Eirwen wedi prynu clogyn newydd i'w wisgo wrth yr allor. Mae ganddo fflamau coch llachar arno. Dw i'n meddwl iddo beri i rai o'n haelodau mwy ceidwadol godi eu haeliau. Yn sicr, fe welais i Geraint yn edrych yn go ddryslyd pan hwyliodd hi allan o'r Festri bore 'ma.

Daeth manylion y cwrs drwy'r post: 'Bedding will be provided but conference delegates must bring own towels. Sachets of soap can be bought at reception.'

Yr agenda'n edrych fymryn yn sych ond y 'break-out groups' yn fwy addawol. Efallai taw fanna fydd y soffas a'r paneidiau?

O leia fydd Eirwen ddim yno.

Anwen

O'n i MOR falch i gyrraedd y caffi heddi! Ma lolian ar soffa lân, gyfforddus yn stwffo cacs (a'th y deiet i ebargofiant 'to) yn GYMENT o bleser.

Ro'dd yr Iymi Mymis yno fel arfer – a'u babis mewn cryse T gyda sloganau fel 'My other pram's a Bentley' ac 'I'm with Stupid'. A ma'r enwe'n ddwlach nag erio'd – wi'n siŵr i fi glywed Wilfred a Dorcas heddi.

Ma'n nhw i gyd mor glam! Shwd yn union ma hwnna'n gwitho 'te? Ffaeles i adel y tŷ am fiso'dd pan ges i Llio. Ond ma'r rhain yn edrych fel tasen nhw wedi camu allan o dudalenne *Vogue*. A ma'n Cath Kidston ar ben bob stori – bagie, cewynne, cwiltie bach pinc a phob dilledyn yn newydd sbon am wn i. Dim *hand-me-downs* yn unman.

Fe ddechreuodd Delyth siarad am 'i hanes hi heddi – hanes itha trist rili. Fe'i halwyd hi bant i'r ysgol ac o'dd 'i rhieni'n swno'n ddigon oeredd hefyd. Falle mai 'na pam ma hi mor boncers am beth ma hi'n fyta ac yn y bla'n. Ma hi 'di ffindo rhyw therapydd newydd 'gwych' yn y siop organig drws nesa i'r caffi (moron bawlyd sy'n costio dwbwl be ma'n nhw'n costo yn Tesco), a ma hi'n talu crocbris i'w weld e bob wthnos.

Sai'n gwbod wir. Falle wneiff e helpu. Ond wi'n ame. Ac o'n i ddim yn y mŵd heddi rywsut i wrando arni'n mynd mla'n a mla'n am y peth. Sdim amser 'da fi beth bynnag i boeni am fyta gormod o glwten na llyncu tunnell o fitamins drud – na'r arian i dalu amdanyn nhw chwaith. Ond fe dries i 'ngore i gydymdeimlo – er yn wan.

Delyth

Roedd bod yn y *café* heddiw'n rhyddhad – mor wahanol i ddiflastod fy ymweliad â Dadi ddoe. Doedd ganddo ddim syniad pwy o'n i, wrth gwrs. Yn dweud ei fod yn hwyr i gyfarfod ac yn methu aros yn hir. Yn y pen draw fe gododd e a ffarwelio gyda fi yn reit ffurfiol cyn mynd draw i'r Day

Room i eistedd gyda rhyw hen ddyn arall. O leia roedd e i weld yn ddigon hapus.

Fe ddywedodd y nyrs taw hen filwr yw'r boi arall a'u bod nhw'n eistedd gyda'i gilydd yn sgwrsio bob prynhawn. Yn siarad am y rhyfel fwy na thebyg. Fe adewais i yn y diwedd – doedd neb yn meddwl fod llawer o bwynt i mi aros.

Mae Nia mor annwyl – mor barod i wrando. Efalle taw hynny yw'r rheswm y llwyddais i o'r diwedd i siarad am rywbeth heblaw fy *regime* iechyd i! Druan ohoni'n gorfod gwrando ar fy llith i am Dadi a Jasinder, a'r effaith gafodd fy nanfon bant i'r ysgol arna i.

Doedd Anwen ddim mor gefnogol rywsut. A phan ddechreuais i sôn am fy ngobeithion gyda Jasinder, fe ges i'r argraff ei bod hi'n meddwl mod i'n gwastraffu fy amser. Ond wedyn, os nad ydych chi wedi blasu iselder ysbryd, efalle na allwch chi ddychmygu plymio i'r dyfroedd hynny. Mae Nia wedi gweld mwy o hynny am wn i. Ac mae'n amlwg nad yw Anwen yn poeni am ei hiechyd o gwbwl – fe lowciodd hi deisen anferth yn llawn siwgr a glwten. Dw i'n gwybod ei bod hi'n meddwl bod hynny'n ddoniol, ond alla i ddim dychmygu beth fydd e'n wneud i lefel y siwgr yn ei gwaed...

Nia

Druan o Delyth – ar bapur mae hi'n ymddangos mor ffodus. Teulu cyfoethog, addysg ysgol fonedd. Ond mae hi mor unig a heb deulu o unrhyw fath yn gefn iddi. A'i thad ddim yn ei hadnabod bellach. Ro'n i'n teimlo ei bod hi wedi ymlacio heddiw am y tro cynta rywsut.

Mae Eirwen wedi bod yn fy annog i ymweld â'r henoed

yng nghartre Evergreens a'u recordio'n siarad am eu bywydau, er nad yw'r rhan fwya ohonyn nhw'n gwybod pa ddiwrnod yw hi heddiw, heb sôn am beth ddigwyddodd hanner canrif yn ôl.

Anwen

O'n i'n benderfynol o fwrw mla'n 'da cliro heddi. Dodes i Angharad o fla'n *Cyw* pan dda'th hi 'nôl o'r ysgol feithrin – o'dd ddim yn beth da, wi'n gwbod, ond o leia lwyddes i i gliro pethe brecwast cyn swper am unweth!

Olches i fynydd o ddillad, glanhau'r ddau dŷ bach a ffono Mam – Charlotte Church yn gobeitho mynd i Ibiza ar ei gwylie, prinder siaradwyr Cymraeg yn Sir Benfro.

Wedyn hales i orie'n toddi'r trwch o rew o'dd yn y ffriser ar dop y ffrij – o'dd 'na ecosystem gyfan yn tyfu yn y cefn. A'th pacedi o bys a hen *fish fingers* yn syth i'r bin. O'dd rhai ohonyn nhw'n hŷn nag Angharad. O'dd e bron yn wag ar ôl i fi gwpla, felly alla i lynu at fy adduned blwyddyn newydd o'r diwedd – yr holl gaserols a phryde maethlon 'na o'n i'n mynd i'w neud. O leia ma lle iddyn nhw nawr.

Alwodd Gwenda draw gyda chofnodion y PTA dwetha. Rhys yn fêl i gyd gyda hi – 'Shwd wyt ti? Shwd ma Dafydd a'r plant? Ho ho ho,' ac yn y bla'n. Ma fe mor frou gyda'r gweddill ohonon ni – wi'n teimlo fel siglo fe.

Delyth

Dw i'n defnyddio'r holl egni sy'n dod yn sgil fy natganiadau positif i hwylio drwy fy niwrnod gwaith!

Codi am chwech – 50 *sit-up* a hanner awr o Pilates. Cawod oer/dwym/oer i brocio fy system, yna brecwast sydyn (hadau, propolis mêl, iogwrt probeiotig) a diod sinsir a lemwn.

Wrth fy nesg am hanner awr wedi saith yn llawn egni. Courtney yno am wyth – ry'n ni'n llwyddo i gyflawni cymaint! Mae'r bore'n diflannu – galwadau ffôn cynadleddol, cyfarfodydd a chyflwyniad PowerPoint am y datblygiad newydd yn y Rhath.

Fe gerddais am 30 munud amser cinio, yna *sushi* bach cyflym yn y parc – i ailgysylltu gyda harddwch natur, sydd gymaint yn rhwyddach yn y gwanwyn! Ac efalle fod y GP 'na'n iawn am yr hormonau, dw i'n teimlo'n wych!

'Nôl wrth fy nesg yn y prynhawn ac o'n i'n teimlo y gallwn i ymdopi ag unrhyw beth! Hyd yn oed Arfon a'i ffrind bach cyfrwys o'r adran dramor, sy'n edrych fel neidr mewn wig, oedd yn hongian o gwmpas y man diodydd. Paned o lemwn a sinsir a'r gwaith papur yn llifo oddi ar fy nesg. Wedi gorffen erbyn saith a rhuthro draw i dderbyniad Visit Wales yn y Bae.

Pawb yno – Dafydd Êl, Siân Lloyd, Stifyn Parri – a finne'n teimlo'n rhan o bethe am unweth. Ffrog newydd o Miu Miu a Manolos am fy nhraed. Marged Melangell a Gŵr Rhif Tri mewn Prada. A rhyfedd o beth – roedden nhw ill dau wedi gwneud eu dannedd! O'n nhw'n disgleirio fel clogwyni gwyn Dover wrth iddyn nhw siarad. Dw i'n siŵr i mi weld Siân Lloyd yn rhoi naid fach yn ôl pan agorodd Marged ei cheg. Methu deall y busnes *veneers* 'ma – maen nhw mor amlwg ac mae'r broses mor boenus! A beth am y sgileffeithiau?

Beth bynnag, am unwaith fe fwynheais i fy hun. Lot yno o'n i'n eu nabod, siampên oer a *canapés* ysgafn heb *carbs*! Nefoedd.

Adre – mwy o ddatganiadau positif, gwely a CHYSGU
DRWY'R NOS!

Anwen

Ypdêt wrth Mali am y crwt newydd yn ei bywyd (Aidan yw ei
enw ma'n debyg) – lot fawr o secs ond dyw hi ddim am weud
wrth y plant nes ei bod hi'n siŵr ei bod yn mynd i bara fel
perthynas. Wel, fe alla i ateb hwnna iddi – ond dyw hi ddim
am glywed dim byd negyddol ar hyn o bryd. Ma Aidan yn
26 ac yn 'gwitho yn y cyfrynge' – beth bynnag ma hynny'n
feddwl. Sai'n credu fod ots 'da Mali beth ma fe'n neud, dim
ond 'i fod e ar ga'l yn ystod ei hawr gino i rompio. Fe dorron
nhw sbrings y soffa ddoe…

Delyth

Cysgu'n dda, bwyta'n dda ac mae Catrin a finne'n mynd i
Ganolfan y Mileniwm heno. Bryn T yn canu *Songs from the
Shows* a derbyniad siampên o flaen llaw. Siwt newydd o
Armani, Louboutins am fy nhraed.
Datganiadau: 'Rwy'n haeddu siopa yn Armani'; 'Rwy'n
deilwng o fy sgidie Christian Louboutin'; 'Rwy'n ddeniadol
ac yn werth fy adnabod'. Mwya penodol yw'r datganiadau
y gore fyddan nhw'n gweithio, yn ôl Jasinder.

Anwen

Fe alwodd Alun draw. Ma'n edrych yn ofnadwy. Ma'n byw
mewn rhyw dwll o fflat yn Sblot all e ddim fforddio. Ma'n
ffaelu deall pam ma Mali wedi mynd mor boncers a ma fe'n
gwyro rhwng datganiade dagreuol a bod yn hollol *pissed off*.

Dyw Rhys ddim yn dda am ddelio gydag emosiwn ar y gore ond o'dd gweld Alun mor isel yn torri'i galon e, a phan awgrymodd e y dylen nhw fynd mas am beint fe gytunes i'n syth – o'dd ishe diod ar y ddau ohonyn nhw.

O'dd hangofer 'da Rhys bore 'ma, wrth gwrs, ac fe ddechreuodd e bregethu am Mali a gweud y dyle fod c'wilydd arni am adel Alun, a hwnnw'n ddi-waith. 'Wrth 'i ochor e ddyle hi fod, ddim yn whare 'da rhyw grwt sy'n ddigon ifanc i fod yn fab iddi!', ac yn y bla'n.

Ond a gweud y gwir, wi'n dechre cytuno 'dag e. Neu ife jelys ydw i achos bod hi'n ca'l amser mor blydi ffantastic?

Nia

Mae Anwen a finne'n stwffo teisennod yn y caffi nawr fod y Grawys ar ben ac Anwen wedi anghofio am ei deiet! Bore 'ma ges i deisen binc anferth yn pefrio gyda pheli bach arian a hufen, ac fe gafodd Anwen deisen goffi a chnau. Dim byd i Delyth, wrth gwrs – wnaiff hi ddim yfed *latte* bach heb sôn am fwyta danteithion melys. Bore 'ma fe gafodd hi Zippy Zinger eto – sy'n siwtio'r deiet mae hi'n ei ddilyn ar hyn o bryd. Doedd e ddim yn edrych yn ddeniadol iawn.

Ac mae hi'n ddigon tenau fel mae hi! Ac mae'n byw ar dabledi fitamin. Dw i'n cofio cael pethau fel *cod liver oil* pan o'n i'n blentyn, ond yn ôl Delyth mae ishe lot o fitaminau ychwanegol arnon ni i ymdopi â llygredd y byd modern.

Ffoniodd swyddfa'r Archesgob pan gyrhaeddais i adre. Roedd Eirwen yn gywir – *mae* yr Esgob Nkomo o Malawi yn llysieuwr. Ac mae ei wraig yn dod gydag e nawr. Diolch byth nad y'n nhw'n aros gyda ni hefyd – maen nhw'n mynd ymlaen i Dyddewi erbyn cinio'r nos mae'n debyg.

Anwen

Ma Delyth yn grêt ond wi *yn* meddwl ei bod hi'n hollol boncers. Bore 'ma o'dd hi'n sôn am ddeiet grŵp gwa'd ma hi'n ei ddilyn ar hyn o bryd. A sdim tamed o floneg ar y fenyw o gwbwl, gyda llaw! Wi 'di darllen am y deiet 'ma yn rhywle – honna o *Friends* yn ffan mawr ma'n debyg. Wel, 'na un arall sy'n edrych fel 'se hi heb fyta cino teidi ers blynyddo'dd.

A ma Delyth yn gwario gyment o arian ar dabledi fitamin – dim byd cyffredin o Asda, wrth gwrs. O na – ma fe'n gorfod bod yn rhyw frand arbennig, drud. Ma'n swno mor gymhleth – wi'n siŵr fod byta ffrwyth bach 'n neud y tro. Ocê, wi'n gwbod fod Delyth yn dene fel styllen a mod i'n cario tipyn bach gormod rownd 'y nghanol, ond alla i ddim ond meddwl taw *rip-off* yw'r diwydiant fitamins yn y pen draw.

Yn anffodus, wi'n meddwl falle mod i wedi bod damed bach yn rhy ddirmygus bore 'ma. O'dd Delyth yn edrych fel 'se hi wedi ypseto erbyn diwedd y sgwrs. Wi am neud yn iawn wthnos nesa – er mod i'n meddwl ei bod hi'n boncers, sai moyn brifo'i theimlade hi.

Delyth

Fe fues i'n disgrifio'r deiet grŵp gwaed wrth y merched bore 'ma ond dw i ddim yn meddwl fod y naill na'r llall wedi ei ddeall yn iawn. Ac o'n i damaid bach yn grac gydag Anwen a dweud y gwir – roedd hi mor nawddoglyd am y peth. Yn chwerthin am ben y syniad ac yn fy mychanu rywsut. O'n i wedi 'mrifo a dweud y gwir.

A methu deall ydw i nad y'n nhw'n poeni o gwbwl am yr hyn maen nhw'n ei fwyta. Mae'r ddwy ymhell dros eu pwysau, a dyw bola anferth Anwen ddim yn mynd i fynd yn llai wrth fwyta hanner tunnell o siwgr bob dydd Gwener.

Ar ôl y *café* fe es i fewn i'r swyddfa (mae Syr David i ffwrdd) a gwneud datganiadau positif yn y tŷ bach: 'Rydw i'n deilwng o'r deiet grŵp gwaed'; 'Rydw i'n haeddu corff da'. Helpodd hynny ac fe lwyddais i wneud prynhawn effeithiol o waith.

Draw i'r Chapter gyda'r nos, y Brodyr Gregory yn gwneud *Macbeth*.

KWAZULU'N GALW!

Mae'r Parch. Eirwen am godi arian yn benodol i brynu llyfrau newydd i Ysgol Kwazulu. Derbynnir unrhyw syniadau. Mae Mrs Vaughan am ddechrau'r ymgyrch drwy gynnal bore coffi ddydd Sadwrn am 11yb yn ei chartre yn rhif 11, Gwendolyn Rd. Croeso i bawb.

Gofynna'r Parch. Eirwen a oes gan unrhyw un hen gopïau o lyfrau Erica Jong neu Germaine Greer y gellid eu danfon i Kwazulu?

A all pwy bynnag sy'n trefnu'r blodau ar yr allor SICRHAU fod pob dim 'nôl yn y cwpwrdd ar ddiwedd y sesiwn? Fe adawyd oasis gwlyb ar yr allor cyn ymweliad y Parchedig Ganon Williams wythnos diwethaf.

Ac mae rhywun yn gadael y clawr oddi ar dop y coffi Masnach Deg yn y cwpwrdd yn y Festri yn dragywydd. Mae'r Parch. Eirwen am ein hatgoffa o bresenoldeb y llygod yn y Festri ac am i ni gofio hefyd y bydd ansawdd y coffi yn dirywio os na roddir y clawr yn ôl yn brydlon!

Nia

Fe ddaliais i Geraint yn sleifio allan o ddrws cefn y Festri er mwyn osgoi Eirwen. Fe wadodd e ei fod e'n gwneud, wrth gwrs, ond o'n i'n meddwl ei fod yn edrych bach yn euog. Roedd Eirwen ishe trafod ymweliad cyfnewid ag eglwys efengylaidd yn Llundain a dw i'n siŵr fod Ger yn casáu'r syniad. Ond mae e'n casáu cweryl hyd yn oed yn fwy felly wnaiff e ddim byd amdano fe. Osgoi a gohirio fel arfer.

Mae Eirwen wedi codi gwrychyn Diane yn y swyddfa drwy awgrymu system newydd o drefnu'r swyddfa. Mae hi wedi bod yn ymyrryd yn nhrefn y defodau hefyd. A pheidied ag anghofio am 'Anghydfod y Trefnwyr Blodau'. Roedd yn rhaid i fi roi glasied anferth o sieri i Mags Evans wythnos diwetha ac addo iddi na fyddai Eirwen yn gorfodi iddi ddefnyddio chwyn o'r fynwent ar yr allor byth eto.

Anwen

Coffi gyda Mam yn Howells. Treulio tua canrif yn ordro: 'Wel, wi YN hoffi teisen goffi ond ma'n rhoi dŵr po'th i fi weithe,' ac yn y bla'n. Yn y pen draw fe geson ni goffi a *croissant*, sy'n siŵr o roi diffyg traul i ni'n dwy. Fe gafodd Angharad *babyccino* – cwpan *espresso* bach â'r pripsyn lleia o la'th twym a siocled ar y gwaelod o'dd yn costio bron gyment â'n diodydd ni! Blydi *cheek*.

Yna, pwy weles i yn y gornel, yn trio cuddio tu ôl i gopi o *Grazia*, ond Llio! Wedes i ddim gair – o'n i ddim ishe i Mam ei gweld hi. Ond fe gafodd hi yffarn o bregeth pan dda'th hi adre o'r ysgol. A diawch, o'dd hi'n hollol ddigywilydd am y peth! Ma'n nhw i gyd yn neud e ar bnawn Mercher achos taw Ast Cym sy 'da nhw a ma'r athrawes 'yn, fel, drong?'.

Addawodd hi na fydde hi'n ei neud e eto ond shwd yn y byd alla i fod yn siŵr ei bod hi'n gweud y gwir?

Delyth

Teimlo gymaint yn well! Mae'r datganiadau penodol yn helpu'n fawr. Bore 'ma fe ddywedais i 'Rwy'n haeddu cyrraedd y gwaith mewn digon o bryd' ac fe wnes i! Yna, 'Rwy'n aelod teilwng o'r cyfarfod gydag Osian o Jones, Jones, Jones a Jones' – ac fe o'n i! Roedd cinio yn bendant yn well gan mod i wedi penderfynu 'caru fy *sushi*' ac ar ôl i mi wahodd fy hun i'r cyfarfod gyda B&F, fe hwylies i drwy'r cyfan!

Mae Jasinder yn athrylith!

Nia

Diwrnod prysur. Gwaith glanhau yn yr Eglwys, ymweliadau â'r ysbyty a'r hosbis. Dim sôn am Eirwen – mae hi ar un o'i chyrsiau bondigrybwyll.

Es i bach yn boncers yn M&S – dwy gardigan *a* phâr o *jeggings* (ar gyfer yr holl sbrŵlian ar soffas fydd yn digwydd yn y gynhadledd) – ac yna fe wnes i apwyntiad i dorri 'ngwallt! Neis am unwaith i gael rhywun arall i ymrafael â'r mwng brith 'ma. Efallai ga i damaid o liw hefyd? Os nad yw'n rhy ddrud.

Geraint wedi ymlâdd ar ôl diwrnod caled arall felly fe fues i'n rhaffu celwyddau ar y ffôn er mwyn iddo fe gael noson dawel. Fe ddywedais wrth Eirwen am ffonio 'nôl yn y bore i drafod y tipyn ymweliad esgobol. Fe gawson ni swper neis ac fe gafodd Ger ddwyawr yn pori dros Gyfrifiad 1871 yn chwilio am ei berthynas coll tra mod i'n edrych ar hen bennod o *Inspector Morse*. Fe orffennon ni'r botel rhyngon ni.

Anwen

Ges i amser mor braf yn y caffi bore 'ma. Fe es i at Delyth yn syth ac ymddiheuro am fod mor frou wthnos dwetha. O'dd popeth yn iawn wi'n meddwl – fe ges i wên neis ganddi beth bynnag.

Fe fuodd hi'n sôn am ei bos, yr enwog Syr David, sy wedi dechre ymddwyn braidd yn rhyfedd. Wedi rhoi crisiale i bawb ddoe ac yn chware syne morfilod yn y tŷ bach i leddfu tensiwn! 'Na beth yw dwli dwl, myn yffach i!

Ma hi'n gwitho lawer yn rhy galed weden i – yn poeni am ryw *promotion* yn y swyddfa, gweud fod rhyw Arfon yn llygadu'r swydd hefyd. Swno fel pwrs o'r radd flaena i fi.

Rhuthro i'r ysgol i gasglu Huw, o'dd yn edrych bach yn *shifty* pan gyrhaeddes i. A o'dd Miss Elis yn disgw'l amdana i yn gofyn os alle hi ga'l 'gair bach', gan fod Huw wedi bod 'dipyn bach yn ddrwg heddiw' – a wynebe fel tomatos gan Huw a finne, a phawb yn gwrando. Dianc miwn i'r dosbarth i glywed fod Miss Ffransis wedi baglu dros go's Huw a tharo'i phen a bod pawb wedi gweld Huw yn stico'i droed mas yn fwriadol.

Dechreuodd Huw lefen, wrth gwrs, a gweud ei fod e wedi neud e 'er mwyn gweld beth fydde'n digwydd'. Ro'dd Miss Elis yn ddigon neis – yn gweud, gan fod Huw wedi ymddiheuro, 'y gallen ni i gyd anghofio amdano fe'. Addawodd Huw beido â neud unrhyw beth tebyg FYTH ETO ac fe sleifon ni mas o'r dosbarth.

Ond, wrth gwrs, 'na le'r o'dd Y-Fam-Sy'n-Conan-Am-Bopeth yn esgus casglu rybish ar yr iard – wyneb yn LLAWN cydymdeimlad ac ishe gwbod os o'dd 'popeth yn iawn?'. Ac o'dd hi'n gwbod fod pethe wedi bod 'braidd yn dynn' arnon ni'n ddiweddar ac 'oedd 'na rywbeth alle hi wneud i helpu?' O'n i'n gallu meddwl am gwpwl o bethe – fel symud i fyw i'r lleuad a chyflawni *hara-kiri* gyda siswrn y PTA – ond fe lwyddes i beido lleisio'r meddylie annheilwng hynny a jyst gwenu a rhuthro at y car cyn gynted ag y gallen i.

O'dd Huw yn dal i lefen pan gyrhaeddon ni gatre felly gas e gwtsh bach a darlith arall cyn i fi addo neud sosej a bîns i swper. Fe gododd hynny ei galon e ac fe ddechreuodd e neud dawns fach – fel ma Asterix yn neud ar ôl yfed diod y derwyddon, ma'n debyg.

Yna da'th Llio gatre, galw fi'n *freak* a Huw'n *weirdo* cyn slamo'r drws a rhuthro lan y staer i'w stafell.

Felly fe roies i swper i'r ddau fach, golchi'r gors o'dd wedi ffurfio ar lawr y gegin a throedio'r staer gyda chalon drom cyn cnoco ar ei drws hi.

Wel, y bwletin diweddara yw mod i'n 'fam *USELESS*' a bod dim byd yn 'ffêr' gan fod dim iPad na Blackberry gan Llio a bod un gyda PHAWB arall a bod mame pawb arall ddim mor '*EMBARRASSING* a hen' nac yn gwisgo dillad 'MOR ofnadwy' a bod ganddi'r teulu mwya 'FEL, *ANNOYING* YN Y BYD'!

Wel, os do fe 'te! Gas hi bregeth 'da fi am fod mor hunanol ac anniolchgar ac os na fydde hi'n siapo hi a neud mwy i helpu yn y tŷ a neud mwy o ymdrech yn yr ysgol fyse dim gobeth 'da hi weld ffôn newydd heb sôn am blincin, fflipin iPad! O'dd 'i chlustie hi'n pingad! A finne wedyn yn slamo'r drws.

Noson arall o fla'n y teli yn byta bisgedi a hufen iâ gan mod i'n rhy flinedig i hyd yn oed feddwl am neud swper. O'dd Rhys ar ei ffordd 'nôl o Fryste. O'n i'n cysgu pan dda'th e miwn.

Delyth

Anwen yn neis iawn bore 'ma – er dw i ddim yn meddwl ei bod hi'n deall am Jasinder mewn gwirionedd, nac mor barod i gydymdeimlo â Nia. Ond wedyn, mae hi'n ras wyllt iddi ymdopi â phob dim yn ei bywyd. Efalle nad oes ganddi'r amser i boeni amdani'i hun. Sy'n beth trist mewn gwirionedd. Beth bynnag, fe rois i wên fach iddi, oedd yn gwneud y tro mae'n debyg gan i ni sgwrsio'n iawn wedi hynny.

Ac roedd y ddwy yn help mawr wrth drafod yr helynt yn y gwaith. Roedd chwerthin am ben Syr David a'i grisialau yn gymaint o ryddhad. Ddim yn teimlo mor bryderus amdano fe nawr. Anwen yn meddwl taw *mid-life crisis* yw'r broblem a bod cwpwl o grisialau'n well na dechrau reidio moto-beic a gadael ei wraig am *younger model*. Efalle'i bod hi'n iawn...

GWIRFODDOLWYR OS GWELWCH YN DDA!

Mae'r Parch. Eirwen yn gofyn am wirfoddolwyr ar gyfer ein trip cenhadu i faes parcio'r Tesco newydd fore Sadwrn. Bydd y Ficer yn cynnal gwasanaeth byr ac fe fydd y Parch. Eirwen yn dosbarthu pamffledi y tu mewn i'r archfarchnad. Bydd te a choffi ar gael i bawb ar ddiwedd y gwasanaeth. Dewch yn llu!

Mae'r Parch. Eirwen am ein hatgoffa hefyd o bolisi cnau'r Eglwys ac am annog y rhai hynny sydd am ddod i helpu ar y trip Ysgol Sul i sicrhau bod eu ffurflenni CRB wedi eu cwblhau.

AC MAE'N GOFYN YN GAREDIG AM FANYLION EICH CV OS HOFFECH CHI GAEL EICH YSTYRIED AM LE AR Y CYNGOR CLWB CINIO!!!

Nia

A bod yn hollol deg, roedd y gwasanaeth cenhadu yn Tesco yn eitha llwyddiant. Lot o bobol yn ymuno yn y canu ac yn gwrando ar Ger yn siarad (ac fe oedd e'n wych fel arfer – yn ddoniol ond a chanddo neges werth ei chlywed) a chriw da yn aros i gael paned a sgwrs ar y diwedd. Y manijyr yn rhwbio'i ddwylo, mae'n debyg, gan fod nifer o'r plwyfolion wedi manteisio ar y cyfle i wneud tipyn o siopa tra bo nhw yno!

Y papur lleol yn tynnu llun – Ger fymryn yn anesmwyth yr olwg ond Eirwen yn gwenu fel giât.

Anwen

Cododd Rhys ei ben o'r papur am ychydig eiliadau bore 'ma i weud wrtha i mod i wedi methu sychu pob pripsyn o uwd off y ford. Dyw fy ateb ddim yn weddus i'w brinto.

Delyth

O dier. Mae 'na rywbeth mawr yn bod ar Syr David, *midlife crisis* neu beidio. Fe alwodd e fi mewn i'r swyddfa bore 'ma i ofyn beth oedd fy arwydd astrolegol, gan ei fod e am wneud siart i fi ac i weddill y staff! Ro'n i'n gallu gweld Arfon yn chwerthin drwy'r ffenest – mae'n amlwg ei fod yn gobeithio fod Syr D yn cael rhyw fath o *breakdown* a taw fe fydd nesa yn y ciw am ei swydd.

Ond pan ddechreuodd y cyfarfod ffurfiol wedyn roedd Syr David yn iawn a sylwodd neb arall fod unrhyw beth o'i le. Dim gair ganddo am y siartiau astrolegol a phopeth yn mynd yn ei flaen fel arfer. Ond dw i'n meddwl ei fod yn ymddwyn yn rhyfedd iawn – ac mae'n amlwg fod Arfon yn meddwl hynny hefyd.

Es i i drio syrjeri newydd amser cinio – clinic i weithwyr yng nghanol y ddinas. O'n i am drafod y deiet grŵp gwaed a gweld a fyddwn yn cael ymateb mwy rhesymol gan y GP yno. Yn anffodus, roedd hi yr un mor ddirmygus â'r GP yn y Rhath – a dweud y gwir, mewn rhai ffyrdd roedd hi'n waeth. Dweud mai ishe bwyta *mwy* oedd arna i, nid llai, ac os o'n i wir yn meddwl fod gen i alergedd i rawn a llaeth yna fe allai hi drefnu profion i fi yn yr ysbyty – er bydde'n rhaid i mi aros gan nad oedd hi'n ystyried bod rhaid eu gwneud ar frys!

Roedd yn rhaid i mi wneud nifer o ddatganiadau pan gyrhaeddais i 'nôl i'r swyddfa: 'Rwy'n haeddu yr hyn gall y deiet grŵp gwaed ei gynnig'; 'Rwy'n haeddu cael sylw teg gan y doctor am fy alergeddau'. A mymryn o Rescue Remedy ar fy nhafod i helpu'r nerfau.

Nia

Roedd yna hen drempyn yn yr Eglwys pan es i draw i gasglu'r amlenni Cymorth Cristnogol. Roedd e'n drewi'n ofnadwy ac yn feddw gaib. Ond pan welodd e fi fe ddechreuodd e ganu, ac roedd ganddo lais bendigedig. Ddim yn siŵr ym mha iaith yr oedd e'n canu ond, jiw, roedd e'n hyfryd a phrydferthwch ei lais yn cyferbynnu'n llwyr â'i wyneb creithiog, chwyddedig.

Ar ôl tipyn trodd ar ei sawdl a diflannu trwy'r drws. O'n i'n teimlo'n ofnadwy – wnes i ddim cynnig help na chroeso, jyst sefyll yno yn rhythu arno. Ond a dweud y gwir, o'n i wedi'n swyno gymaint o'n i ddim am dorri ar yr awyrgylch.

Pan soniais am y peth wrth Eirwen, dywedodd hi na ddylen i ei alw e'n drempyn.

Anwen

Fe gafodd Rhys a finne noson neis iawn neithiwr am unweth. Fe estynnwyd y cytundeb yng Nghasnewydd am dri mis ychwanegol! A'th y ddau leia i'r gwely'n gynnar ac o'dd Llio mewn *sleepover*, felly geson ni swper 'da'n gilydd am y tro cynta ers oeso'dd. Sgwrs neis, potel o win a sws bach cyn mynd i gysgu. Dim byd mwy gan fod Rhys 'wedi blino'n shwps' – ond yr agosatrwydd a'r hwylie da yn gam ymla'n o ryw fath.

Nia

Mae Eirwen yn benderfynol o helpu Methadone Mike. Wel, rhwydd hynt iddi – fe all hi ymuno â chriw go helaeth o bobol sydd wedi trio a methu. Dw i 'di gweld gweithwyr cymdeithasol, aelodau'r Eglwys, swyddogion yr AA (y mudiad gwrth-alcohol ac, ar un achlysur cofiadwy, un o ddynion dryslyd y lot arall), timau cyfan o adran gyffuriau'r Cyngor, nyrsys, paramedics ac amryw o aelodau'r cyhoedd yn cael eu denu i mewn i'r we o gelwydd a thwyll a grëwyd gan Mike er mwyn sicrhau ei *fix* nesa. Mae'n anhygoel o drist mewn gwirionedd – roedd ganddo deulu a swydd a chartre ar un adeg. Ond roedd colli'i swydd yn ddechre ar drobwll o golled a diflastod a'i dododd e ar y stryd rai blynyddoedd yn ôl bellach. Roedd cyffuriau ac alcohol yn anorfod mewn gwirionedd.

Yn ôl Ger, Sais o Derby yw Mike. Wedi bod mewn swydd barchus mewn ffatri yn gwneud darnau ar gyfer peiriannau drilio. Ond fe gaeodd y ffatri'n ddisymwth wrth i'r gwaith fynd i diroedd rhatach y Dwyrain Pell. Dyna Mike ar y clwt am y tro cynta yn ei fywyd a dim gobaith caneri o gael gwaith tebyg. Dim ffatrïoedd ar ôl i weithio ynddyn nhw a dim cymwysterau gan Mike i gael rhywbeth cystal mewn byd arall. A chorwynt o iselder ysbryd ac yfed yn ei lorio'n go sydyn. Methu talu'r morgais, a'i wraig yn diflannu gyda'i ffrind gorau – a'r plant gyda hi. Pwy allai ymdopi â'r fath dristwch heb droi at ryw fath o gysur, gwag neu beidio?

Anwen

O jiw, fytes i deisen anferth â hufen heddi! O'n i'n mynd i drio yfed sudd a byta dim yw dim fel Delyth, ond ar ôl darlith wrth Y-Fam-Sy'n-Conan-Am-Bopeth wrth iet yr ysgol o'dd ishe cynhalieth arna i. Ma honna'n ddigon i hala colled ar y seintie! Rhyw ddwli am fyta cnau yn yr ysgol o'dd 'da 'ddi heddi. Ma'r ysgol wedi gwahardd cnau o unrhyw fath achos bod alergedd cnau 'da lot o'n plant ni. Ma PAWB arall yn deall yn iawn. Ond ma hon yn wewan amdano fe DRWY'R AMSER gan bod hi ishe rhoi cnau ('Ma'n neud byrbryd HYNOD o faethlon, chi'n gwbod') ym mocs bwyd ei mab. Jyst neud syne'n llawn cydymdeimlad wnes i a baglyd hi o'na. Sdim pwynt trio rhesymu gyda hi – gwell jyst dianc!

Delyth

Dw i'n teimlo gymaint yn well ers i fi ddechrau gyda Jasinder! Mwy o egni o lawer a theimlo'n fwy positif hefyd. Ac roedd angen egni a phositifrwydd arna i i wynebu noson arall yng nghwmni Charlotte (o Evans, Evans, Bryn ac Evans) a Michael yn eu tŷ anhygoel yng Nghyncoed.

Dim ond dyletswydd hen gyfaill ysgol sy'n peri i Charlotte fy ngwahodd – does gyda ni ddim byd yn gyffredin o gwbwl. Dyw hi ddim yn siarad Cymraeg, ac mae'n hollol ddirmygus ohona i a dweud y gwir. Bwyd trwm a diflas oedd ddim yn siwtio fy neiet a dwy awr o ddarlithio nawddoglyd Charlotte. Sy'n edrych yn wych – dw i'n SIŴR ei bod hi wedi bod o dan y gyllell, dim llinell i'w gweld ar ei hwyneb ac mae'n edrych ddeng mlynedd yn iau. Bonws mawr Michael yn talu amdano fe mae'n siŵr.

Mae ei merch hi, Allegra (mynd i Howells, gwallt melyn hir, lliw haul parhaol, treulio'r noson yn tecstio) yn edrych arna i fel taswn i wedi glanio yma o'r lleuad. Mae Michael fel rhyw fath o barodi o Sais – dillad Countryside Alliance, swnio fel tase fe'n dod o Esher er taw o Gyncoed mae e'n dod mewn gwirionedd. Yn rhyfedd iawn, mae'n well gen i ei gwmni e – o leia mae e fymryn yn fwy agos atoch chi na Charlotte. Ond wedyn, mae ganddi hi gymaint o Botox yn ei system mae'n anodd iddi fynegi ei hun yn iawn.

Yfwyd lot fawr o win – ddim gen i, wrth gwrs, un gwydraid yn hen ddigon. Ond fe sylwais i fod llaw Charlotte yn siglo wrth iddi arllwys – efalle nad yw pethau mor berffaith ag y mae hi am i mi gredu.

Diflannais i'r tŷ bach i wneud datganiadau hanner ffordd drwy'r noson: 'Rydw i'n haeddu gwell na phlatied o *carbohydrates*' ac 'Rydw i'n deilwng o groeso haeddiannol'.

Yna 'nôl at y bwrdd wedi fy egnïo! Diolch byth am Jasinder!

Anwen

Cyfarfod PTA erchyll neithiwr. Tair awr o gonan a dadle a'r Fam-Sy'n-Conan-Am-Bopeth yn arwain y cwbwl. Druan o'r athrawon. A ma arolwg Estyn ar y gweill, felly ma'n nhw'n hala orie'n neud gwaith papur dwl.

Pan gyrhaeddes i gatre o'dd Huw dal ar ddihun ac ishe gwbod 'Pam ma'n nhw'n dweud taw'r llew yw "brenin y jyngl"? Dyw e ddim yn byw yn y jyngl. Ma Miss Elis yn gweud fod e'n byw yn Affrica ar y paith, felly pam ma'n nhw'n galw fe'n frenin y jyngl?'

'Sai'n gwbod, Huw.'

'Ond pam?'

Dim clem 'da fi. 'Wel, efallai achos taw fe yw'r anifail mwya pwysig ar y paith, sy wrth ymyl y jyngl.'

Seibiant.

'Ond pam mae e'n bwysig? Dyw e ddim mor fawr ag eliffant na jiráff.'

'Wel, falle achos ei fod e'n fwy ffyrnig na phawb arall.'

Seibiant arall, y cogs yn troi.

'Ond nid fe YW'R anifail mwya ffyrnig. Yr hipo yw'r anifail mwya ffyrnig. Felly pam taw fe yw'r brenin? A brenin y paith ddyle fe fod beth bynnag.'

Cyn i fi ei cholli hi'n llwyr, fe awgrymes i ei fod e'n gofyn i'w dad, o'dd yn chwyrnu tu ôl i'r *Guardian*. A dianc i'r gegin.

Delyth

Wedi prynu siwt Prada newydd – roedd ishe tamaid bach o hwb arna i.

Anwen

O'dd ishe codi 'nghalon i heddi felly brynes i baced anferth o M&Ms a byta'r cwbwl.

Nia

O'n i'n teimlo fymryn yn isel heddiw felly ges i ffagen fach a chwarter awr yn yr ardd yn darllen copi o *Grazia* ffeindiais i yn y Festri. Lyfli.

Delyth

'Nôl i therapi heno – TRYCHINEB! Mae Jasinder wedi gadael. Roedd rhyw fenyw o'r enw Sheena yno yn ei le a doedd hi ddim yn dda o gwbwl – o'n i'n methu ymlacio ac fe ffeindiais fy hun yn pwyso a mesur oedd hi wedi cael Botox yn hytrach na gweithio ar fy therapi. Mae ei hwyneb yn edrych dipyn yn iau na'i gwddwg. Ond dyw hynny ddim help i mi.

Dyw Jasinder ddim yn dod 'nôl – yn ôl bob sôn nid Jasinder yw ei enw ond Colin ac mae e wedi rhoi'r gorau i'r gwaith therapi gan ei fod wedi cael swydd yn y cyfryngau!

Beth yn y byd wna i?

Nia

Mae Eirwen yn llawn egni ar hyn o bryd – rhedeg sawl prosiect, trefnu'r ardd newydd, yn ogystal â'r ymweliad cyfnewid â'r eglwys efengylaidd. Ac mae hi wedi llwyddo i ffeindio lle i Methadone Mike mewn cartre elusennol. Chwarae teg iddi.

Wedi torri 'ngwallt! Meddwl ei fod yn edrych yn neis. Nid bod Ger wedi sylwi. Roedd yn rhaid i fi ei dynnu oddi ar Gyfrifiad 1881 a phwyntio at fy ngwallt cyn iddo ddweud gair amdano fe.

Fe gawson ni sgwrs braidd yn anffodus yn y caffi bore 'ma am natur cariad. Mae Delyth wedi bod yn darllen *The Pursuit of Love* gan Nancy Mitford ac roedd hi am drafod y mathau o gariad sydd yn y nofel. Ydy e'n well cael cymar ffyddlon ond tawel fel cymeriad Fanny neu rywun gwyllt a pheryglus fel gafodd cymeriad Linda? Doedd gen i ddim llawer i'w ddweud gan nad yw Ger a finne'n debyg i'r naill na'r llall. Ond dw i'n hoff iawn o'r llyfr, wrth gwrs.

Delyth

Dechreuais i deimlo mor genfigennus yn gwrando ar Anwen yn siarad bore 'ma. Mae cymaint o hanes rhyngddi hi a Rhys a'r plant hyfryd 'na. Ac fel o'n i'n dweud wrthi, mae cymeriad Fanny dipyn yn hapusach yn y pen draw na Linda, gan fod ganddi'r sicrwydd a'r hapusrwydd a ddaw wrth fod gyda rhywun mor ffyddlon – fel hithe a Rhys. Ond dw i ddim yn siŵr ei bod hi'n gwerthfawrogi'r hyn sydd ganddi mewn gwirionedd. Pan dw i'n mynd adre dw i'n mynd yn ôl i fflat gwag. A dw i'n teimlo ei fod e'n wacach nag erioed ar hyn o bryd.

Hoffen i petai Anwen ddim cweit mor ddirmygus weithiau, ond dw i ddim eisiau ei phechu hi. Mae ei chalon yn y lle iawn, dw i'n gwybod, ac mae hi'n gwneud i mi chwerthin. Ac mae hynny'n beth digon prin y dyddiau yma.

Dw i'n flin ein bod ni wedi gorffen y bore ar nodyn anffodus – y ddwy ohonon ni'n bigog a Nia druan yn y canol yn dal i drio trafod Nancy Mitford.

Anwen

Ma Delyth yn gallu bod yn blydi hunangyfiawn! Yn mynd mla'n a mla'n am ba mor lwcus o'n i i ga'l gŵr fel Rhys. Wel, welodd hi ddim mohono fe bore 'ma yn conan am nad o'dd sane glân yn y cwpwrdd (o'dd 'na ddigon o rai glân i ga'l, ond o'n nhw mewn pentwr anferth drws nesa i'r tymbl dreiar – heb eu sortio) ac yn rhoi'r bregeth arferol am ei siwrne ddiflas lan yr A470. Wi'n gwbod fod 'i fywyd e'n gachu ar hyn o bryd ond wi'n teimlo mod i'n hongian mla'n gerfydd fy ngwinedd hefyd. A dim ond jyst neud hynny.

Fi sy'n neud POPETH yn y tŷ 'ma! Golchi, smwddo, coginio, bod yn *chauffeur* parhaol i'r plant – sy'n ca'l lot mwy o hwyl na fi. Ac os o's 'na fodel o amffitheatr Rhufeinig i'w neud allan o hen roliau cardbord, fi fydd yn ei neud e am dri o'r gloch y bore. Sdim sôn am Rhys bryd hynny.

Felly o'n i ddim yn y mŵd am ddarlith wrth blydi Delyth bore 'ma. Adewais i'r caffi mewn hwylie drwg, a dyw hynny ddim wedi digwydd o'r bla'n. Blydi Nancy Mitford.

Nia

Wedi gorfod cysuro fy hun gyda lot gormod o ffags heddiw rhwng un peth a'r llall. Roedd yna dipyn o awyrgylch rhwng Anwen a Delyth bore 'ma ac fe ypsetiodd hynny fi.

Wedyn… Wel, man a man i fi gyfadde'r peth o'r diwedd. Mae Eirwen yn hala fi'n BENWAN. Os wela i ei hwyneb danheddog, brwdfrydig, yn dod rownd y gornel dw i'n troi ar fy sawdl yn syth er mwyn ei hosgoi, achos mwy o waith i Ger neu fi fydd ar ei meddwl hi. Ac alla i ddim rhannu'r awydd yna sydd ynddi i gwestiynu popeth – dw i'n gwybod fod Ger yn meddwl fod trafodaeth a phrocio yn beth da, ond licsen i 'se hi'n cau ei cheg weithiau.

O dier. Efallai y byse'r Efeng-yl o'r Fflint wedi bod yn well wedi'r cyfan.

Delyth

Mae Ebrill wedi bod yn fis caled. Dw i 'di cael cymaint o waith ac mae Syr David wedi bod yn ymddwyn mor rhyfedd. Dw i'n teimlo'n ddiamddiffyn iawn ar hyn o bryd. A dw i'n difaru'n enaid mod i wedi bod mor bregethwrol yng nghwmni Anwen ddoe. Beth yn y byd ydw i'n ei wybod am fywyd teuluol?

Ac mae golwg mor hen arna i. Efalle fod eisiau rhyw fath o driniaeth wedi'r cyfan. Mae Catrin yn dweud fod yna fathau newydd sy'n wych ac yn gwneud i chi edrych gymaint yn iau. Rhywbeth i wneud â Botox dw i'n meddwl. Mae hi am roi rhif ffôn ffrind sydd wedi ei chael yn ddiweddar i mi.

Anwen

Alla i ddim peido â meddwl am Delyth a'r awyrgylch rhyfedd fuodd rhyngddon ni ddoe. Wi YN lwcus i ga'l gŵr a theulu – dw i YN gwbod hynny. A bysen i'n *useless* ar 'y mhen 'yn hunan. Sdim clem 'da fi shwd fywyd unig sy 'da Delyth mewn gwirionedd.

Wi'n gwbod mod i'n rhy frou o lawer – yn neido lawr gyddfe pobol yn rhy glou. Ond wi wedi blino gyment a sdim lle yn fy mhen i rywsut i feddwl cyn siarad. O jiw, gobeitho y gallwn ni ddodi fe tu ôl i ni pan gwrddwn ni tro nesa.

Mai

Anwen

Glanhau'r blydi tŷ

Neud bwyd tymhorol, maethlon,
ddim jyst prynu *ready meals* o Morrisons

Loncian?

Delyth

Ymweld â Dadi

Acidophilus

Troi'n fegan?

Nia

Peidio â dweud yr hyn sydd ar fy
meddwl wrth Eirwen

Top sy'n cuddio 'mola ar gyfer
y gynhadledd a'r sbrŵlian ar y soffas

Anwen

Meddwl mod i bron â cha'l harten prynhawn 'ma. A'th Mali a finne mas i jogio. Ma hi'n llawn egni *cougar* rhywiol, wrth gwrs, ac fe ddechreuodd hi redeg yn glou ofnadwy. Ac o'n i fel wew yn trio cadw lan 'da hi. Dechreuodd 'y nghalon i guro'n wyllt, o'n i'n ffaelu anadlu'n iawn ac o'dd 'yn wyneb i fel tomato mawr chwyslyd. O'dd rhaid i fi stopo a rhoi 'y mhen rhwng 'y nghoese. Erbyn 'ny o'dd Mali wedi baglyd hi o'na yn gweiddi rhwbeth am ddod draw yn hwyrach i ga'l 'Chardonnay bach'.

O'r diwedd diflannodd y sêr o'dd wedi bod yn tywynnu o gwmpas 'yn llyged i ac fe lwyddes i limpan adre.

A phan gyrhaeddes i, o'dd Rhys 'nôl o'r Gogs (ymgais i whilo contract newydd arall ym Mangor) ac mewn yffarn o strop achos fod Llio a'i ffrindie lan lofft yn neud y sŵn rhyfedda (er eu bod nhw i fod yn gwitho ar brosiect Daearyddiaeth) a'r ffaith ei fod wedi bod yn styc tu ôl i ffarmwr a'i dractor am awr ar yr A470.

Ar ôl tipyn bach o ruo fe eisteddodd e o fla'n y teli a dechre conan fod *Countdown* ddim hanner cystal ers i Richard Whiteley fynd a pham nag o's dim byd i ddynon ar S4C yn y prynhawne. Ond wrth gwrs, ar ôl yr holl gonan, pan es i â phaned i fewn iddo fe o'dd e a Huw yn gwylio *Dennis a Dannedd* yn ddigon hapus. Wedi ffindo'i lefel, am wn i.

Sdim ots – ma fe gatre fory yn gwarchod tra mod i'n ca'l diwrnod i fi fy hunan. Heb ga'l diwrnod bant ers o's pys! Sy ddim yn iawn a gweud y gwir – ma'n rhaid i fi neud mwy o ymdrech i ga'l amser i fi fy hun. Petai Olwen heb ddechre'r traddodiad hyn o giniawa, wi'n ame y bysen i'n neud gyment â hyn hyd yn oed. A falle gall hi roi cyngor i fi ar waith rhan-amser o ryw fath. Wedi'r cwbwl, ma pobol y cyfrynge'n *loaded* – wi'n siŵr alle hi helpu fi. Cynnig gwaith i fi'n darllen sgripts neu rwbeth?

Nia

Wedi croesi rhyw fath o *rubicon* y bore 'ma. O'n i wrthi'n plannu *annuals* yn y gwely bach tu fas i stydi Ger pan ddaeth Eirwen draw i gynnig cyngor i fi. Dderbyniais i ddim mohono. Ac fe gynais ffagen fach o'i blaen hi. Roedd ei hwyneb yn bictiwr.

Delyth

Dw i'n dechrau poeni o ddifri am Syr David. Arhosais i'n hwyr i orffen darn o waith a digwydd mynd heibio'i swyddfa ar y ffordd allan. Dyna lle'r oedd e'n hanner noeth yn eistedd ar y llawr yn gwneud ioga neu rywbeth. A sŵn morfilod yn y cefndir.

Does dim byd o'i le ar y ffaith ei fod yn ymlacio ac yn chwilio am elfennau mwy ysbrydol i'w fywyd, wrth gwrs, ond dw i'n gwybod na fydd y partneriaid eraill yn deall y fath ymddygiad. Meddwl ei fod yn arwydd o ryw fath o wendid. Mae'n dda taw fi ac nid Arfon oedd yn dyst i'r peth...

Anwen

Tybed sut bydd Rhys yn ymdopi ag edrych ar ôl y plant tra mod i'n mynd ar fy nhrip i ga'l cino gydag Olwen? O'n i'n wherthin yr holl ffordd i lawr i'r Bae wrth feddwl amdano fe'n eistedd ar y cadeirie bach 'na yn y cylch chware yn gwrando ar Mairwen 'Dw i ddim yn credu mewn brechu plant' Hughes a Gemma 'Home learning is the only possible answer' Smith.

Ma Olwen yn gwitho mewn swyddfa cyfryngi iawn yn y Bae, a gan mod i yno'n gynnar fe es i am dro bach gynta. Yr haul yn gwenu'n braf a'r cychod bach mor bert yn siglo lan a lawr ar y dŵr. Teimlo'n euog am yr holl adar bach ddioddefodd achos y *barrage*, ond diawl, ma'n neis ca'l cerdded rownd y Bae nawr. Paned fach glou yn yr Eglwys Norwyeg cyn mynd draw i Mimosa i gwrdd ag Olwen.

Y lle'n llawn wynebe o'r teli ac Olwen yn disgwyl amdana i yn y gornel ac wrthi'n tecstio fel lladd nadredd. Golwg uffernol arni a gweud y gwir – wedi dodi lot o bwyse mla'n a'i chroen yn llwyd. Edrych fel 'se hi wedi smygu gormod o ffags – llinelle bach o gwmpas ei cheg lot dyfnach na'r tro dwetha weles i hi.

Ordrodd hi botel o win coch a *chips*. Do'dd hwnna ddim yn arwydd da. Lot o gonan – y busnes yn ofnadwy, toriade S4C, ffaelu ca'l comisiwn yn Lloegr, gorfod saco dau o bobol prynhawn 'ma. A dim dyn, wrth gwrs.

O'n i bach yn siomedig – o'n i 'di gobeitho y gallen ni drafod darllen sgripts ac yn y bla'n. Ond ma myfyrwyr yn neud hynny iddi am ddim! Do'dd dim byd 'da hi gynnig i fi. Ac ar ôl stwffo'r *chips* ac yfed y rhan fwya o'r botel fe a'th hi! Cyfarfod saco am ddau – dim amser i bwdin.

A 'ngadel i ar ôl yn teimlo fel rial ffŵl. A phan ges i'r bws draw i John Lewis o'n i'n teimlo'n wa'th byth. Ffaelu fforddio dim yw dim yno.

Yn y pen draw fe alwes i yn Marks i brynu trowsus ysgol i Huw, gan fod *voucher* 'da fi. Wedyn es i gatre.

Rhys mewn strop. Y 'blydi menwod' yn y cylch chware, Huw wedi tasgu sudd oren dros lawr y gegin, Angharad yn sgrechen yn y gornel a Llio wedi stompian i'w stafell ar ôl gweud gyment o'dd hi'n casáu ei thad. Prynhawn hollol normal 'te.

Ond ar ôl swper fe ffeindies i'n hunan yn edrych ar Rhys yn gweiddi ar y teli, gyda'i fola anferth a'i ben moel, a gofyn i fy hun – beth ddiawl ddigwyddodd?

Delyth

Diolch byth, roedd popeth yn grêt yn y *café* bore 'ma. Ro'n i wedi bod yn ymarfer yr hyn o'n i am ei ddweud cyn mynd yno – ymddiheuro wrth Anwen am mod i'n siarad drwy fy het am fywyd teuluol wythnos diwetha – ac roedd hi'n amlwg ei bod hi'n flin hefyd ac yn sydyn 'na lle o'n ni'n siarad ar draws ein gilydd ac roedd popeth yn iawn. A finne'n meddwl gallen i fyth fod wedi gwneud rhywbeth o'r fath ychydig fisoedd yn ôl. Efalle fod y therapi'n help wedi'r cyfan. A'r ffaith mod i'n dechrau ymlacio yng nghwmni'r merched o'r diwedd efalle? Efalle fod Anwen a finne'n deall ein gilydd yn well hefyd.

Fe gafodd Nia ac Anwen glamp o deisennod anferth a *lattes* mawr ac o'n i'n hapus fy myd gyda Zippy Zinger.

Ac ar ôl bore hyfryd o sgwrsio, prynhawn sydyn yn y swyddfa (Syr David i ffwrdd eto) cyn *La Traviata* yng Nghanolfan y Mileniwm. Arfon yno gyda'r flonden. Edrych yn dda iawn – siwt newydd arall. Dw i'n dechrau meddwl ei fod wedi cael rhywbeth wedi ei dynhau o gwmpas ei lygaid tra'i fod e i ffwrdd ar ei wyliau. Ac nid Duw sy'n gyfrifol am yr *highlights* melyn 'na yn ei wallt chwaith.

Meddwl y dylen i ffonio ffrind Catrin wedi'r cyfan – jyst i gael mwy o fanylion. Os ydy hyd yn oed Arfon yn poeni am edrych yn ifanc, yna beth amdana i?!

Nia

Mor ddiolchgar fod Anwen a Delyth yn iawn gyda'i gilydd yn y caffi bore 'ma. Mae'r ddwy ohonyn nhw dan straen dw i'n meddwl – ac ry'n ni i gyd angen chwythu mymryn o stêm weithiau.

Anwen

Ma Delyth yn iawn yn y bôn – chware teg iddi, dda'th hi'n syth draw ata i bore 'ma a dechre ymddiheuro, ond o'n i jyst gyment ar fai ac fe fuon ni'n siarad dros ein gilydd cyn cytuno i ymlacio ac anghofio'r cwbwl. A ma'n syndod y gwahaniaeth ma paned a theisen yn neud. A Zippy Zinger, wrth gwrs…

CYFARCHION MIS MAI O'R FICERDY

Mae'r Parch. Eirwen yn gofyn yn garedig am wirfoddolwyr i wylio dros yr ardd newydd tra ei bod hi i ffwrdd ar y Myfyrdod. Mae'n RHAID dyfrhau ddwywaith y dydd ar adegau sych a chwilio am falwod ar ôl iddi dywyllu (dewch â'ch tortsys eich hunain). Cysylltwch â'r Ficerdy os oes gennych ddiddordeb.

Bydd y Tad Brian James o'r Gymuned Gristnogol yn ymuno â ni tra bod y Ficer a'r Parch. Eirwen i ffwrdd. Rwy'n siŵr ein bod i gyd yn edrych ymlaen at ei weld unwaith eto.

Delyth

Fe es i â Dadi mas yn y car prynhawn 'ma. Fe ddaeth e'n ddigon hapus, er nad oedd ganddo syniad pwy o'n i. Mae e'n ŵr mor fonheddig a chwrtais, yn torri 'nghalon wrth ddal y drws ar agor i fi.

Aethon ni allan i dŷ crand yn y Fro i gael cinio. Roedd Dadi 'nôl yn ail-fyw'r rhyfel, fel arfer, ac yn gofyn os o'n ni'n mynd draw i'r NAAFI i fwyta. Fe dries i esbonio ond doedd e ddim yn gwrando.

Lot o sôn ganddo am hedfan awyrennau ac am y CO, oedd yn gallu bod mor frou.

Wrth i ni hwylio i fyny tuag at y tŷ fe ddywedodd e'n sydyn:

'Jiw, dw i heb fod yma ers *basic training*.'

Do'n i ddim yn siŵr beth i'w ddweud, felly jyst gwenu wnes i. Fe ddechreuodd e barablu am y tŷ a'r gerddi ac fe aeth i mewn i'r lle bwyta yn llawen iawn. Eto, roedd y cyfan fel tase fe'n gyfarwydd iawn iddo – yn enwedig hen dderwen oedd i'w gweld allan o'r ffenest.

Fe ofynnais i'r dyn oedd yn gweini beth oedd hanes yr hen dŷ, ac er mawr syndod i mi fe gadarnhaodd ei fod wedi bod yn ganolfan i'r RAF yn ystod y rhyfel ac y gallai ddangos stafell yn llawn hen luniau a gwrthrychau o'r cyfnod yna ar ôl i ni orffen bwyta.

Wel, roedd Dadi wrth ei fodd – yn pwyntio at y lluniau ac yn enwi hwn a'r llall. Yn mwynhau edrych ar yr hen ddillad, y llyfrau *rations* a'r hysbysebion diogelwch yn arw.

Roedd mor hyfryd ei weld mor llawen – does dim syniad 'da fi oedd e'n deall fod y rhyfel ar ben hyd yn oed. Ond roedd ei hapusrwydd yn ddigon o ryfeddod.

Ond roedd mwy i ddod. Yn y car ar y ffordd adre fe ddywedodd e:

'Roedd gen i ferch unwaith, chi'n gwybod.'

Ges i gymaint o sioc bu bron i mi daro'r car yn erbyn coeden! Ond fe lwyddais i gadw'n dawel – do'n i ddim am sbwylo'r foment.

'Roedd hi'n annwyl iawn,' aeth e mlaen, 'ond roedd yn rhaid i ni ei danfon hi i ffwrdd. Rhaid i bawb aberthu rhywbeth adeg rhyfel, wrth gwrs. Ond roedd e'n drueni mawr.'

Ac fe gronnodd dagrau mawr yn ei lygaid yn sydyn. Ac yn fy rhai inne hefyd.

Ddywedodd e ddim gair arall nes i ni gyrraedd y cartre. Yna fe afaelodd yn fy llaw a diolch i fi am brynhawn bendigedig. A mynd.

Fe eisteddais heb symud am dipyn o amser. Y dagrau'n llifo. Dyw e ddim yn lot, ond dyna'r gorau ges i erioed wrth fy rhieni.

Nia

Wel, fe fwynheais i'r gynhadledd 'Clergy Spouses' yn fawr iawn. Pobol hyfryd a'r sesiynau'n hynod o ddiddorol. Wedi gwneud cwpwl o ffrindiau newydd hefyd – meddwl y bydda i'n mwynhau cadw mewn cysylltiad â nhw.

Ac roedd yna dipyn o sbrŵlian ar y soffas hynod gyfforddus wedi'r cyfan. Ac nid gyda phaneidiau yn unig chwaith – roedd yna lot o win coch o gwmpas.

Roedd yna le hyfryd i fyfyrio yno – canhwyllau a cherddoriaeth swynol yn y cefndir. Fe fues i'n eistedd am rhyw awr heb symud, jyst yn mwynhau'r tawelwch mewnol.

Ac yn goron ar y cyfan fe fues i'n trafod mater Eirwen gyda dwy wraig arall oedd wedi profi rhywbeth tebyg. Straeon diddorol a'r ddwy'n gwneud i fi deimlo dipyn yn well. Dal fy nhir oedd y cyngor – mae Eirweniaid y byd 'ma yn dueddol o symud ymlaen yn go gyflym wrth droedio'r llwybr gyrfaol. Sy'n bwynt da iawn.

Efallai y dylwn i gadw llygad barcud ar dudalennau swyddi'r *Church Times*. A thynnu sylw Eirwen at unrhyw gyfleoedd addawol…

Anwen

Hanner tymor a thaith lan i'r Gogs i aros gyda Wil, brawd Rhys, sy'n byw ar ffarm fendigedig yn Chwilog. Perthyn i deulu ei wraig Leisa, ond ma Wil wedi dwlu gyment ar ffarmo ma fe wedi rhoi'r gorau i'w swydd fel athro. Gweud fod defed yn llai o drafferth na phlant bolshi. Meddwl fod Rhys yn itha cenfigennus – ond diawch, ma'n nhw'n dlotach na ni hyd yn oed!

Tomos a Gwenan tua'r un oed â Huw ac Angharad a digon o le i bawb. Rial gwylie yw ca'l aros gyda nhw. Ma Leisa'n wych yn y gegin ond wi'n dodi tua stôn mla'n bob tro y'n ni'n mynd yno.

Beth bynnag. Rhagbrofion Llio yn y Steddfod ar awr annaearol a Rhys a finne'n dadle am bwy fydde'n mynd gyda hi. Fi a'th yn y pen draw, wrth gwrs.

Pistyllio glaw ac ORIE i aros. Felly baglyd hi draw i Gaffi blydi Mr Urdd am saith y bore a stwffo bêcyn rôls – a phwy all 'y meio i? Digon o gwmni yn y caffi, diolch byth. A digon o seddi. Ac ail fêcyn rôl.

Rhys a'r plant draw yn hwyrach gyda Leisa a finne'n mynnu taw Rhys o'dd yn eistedd drwy sioe *Cyw* ac yn mynd ag Angharad i ddawnsio gyda Sam Tân. Gafodd e ddwy awr ecstra yn y gwely wedi'r cwbwl.

Wedyn, fi o'dd yn gorfod eistedd drwy sioe *Stwnsh* gyda Huw. Ond o'dd hwnnw'n fwy o hwyl nag arfer gan i Huw ga'l mynd i'r llwyfan. Ac er ei fod e wedi gwlychu o'i gorun i'w sawdl o'dd e ar ben y byd gan iddo ennill crys T braidd yn neis. Un yn llai i'w brynu ar gyfer yr haf. Meddwl hala fe 'nôl i gystadlu eto. Falle enille fe het tro nesa.

Lot o sefyllian o gwmpas wrth weld lot o hen wynebe. Gormod o goffi a phice bach a gorfod gwrando ar Llio yn wewan am ga'l arian i brynu stwff ar stondin Cowbois – 'Ma PAWB arall yn cael', ac yn y bla'n. A ma'n wir fod bob merch rhwng deg a deg ar hugain mewn cryse T neu *hoodies* Cymraeg, siorts bach, bach, a choese noeth mewn welis llachar. Beth ddigwyddodd i ffrogie Laura Ashley?

Hapus i weld hen ffrindie, hapusach fyth i weld fod ambell un yn edrych yn wa'th na fi. Cofiwch, falle fod nhw'n gweud yr un peth amdana i! Lot o hwyl wrth sbotio menywod y teli yn pigo'u ffordd drwy'r mwd mewn sodle uchel. A beirniaid yn mynd ar goll bron tu ôl i *rosettes* anferth.

Huw yn despret i whilo *freebies* – casgliad anferth o feiros, bagie a bathodynne erbyn diwedd y dydd. Angharad wedi ei CHYFRO mewn siocled ar ôl i Rhys fod ddigon dwl i brynu *marshmallows* o'r ffynnon siocled iddi. A neb yn ca'l llwyfan wedi'r cyfan. Ond neb yn becso dam.

Sgod a sglods i bawb ym Mhwllheli a noson swyngyfareddol yn edrych ar yr haul yn machlud dros y môr. Huw ac Angharad a Gwenan a Tomos yn whare ar y tra'th nes iddi dywyllu, a hyd yn oed Llio yn mwynhau. A ninne'n mwynhau peint neu ddau a hel atgofion. Hyfryd.

Delyth

Wedi trio GP arall i drafod fy mhroblemau alergedd ond hon eto ddim gwell. Yn dweud fod alergedd glwten ddim yn beth cyffredin o gwbwl. Wel, dyw hi ddim wedi gweld maint fy mola ar ôl bwyta bara, mae'n amlwg.

Teimlo ar goll yn llwyr heb Jasinder. Rhaid i fi ffeindio rhywun newydd.

Fe ffoniais Dr Smith, y *consultant* yng nghartre Dadi. Ro'n i am drafod y sgwrs fuodd rhwng Dadi a finne ar ôl yr ymweliad â'r amgueddfa RAF. Fe esboniais i sut y buodd hi ac fe wrandawodd Dr Smith ar fy llith yn amyneddgar iawn. Roedd e'n hyfryd a dweud y gwir – yn llawn cydymdeimlad ac yn dweud ei bod yn debygol iawn taw amdana i oedd Dadi yn siarad wrth gyfeirio at y ferch gafodd ei danfon i ffwrdd. Y gwrthrychau a'r lluniau yn yr hen dŷ wedi agor rhyw lifddorau yn y cof a'r rheini ynghlwm ag atgofion amdana i, siŵr o fod. A'r rheini'n atgofion melys i gyd, mae'n amlwg. Roedd clywed hynny'n dipyn o gysur, rhaid dweud.

Yn ôl pob sôn mae Dadi yn iach iawn – dim ond fod y llwybrau yn ei ymennydd wedi datgysylltu.

Nia

Wedi bod yn meddwl am y ciwradiaid eraill fuodd gyda ni yn ddiweddar. Diflannodd yr un diwetha ar ôl diodde o iselder ysbryd ofnadwy ac fe aeth yr un cyn hynny i gael llawdriniaeth newid rhyw. Fiona yw ei henw nawr ac mae'n byw yn Amersham. Mae e dipyn hapusach – yn anfon cardiau post ataf weithiau.

Delyth

Dim ond Nia a finne oedd yn y *café* bore 'ma. Mae Anwen
lan yn Steddfod yr Urdd. Ges i erioed mo'r cyfle i gystadlu
yn yr Urdd. Roedd e'n edrych yn gymaint o hwyl. Nia wedi
bod yn gystadleuydd brwd fel plentyn yng Nghaerdydd yn
ôl pob sôn. Cerdd dant yn fwya arbennig. Teimlo unwaith
yn rhagor mod i wedi colli mas.

Nia wedi ymlâdd – Geraint a'r ciwrad i ffwrdd ar fyfyrdod,
felly lot fawr ganddi i'w wneud. A chael yr argraff fod Nia'n
falch i gael seibiant rhag yr Eirwen 'na, sy'n amlwg yn
dipyn o ddraenen yn ei hystlys. Mae hi'n swnio'n erchyll
– yn busnesa ym mhopeth mae Nia druan yn ei wneud.

Anwen

Y Steddfod yn grêt, ychydig ddyddie ar y fferm yn cerdded
a stwffo bwyd bendigedig Leisa. Ond y siwrne adre yn
ERCHYLL. Rhys yn fyr ei dymer (*quelle surprise!*) ac yn trio
osgoi 'blydi ffarmwrs yr A470' drwy fynd ar rhyw ffyrdd cefen
anghysbell.

Wel, swm a sylwedd y cwbwl yw ein bod ni wedi hala
ORIE yn crwydro rhyw hewlydd bach yn trio osgoi traffig. Ac
Angharad a Huw'n troi'n wyrddach bob munud. A dim smic
wrth Llio, heblaw sŵn ei hen ffôn stwrllyd yn tecstio'i ffrindie
a o'dd, wi'n siŵr, rai canno'dd o filltiro'dd o'n blaene ni ar y
ffordd lawr i'r De gan nad o'n nhw'n trio OSGOI TRAFFIG!

Wedyn, ar ôl i ni gyrraedd adre O'R DIWEDD fe gafodd
Rhys a finne ffeit ofnadwy. Fi o'dd yn ffôl i ddechre trafod
pam nad yw e wedi fy nghyffwrdd ers dros flwyddyn – o'n
ni'n dau wedi blino a ddylen ni ddim dechre trafod pethe mor
bwysig pan y'n ni wedi blino. O'dd Rhys yn wyllt, yn rantio

mla'n am fod mor flinedig a bod gyment o bwyse arno fe a'r peth dwetha o'dd ishe arno fe o'dd 'i wraig yn ei feirniadu ar ôl gyrru'r holl ffordd lawr o'r Gogs. Dries i weud mod i ddim yn ei feirniadu fe, o'n i jyst ishe cwtsh nawr ac yn y man, ond o'dd e ddim yn gwrando. Slamodd e'r drws a mynd i'r llofft i gysgu.

A deffro Angharad wrth neud. Ond am unweth o'n i'n falch a dda'th hi mewn aton ni ac fe lwyddes i gysgu yn y pen draw.

Delyth

Fe ges i sgwrs gyda ffrind Catrin am y llawdriniaeth gafodd hi. Mae'n swnio'n erchyll – rhyw fath o *lipo* oedd y driniaeth ac fe aeth rhywbeth o'i le. Roedd yn rhaid iddi gael mwy o lawdriniaethau i ddatrys y problemau a achoswyd!

Mae hi wedi begian arna i i beidio dweud dim wrth Catrin. A wna i ddim, wrth gwrs.

Ond fydda i ddim yn gwneud apwyntiad!

Mehefin

Nia

Golchi dillad eglwysig Ger tra'i fod ar yr Ymwrthodiad
Trefnu'r fwydlen ar gyfer ymweliad yr Esgob. *Yams*?

Delyth

Prynu ffrogiau haf – Prada? Armani?
Canhwyllau Hopi?

Anwen

Prynu mwy o stwff i'r *U-bend* dan y sinc
Cerdded cyflym yn lle jogio?

Nia

Mae'r Tad Brian mor neis a phawb yn dwlu ar ei wasanaethau. Criw bach o'n ni, wrth gwrs, gan fod cymaint i ffwrdd ar yr Ymwrthodiad, ond ro'n ni'n llawen iawn. Ry'n ni'n lwcus iawn i'w gael – mae e'n fwy hyblyg gan nad yw'n weinidog mewn un eglwys benodol, ond yn perthyn i gymdeithas grefyddol. Ac mae e mor ddiddorol, wedi teithio cryn dipyn a chanddo ddiddordeb eciwmenaidd mewn crefyddau eraill a'r hyn allan nhw ei gynnig i ni fel Cristnogion. Rhyfedd na wnaeth e briodi erioed. Mae'n hardd ac yn lluniaidd o hyd, er ei fod bellach ymhell dros ei drigain. Ond fel byse Mam yn dweud erstalwm, dyw e 'ddim y math o ddyn sy'n priodi', efallai.

Ddim yn meddwl y byddai Eirwen wedi mwynhau o gwbwl – gormod o ddefodau ac arogldarth. A cherddoriaeth gan Mozart ar y diwedd. Hyfryd.

Mae hi wedi gadael llyfr i fi ei ddarllen o'r enw *God/ Womb/Man*. Mawr a thrwm. Wedi bod yn ddefnyddiol iawn hyd yn hyn – yn benna fel rhywbeth i gadw drws y Festri ar agor pan o'n i'n cael ffagen fach ar y slei prynhawn 'ma. Mae'n debyg fod Eirwen wedi mynd at Ger ar ôl fy nal yn smygu a gofyn iddo oedd 'popeth yn iawn?' a'i bod hi'n poeni y gallwn 'fynd yn ddibynnol ar ffon fagl y diafol' gan fod 'y botel yn gyfaill mor agos i'r sigarét'.

Fe lwyddodd Ger i'w darbwyllo dw i'n meddwl. Ond betia i ei bod hi'n cadw llygad barcud arna i o hyd. Dw i'n cael fy nhemtio i ddod â photel o whisgi gyda fi i'r Cyfarfod Plwyfol nesa.

Delyth

Diwrnod rhyfedd iawn.

Ymweld (o'r diwedd) â Modryb Edith, chwaer Dadi sy'n 90 oed ac sydd, fel mae pawb yn dweud, yn 'anhygoel' am ei hoedran. Tŷ crand a hyfryd ac mae hi mor fywiog ac annibynnol. Wedi pobi teisen lap cyn i fi ddod, blodau ffres wedi eu trefnu'n chwaethus a'r tŷ fel pin mewn papur.

Roedd hi am siarad â fi gan ei bod wedi ymweld â Dadi am y tro cynta ers oesoedd. Roedd hi'n rhyfeddu ei weld mor iach a heini, yn enwedig gan fod ei feddwl wedi dirywio cymaint.

Ar ôl rhyw fân sgwrsio am hyn a'r llall fe gyhoeddodd hi'n sydyn ei bod hi'n hen bryd i mi glywed rhai gwirioneddau poenus, cyn dechrau ar lith hirfaith am briodas Mami a Dadi ac am y ffaith fod Mami wedi bod yn chwarae o gwmpas drwy gydol yr amser fuon nhw'n briod.

Wel, fe ges i'r fath sioc, do'n i ddim yn gallu yngan gair. Fy mam i! Y ddynes fwya beirniadol a hunangyfiawn gwrddais i â hi erioed, yn twyllo fy nhad! Wel, o'n i'n methu credu'r peth!

Roedd Modryb Edith yn gallu gweld mod i wedi cael sioc – fe afaelodd yn fy llaw a dweud ei bod hi'n deall ei fod yn lot i'w dderbyn ond ei bod hi'n hen bryd imi gael gwybod y gwir. Meddwl bydde'r wybodaeth yn fy rhyddhau rywsut gan ei bod yn gwybod pa mor galed fuodd Mami arna i.

Aeth hi 'mlaen – 'Ddylen i fod wedi dweud rhywbeth flynyddoedd yn ôl ond doeddwn i ddim am ymyrryd. Ond ar ôl gweld dy dad yn ddiweddar o'n i'n meddwl ei bod hi'n bryd troi cefn ar y gorffennol.'

A dyna ni. Yn rhyfedd iawn, dw i ddim yn teimlo'n drist o gwbwl. Mae Modryb Edith yn iawn – mae e'n teimlo fel rhyddhad mawr. Dyw agwedd Mami tuag ata i jyst ddim yn fy mhoeni bellach.

Wrth gwrs, mae blynyddoedd o therapi yn rhannol gyfrifol am hyn – ond mae'r newyddion hyn yn goron ar y cyfan rywsut.

Ges i gwtsh mawr gan Modryb Edith cyn i fi fynd, a hithe'n dweud wrthyf am fynd allan a chael uffern o amser da.

Nawr dw i angen yr hyder i wneud hynny.

CROESO 'NÔL I BAWB

Croeso mawr yn ôl i bawb aeth ar yr Ymwrthodiad Plwyfol. Braf yw cael cyfle weithiau i ddianc oddi wrth bwysau bywyd bob dydd ac ystyried gwir natur ein perthynas â Duw.

Diolch i bawb a fuodd yn gweithio mor galed yma yn y plwyf hefyd – yn enwedig y garddwyr a fu'n gweithio'n ddyfal yn dyfrhau, chwynnu a lladd malwod! Mae'r Parch. Eirwen yn dweud fod yr ardd wedi ffynnu (er mae'n gofyn i bobol roi'r rhawiau i gadw yn LÂN y tro nesaf!). Mae hi am ddiolch hefyd i Mrs Indeg Lewis am ei gwaith caled yn golchi ac aildrefnu'r llestri yn y gegin fach.

Gofynna'r Parch. Eirwen a hoffai unrhyw un ymuno â hi mewn cyfres newydd o astudiaethau Beiblaidd bob nos Fawrth yn y Festri? Mae hi am ein hatgoffa hefyd y dylai POB gweddi ar gyfer y Goeden Weddi fod mewn print du, eglur.

Anwen

O dier, ro'dd Nia wedi ca'l llond bola ar bopeth yn y caffi
bore 'ma. Ma'n amlwg iddi ga'l amser braf iawn heb yr erchyll
Eirwen ond nawr ma hi 'nôl yn beirniadu popeth ac yn hala
Nia lan y wal.

Ma Geraint yn swno'n neis ond dyw e ddim yn neud rhyw
lawer i'w helpu hi gydag Eirwen ma'n amlwg. Annwyl, ond
bach o ddrip falle?

Nia

Druan o Ger – roedd e'n edrych wedi blino'n ofnadwy pan
ddaeth e 'nôl o'r Ymwrthodiad Plwyfol neithiwr. Yn ôl pob
sôn aeth popeth yn iawn tan i Eirwen godi gwrychyn pawb
ar y diwrnod ola gydag araith efengylaidd iawn. Fe fuodd
dadlau ffyrnig dros goffi a bu'n rhaid i Ger arwain gweddi
gymod!

Mae e'n dal i ddweud fod Eirwen yn rhan o gynllun
Duw i greu trafodaeth iach fydd yn dyfnhau ffydd yn y
pen draw. Ac mae Ger wedi begian arna i beidio gwneud
ffys a chwilio am y daioni sydd yn Eirwen yn lle hynny. Fe
gytunes i ar yr amod ei fod yn siarad gyda'r Archesgob am
y posibilrwydd o'i symud hi i blwy mwy addas i'w daliadau
crefyddol.

Mae hi'n cynnal gwylnos tu fas i Primark heno i weddïo
dros yr holl blant diniwed sy'n gweithio dan amgylchiadau
erchyll mewn *sweatshops* yn India.

Mae hi wedi mynd yn bur wael rhyngon ni – dw i bron
â bod yn teimlo dros y cwmnïau cyfalafol di-wyneb sy'n
gorfod delio ag Eirwen.

Delyth

Ffoniodd Catrin. Fe welodd hi Arfon yn ciniawa gyda St John o'r brif swyddfa, ac a o'n i'n gwybod eu bod nhw'n gwneud hynny? Roedd yn rhaid i mi feddwl yn gyflym a dweud rhywbeth amdanon ni i gyd yn cael cinio i drafod y dyfodol ac yn y blaen. Ond pam o'n nhw'n ciniawa, sgwn i?

Fe ofynnais i Courtney ffonio'i swyddfa fe yn syth i drefnu cyfarfod i finne hefyd. A diflannais i'r tŷ bach i lowcio Rescue Remedy a gwneud datganiadau positif.

Pilates ar ôl gwaith ac awr o gerdded. Ond angen tabled i gysgu er yr holl ymarfer corff. Fy nerfau'n rhacs rhwng pob dim. Yn dal i feddwl am yr hyn ddywedodd Modryb Edith wrthyf. Mae e'n bendant yn rhyddhad o fath i fi – ond dw i'n synnu mor grac dw i'n teimlo tuag at Mami. Ond o leia dw i ddim yn ei chysgod hi nawr rywsut – ac mae hynny'n gam ymlaen o ryw fath...

Anwen

Noson rieni yn y ddwy ysgol. Do'n i ddim yn edrych mla'n at un Llio – ma hi 'di bod fel y diawl yn ddiweddar. Ddim yn cyfathrebu, pwdu ar ben bob stori a dim help o gwbwl gyda'r rhai bach, nac o gwmpas y tŷ.

Wel, ma'n debyg bod ein diafol pen pentan ni'n angel yn yr ysgol, yn frwdfrydig ac yn annwyl ac yn neud yn wych ymhob pwnc. O'dd Rhys a fi'n edrych ar ein gilydd yn syn! A gweud y gwir, o'n ni am neud yn siŵr ein bod ni'n siarad am yr un person. Ond, na, do'dd dim camgymeriad, canmoliaeth o'dd hi ym mhobman. Ac er ein bod ni, wrth gwrs, yn falch iawn o glywed hyn, ma'r cwestiwn yn codi – pam ddiawl na all hi fod fel hyn gatre?

Ro'dd sesiwn Huw yn union fel yr o'n i'n ddishgwl – ishe mwy o ganolbwyntio, pwyllo wrth sgrifennu a thalu mwy o sylw i sillafu a bod yn daclus. Allen i fod wedi cydadrodd y cwbwl â Miss Evans. Ond ma Huw yn hapus, a ma'n amlwg fod Miss Evans yn hoffi ei ddysgu e, felly dim byd mawr i boeni amdano diolch byth.

Ro'dd Y-Fam-Sy'n-Conan-Am-Bopeth yno'n haslo Miss Morris wrth i ni adel. Ishe MWY o waith cartre o'dd hi. Ma'n ddrwg 'da fi ddweud mod i wedi rhoi 'mhen i lawr a dianc mor glou ag y gallen i. Ac edryches i ddim 'nôl chwaith.

Nia

Roedd Ger ac Eirwen mewn cyfarfod yn Llundain trwy'r dydd felly fe ges i gyfle i eistedd a gwneud cwpwl o restrau: un ar gyfer ymweliad yr Esgob; un ar gyfer ein trip eglwysig; un i drefnu rota i'r hosbis; a'r rhestr bwysica oll – syniadau am swyddi newydd i Eirwen!

Fe alwodd hi gyda Ger ar y ffordd adre. Roedd hi'n falch iawn i glywed mod i'n defnyddio rhestrau pwrpasol ond a o'n i wedi ystyried defnyddio codau lliw i'w gwahaniaethu? Ac, wrth gwrs, aeth hi 'mlaen, gan wenu'n nawddogol, trwy ddweud mai un ffordd dda o sicrhau y gellir *cyflawni* pob rhestr waith yw codi awr ynghynt bob dydd.

Fe lwyddais i beidio â mynegi yr hyn oedd yn fy nghalon. Jyst gwenu. A smygu dwy ffagen ar ôl iddi fynd.

Anwen

O'dd Llio'n despret i ga'l parti i ddathlu ei phen-blwydd yn 17.

Felly fe drefnodd Rhys a finne ein bod ni'n mynd allan

i'r sinema ac i ga'l cyrri (rial trît) er mwyn gadel nhw ar eu pennau'u hunain am ychydig orie. O'dd Huw yn cysgu gyda Siôn ac o'dd Angharad gyda Mam, felly o'dd e'n dod i daro'n deg.

Dim *spirits*, dim cyffurie a neb lan lofft. Iawn iddyn nhw ga'l cwpwl o alcopops a seidr – dim ond iddyn nhw fynd i hwdu tu fas.

'O, Mam, *honestly*, does dim ishe stwff fel'na arnon ni i gael amser da,' medde Llio, 'ddim fel eich cenhedlaeth chi.'

Celwydd noeth, wrth gwrs – o'n nhw'n slochian alcopops cyn i ni droi'r gornel wi'n siŵr.

Ond, wrth gwrs, y person cynta i fi weld pan gyrhaeddon ni adre o'dd Y-Fam-Sy'n-Conan-Am-Bopeth ar stepen y drws ffrynt yn taranu am 'adel plant AR EU PENNAU'U HUNAIN' tra bod oedolion yn 'GALIFANTAN, Duw a ŵyr ble'. Wrth gwrs, yr unig un o'dd yn feddw dwll o'dd 'i mab hyna hi (o'dd ddim hyd yn oed wedi ca'l gwahoddiad) ac fe dda'th e mas i'r ardd wrth iddi weiddi a hwdu'n daclus i fewn i'r rhosod.

Ocê, o'dd golwg bell ar ambell un ond ar y cyfan o'dd pethe'n itha diniwed. Y rhan fwya o'r bechgyn yn pigo'u sbots ac yn ishte fel wews o fla'n y teli a'r merched yn dysgu rhyw *routine* newydd ar fat dawnsio Llio.

Dim chŵd yn unman – dim stecs ar lawr y gegin chwaith. A phan welon nhw ni, fe ddechreuodd ffrindie Llio gasglu gwydre a llanw'r bin. O'n nhw 'di byta tunnell o Doritos a dips ond do'dd dim lot o fes ar y soffa hyd yn oed. Sleifiodd Y-Fam-Sy'n-Conan off i'r tywyllwch ac o'n ni wedi cliro popeth erbyn canol nos.

Yna steddodd Llio a finne yn y gegin a cha'l sgwrs deidi am y tro cynta ers miso'dd – am gyffurie (o'n i'n trio peido sgrechen 'BETH WYT TI'N WBOD AM GYFFURIE?! DIM

OND 17 WYT TI!' a gwrando heb ymyrryd ar Llio). Ac o'dd e'n grêt – teimlo ein bod ni wir yn deall ein gilydd.

Wrth gwrs, wi'n gwbod erbyn fory y bydd hi 'nôl i'r atebion unsillafog arferol…

Nia

Mwy o broblemau gydag Eirwen a'i 'chyngor' bondigrybwyll. Beirniadu mawr ymhlith y menywod sy'n glanhau'r Eglwys (dulliau organig Eirwen yn dda i ddim, medden nhw) a mwy o gwyno wrth aelodau'r Rota Flodau. Ac mae Undeb y Mamau yn barod am chwyldro. Mae Geraint yn dianc yn ôl i'r gorffennol yn fwy aml y dyddiau hyn a does 'da fi ddim mo'r galon i'w dynnu'n ôl pan fo Eirwen o gwmpas.

Efallai ddylen i fod yn fwy fel Ger, sy'n defnyddio Eirwen a'i nonsens fel ffordd o herio'i hun. Ond y gwir amdani yw mod i jyst yn falch nad fi yw'r unig un sy'n meddwl amdani fel poen o'r radd flaena! (Ddim yn Gristnogol iawn, dw i'n gwybod.)

Dylen i fod yn bwrw ati i wneud paneidiau di-rif o de, a rhoi eli ar glwyfau'r Chwiorydd – tra mod i'n cadw llygad barcud ar y swyddi ar safle we'r Eglwys yng Nghymru.

Anwen

Trip erchyll i IKEA. Gwthio'r troli o gwmpas heb feddwl yn iawn beth o'dd yn mynd miwn iddo a ffindo wrth y chec-owt nag o'dd ishe'i hanner e arna i. Pentwr o bethe wrth y til yn barod. Amlwg fod pawb yn neud 'run peth.

Dda'th Mali ac Aidan (y crwt ifanc ma hi'n ei weld) draw i swper. Pishyn ar y cythrel ond golwg MOR ifanc arno fe. Fel

Bambi. Ac yn ffaelu gadel Mali i fod. O'dd e'n itha troëdig a gweud y gwir. A'th Llio lan lofft i fyta – gweud fod edrych ar y ddau ohonyn nhw'n canwdlan yn neud iddi deimlo'n sâl.

Do'dd dim lot o sgwrs. Driodd Rhys drafod cwpwl o fands ond o'dd 'da Aidan ddim clem am beth o'dd e'n sôn: 'The Stones – oh yeah, my parents kind of liked them.'

Nid bod taten o ots 'da Mali – ma hi mor feddw ar yr holl hormons rhywiol sy'n rhuthro drwy ei gwythienne hi dyw hi ddim yn sylwi ar ddim.

Dda'th hi mas i'r gegin pan o'n i'n dodi'r pwdin ar blate – llyged yn sgleinio a'r geirie'n pentyrru ar ben ei gilydd.

'Ond dyw e'n GORJYS? Alla i jyst ddim gweud wrthot ti gyment o hwyl wi'n ga'l. Ma fe'n neud i fi deimlo fel RIAL *WOMAN*. Ma fe'n llawn egni, gyment o ddiddordeb yn y byd a wi'n cael secs gore 'mywyd i!'

O'n i ddim yn gwbod beth i'w weud. Ma Mali'n edrych ddeng mlynedd yn iau a ma hi ar ben y byd. Ond ma fe'n boncers, on'd yw e? All e ddim para.

O'n i'n falch pan dda'th y noson i ben. Wedodd Rhys, 'Wel, o'dd hwnna'n *embarassing*, on'd o'dd e?'

Ac am unweth o'n i'n cytuno 'dag e.

Delyth

Mae Syr David wedi pwyllo fymryn, diolch byth. Mae cymaint o waith gyda ni ar hyn o bryd does dim lle i unrhyw broblemau ychwanegol.

Aros yn y swyddfa drwy'r nos i orffen y gwaith papur ar Hammard – fe ddylen ni i gyd gael bonws bach neis ym mis Ionawr. Meddwl i mi wneud yn reit dda wrth drafod rhai o'r goblygiadau cyfreithiol – falch i ddweud fod Arfon yn edrych damaid ar goll ar brydiau.

Anwen

Penderfynodd Rhys goginio swper neithiwr. Fe ddefnyddiodd e BOB teclyn yn y gegin am wn i. Y bwyd yn neis ond hales i orie'n cliro'r gegin ar ei ôl e. A fe'n ishte o fla'n y teli yn un bwndel mawr o fi-goginiodd-felly-sdim-rhaid-i-fi-olchi'r-llestri. Ac wedyn yn syth lan i'r gwely ar ôl newyddion deg y BBC gyda'i 'O diawch, wi wedi blino' arferol.

Yn y pen draw, drwy ryw wyrth, dda'th Llio i helpu ac fe lwyddes i orffen fy mhwdin o fla'n *Newsnight*. Paxo'n edrych yn dipyn o bishyn. Rhys, ar y llaw arall, yn cysgu pan gyrhaeddes i lan lofft ac yn chwyrnu trwy'i drwyn.

Nia

Mae Eirwen wedi dechrau grŵp AA yn y Festri ar ddydd Gwener. Mae'n debyg ei bod hithe wedi bod yn alcoholic ar un amser. Roedd Geraint yn gwybod hyn – mater preifat, medde fe. Ddim gwerth sôn amdano. Ond ddim bellach mae'n debyg. Mae Eirwen wedi bod yn adrodd hanesion manwl iawn am ei gorffennol gwyllt sydd wedi bod yn agoriad llygad i rai o'n plwyfolion mwya diniwed.

'Roedd y diafol ar fy ysgwydd ac yn y botel fodca ac fe wnawn UNRHYW BETH i gael diwallu fy chwant,' ac yn y blaen.

Mae pobol yn ciwio i gael ymuno.

Ac mae hyn, wrth gwrs, yn esbonio ei diddordeb yn Methadone Mike (sydd, a bod yn deg iddi, yn ffynnu fel garddwr mewn cymuned Gristnogol yn yr Alban) a'r ffaith ei bod bellach yn ddirwestwraig mor gryf. Dylwn i fod wedi dyfalu hyn ynghynt.

Ond pam mae'r cefndir gwyllt yma'n teimlo fel rhyw

fath o gymhwyster ychwanegol i Eirwen – fel gwneud MBA mewn busnes neu ddoethuriaeth mewn Hebraeg? Synnwn i ddim tase fe ar ei CV hi.

Delyth

Wedi prynu llyfr newydd: *Find Yourself, Find Love*. Mae'n dweud, po fwya yr y'ch chi'n caru'ch hun, mwya tebygol fyddwch chi o gael eich caru gan rywun arall. Felly dw i 'di bwcio sesiwn pampro yn y spa heno fydd yn gwneud i mi deimlo'n gariadus iawn tuag at fy hun, gobeithio – ac yn helpu gyda'r lefelau *stress*!

Ffoniodd Llinos bore 'ma am y tro cynta ers oes yn cynnig swper nos Sadwrn gynta mis nesa. Bydd un o ffrindiau erchyll Gwynfor yno i fi mae'n siŵr – a bydd disgwyl i fi ei ffansïo fe, hyd yn oed os odi e'n edrych ac yn bihafio fel y Twrch Trwyth. Methu credu'r newid yn Llinos – roedd hi mor gystadleuol yn y coleg, a phan oedd hi'n gweithio fel cyfreithwraig. Ond fe drodd hi'n rial *earth mother* ar ôl cael y plant. Nawr mae hi'n despret am wyrion ac yn mynd 'mlaen a 'mlaen am y peth. Mae ganddi ffordd o siarad gyda fi sy'n gwneud i mi deimlo fel plentyn pum mlwydd oed eto. Ond wedyn, mae lot o bobol yn gwneud i mi deimlo fel'na ar hyn o bryd.

Nia

Daeth Eirwen draw i gynnig cyngor munud ola am ymweliad yr Esgob ddydd Sul. Fe drafodon ni drefn y dydd a'r fwydlen ac fe wasgodd hi fy ysgwydd a dweud wrtha i am beidio â theimlo'n annigonol gan ei bod hi'n gwybod mod i'n gwneud fy ngorau bob tro.

Anwen

Ma Eirwen yn swno'n hen gleren. Fe fuodd y tair ohonon ni'n sgrechen wherthin wrth glywed amdani heddi yn y caffi. Wedyn, fe ddechreuodd Nia edrych yn euog – teimlo'n ddrwg am fod mor ddilornus ohoni, neu ynte am ei bod hi wedi dechre lleisio'r teimlade hyn yn fwy agored o'r diwedd?

Nia

Wel, diolch byth fod hwnna drosodd! Roedd yr Esgob yn ddigon hapus am wn i. Roedd Ger yn edrych mor hardd yn ei ddillad newydd ac fe ganodd ein côr bach ni mor bert!

Fe aeth y bwyd yn iawn hefyd. Ond ar y diwedd roedd hi'n amlwg fod yr Esgob wedi camddeall pethe ac fe ddechreuodd e ddiolch i Eirwen am bob dim, gan feddwl taw hi oedd gwraig Ger. Ac fe wenodd Eirwen a derbyn yr holl ganmoliaeth heb ddweud gair.

Do'n i ddim am wneud gormod o ffys o flaen yr Esgob ond fe rois i bryd o dafod i Eirwen ar ôl iddo fe fynd. Fe ymddiheurodd hi, wrth gwrs, a dweud nad oedd hi am wneud ffys o flaen yr Esgob chwaith. Ond dw i ddim yn ei chredu hi. Dw i'n meddwl ei bod hi wedi dwlu cael ei chamgymryd am wraig Ger.

Fe gafodd Geraint bregeth dros swper hefyd, druan. Doedd e ddim wedi clywed y sgwrs o gwbwl ac am unwaith doedd ganddo ddim geiriau cytbwys i amddiffyn Eirwen. Mae e'n mynd i weld yr Archesgob wythnos nesa i drafod beth ellir ei wneud. O'r diwedd.

Anwen

Ma Huw yn despret i ga'l Nintendo 3DS. Wi 'di gweud wrtho fe na allwn ni fforddio prynu tegane drud ar hyn o bryd gan fod contract diweddara Rhys mor fyr ond fe fuodd pwdu mawr. Yn ôl Huw, fe yw'r unig un yn ei ddosbarth heb DS. Yn anffodus, wi'n siŵr ei fod yn gweud y gwir. Diolch byth ein bod ni wedi hen dalu am y gwylie haf (wel, y fferi a'r seit bebyll beth bynnag). Ma ishe rhwbeth arnon ni i godi'n calonne. Ond druan o Huw – falle ddylen i edrych ar eBay i weld os alla i ffindo DS ail-law…

Delyth

Mae pawb ond fi'n mynd i ffwrdd dros yr haf. Achos mod i heb blant mae'r swyddfa'n disgwyl i mi aros ar ôl i weithio.

A dim gair eto am y dyrchafiadau. Dw i mor isel.

Gorffennaf

Anwen

Ordro tegane rhad i'r ffair sborion
Mynd â Mam i sêl M&S
Prynu trowsus rhy fawr i Huw –
fyddan nhw'n iawn ar gyfer tymor nesa?

Delyth

Darllen *Opening the Lotus Flower*
Botox????

Nia

Garddio, coginio, golchi a smwddo
Peidio â cholli fy nhymer gydag Eirwen

CYFARCHION HEULOG O'R FICERDY

Mae'r haf wedi dod ac mae llawer o bethau hyfryd ar y gweill, gan gynnwys ein trip plwyfol blynyddol. Rydyn ni'n bwriadu ymweld ag Abaty Tyndyrn eleni a chael picnic yno yn y gerddi. Mae'r Parch. Eirwen am ein hatgoffa'n garedig am bolisi bwyta'n iach yr Eglwys, felly dim creision, pop na chnau yn eich bocsys bwyd os gwelwch yn dda!

Mae'r Parch. Eirwen yn awyddus i drefnu myfyrdodau teuluol. A wnaiff unrhyw un sydd â diddordeb gysylltu â hi'n uniongyrchol os gwelwch yn dda.

Delyth

Mae *Opening the Lotus Flower* yn addawol iawn. Wedi ei sgrifennu yn y chweched ganrif ond yn teimlo'n hollol berthnasol o hyd – yn annog ni i fyfyrio a chwilio am dawelwch mewnol. Felly fe fues ar drip bach i The White Company amser cinio i brynu canhwyllau er mwyn creu lle i mi fyfyrio yn y fflat.

Popeth yn edrych yn grêt – canhwyllau, clustogau newydd i bwyso arnyn nhw a finne'n eistedd i ddechrau myfyrio am naw o'r gloch. Ond methu'n deg â thawelu fy meddwl. A dweud y gwir, fe ddechreuodd rasio – teimladau a meddyliau'n pentyrru a finne'n teimlo'n fwy annifyr bob munud. Ar ben hynny fe ddechreuodd fy nghalon guro'n wyllt a daeth ton o chwys drosta i. Bu'n rhaid i mi stopio fy hun rhag cael *panic attack* go iawn.

Yn ôl y llyfr mi ddylwn 'hwylio i ffwrdd ar donnau myfyrdod'. Wel, wnes i ddim gadael y cei heno. Alla i ddim hyd yn oed myfyrio heb fethu mewn rhyw ffordd – teimlo'n waeth nawr nag oeddwn i cyn trio.

Anwen

Fe ddechreuodd y Ffair Haf yn iawn. Digon o bobol o gwmpas i helpu ar y dechre, tywydd braf (wel, ddim yn bwrw o leia) a lot o bethe neis i'w gwerthu.

Fe dda'th Darcy, *au pair* Enfys Smith (pam ma'n nhw wastod o Awstralia?), draw â lot o stwff drud fel gwobrwyon. Ma Enfys yn neis iawn ond dy'n ni ddim yn ei gweld hi'n aml. Darcy sy'n gyrru'r plant o gwmpas gan fwya. Ac o feddwl mor *rock and roll* yw Enfys, ma hi'n syndod o gonfensiynol gyda'r plant. Dim teledu, lot o wersi cerddorol ar ôl ysgol a dim *sleepovers*. O'dd Enfys mor wyllt 'i hunan ma hi am ddiogelu'r plant rhag mynd lawr yr un hewl am wn i.

Beth bynnag, o'dd popeth yn argoeli'n wych – lot o stondine da, pobol yn dechre llifo drwy iet yr ysgol. Beth alle fynd o'i le?

Wel, i ddechre, fe ddiflannodd y deisen siocled ddrud o'dd yn ganolbwynt i'r stondin 'Dyfalwch y Pwysau' lawr corn gwddwg ci erchyll Derek-y-Drip. Fe darodd dau blentyn eu penne yn erbyn ei gilydd ar y castell bownsio, o'dd yn golygu trip bach i A&E. Torrwyd twll mawr yn nhethe'r Peiriant Godro a fe fuodd 'na le rhwng y stondin Teganau a Gemau a'r stondin Bric a Brac:

(Yn gyhuddgar) 'Nid bric a brac yw hwnna ond gêm.'

(Yn amddiffynnol) 'Ma twll yn y bocs.'

(Yn fwy cyhuddgar) 'Ma fe'n edrych yn iawn i fi.'

Yna, llewygodd y brifathrawes ar ôl byta pysgod cregyn yn y Babell De – er wi'n meddwl mai esgus o'dd hynny er mwyn dianc rhag Y-Fam-Sy'n-Conan, o'dd wedi dechre protestio am nad o'dd teisennod heb glwten ar ga'l.

O leia ro'dd y cwbwl wedi gorffen erbyn chwech o'r gloch ac fe lwyddon ni i ddianc adre am wydred anferth o win gwyn a *chips*.

O'dd Mali'n dawel iawn drwy'r dydd. Dim sôn am Aidan yn y ffair – o'dd yn beth da gan fod Alun yno'n gwitho'r Peiriant Godro. Wel, ar ôl gwydred o win fe gyfaddefodd hi nad o'dd pethe ddim yn dda. Dim sôn am Aidan dros y penwthnos ac fe halodd hi nos Sadwrn ar ei phen ei hunan yn llefen, gan fod y plant gydag Alun. A shwd buodd hi mor ddwl â meddwl y galle pethe witho rhyngddyn nhw a hithe'n hen fenyw dew a fe'r fath bishyn? Ac yn y bla'n ac yn y bla'n. Dda'th Rhys miwn i watcho'r ffwtbol ond hales i fe 'nôl i'r gegin. Do'dd dim ishe gofyn ddwywaith – dyw e ddim yn dda iawn gyda menywod yn crio. Druan o Mali – y drws hudolus wedi agor ar y wledd, fel yn y chwedl 'na o'r Mabinogi, a hithe'n gweld yn rhy glir shwd ma pethe'n mynd gydag Aidan.

Nia

Swper neithiwr yn troi o gwmpas ymweliadau annisgwyl. Mrs Powell yn gynta yn gofyn am 'arweiniad ysbrydol' ar 'fater o frys', ac yna Eirwen am drafod y dyddiadur. Yn y pen draw, a chyda ffowlyn Ger yn sychu yn y ffwrn, fe lwyddais i gael Eirwen i roi lifft adre i Mrs P fel bod Ger a finne'n gallu eistedd lawr i gael swper o'r diwedd.

Roedd e wedi bod i weld y Rheithor yn y brif swyddfa i drafod Eirwen ac roedd hwnnw, er mawr syndod, yn llawn cydymdeimlad. Er na allwn ni wneud llawer yn y tymor byr, fe ellir dechrau awgrymu'n garedig i Eirwen bod ei hangen ar eglwys fwy efengylaidd pan fydd swydd addas ar gael.

Y malu awyr arferol, felly, ond yn well na dim am wn i...

Delyth

Swper yn nhŷ Llinos a Gwynfor neithiwr. Er i mi fynd â photel braidd yn neis o Rioja, dim ond gwin rhad o Tesco welais i drwy'r nos.

Rhywun o'r enw Meirion oedd yno er fy mwyn i. Blonegog, bochgoch a byddinol. Mor ddiflas, a chanddo lais mor undonog bu bron i mi syrthio i gysgu wrth wrando arno'n traethu. Fe fuodd e'n llowcio'r gwin coch hefyd a phan ddechreuodd Gwynfor a fe chwarae rhyw gêm yfed ddwl o'r enw Bunnies fe sylweddolais ei bod hi'n bryd i fi adael. Llinos wrth y drws yn ffarwelio mewn llais yn llawn cydymdeimlad – yn ôl hi, mae'n rhaid i ni gwrdd rywdro i 'ddal lan yn iawn'. Fe wnaf bob ymdrech bosib i osgoi'r fath erchylltra.

Nia

Trip y plwy yn hyfryd yn y diwedd. Roedd Eirwen wedi darllen yr hanes yn fanwl ac fe arweiniodd hi daith o gwmpas yr adfeilion yn Nhyndyrn. Yn anffodus doedd pawb ddim yn medru cadw lan gyda hi, felly fe eisteddodd Ger a finne gyda'r rhai llai abl a chael cyfle i fyfyrio. Am le braf! Ac fe fuon ni mor lwcus o ran y tywydd – haul yn tywynnu, dim cwmwl yn agos, ond mymryn o awel hefyd.

Roedd y picnic yn llwyddiant, diolch yn bennaf i Gwen

Roberts, a gwympodd dros un o'r muriau bach. Gadwodd hynny Eirwen mas o'r ffordd ('Gadewch hwn i fi, dw i wedi fy hyfforddi gan St John's Ambulance, wyddoch chi'). Felly erbyn iddi ymuno â ni roedd pob pripsyn o siocled a chreision yn cuddio ym moliau'r plant ac roedd rheini'n rhedeg yn hapus o gwmpas yr adfeilion. A pholisi bwyta'n iach Eirwen wedi ei anghofio'n gyfleus.

Fe arweiniodd Geraint wasanaeth bach ac roedd hi'n hyfryd cael mwynhau golygfeydd mor fendigedig wrth addoli.

Trip sydyn i Drefynwy wedyn i gael paned a hufen iâ a phawb mewn hwyliau ardderchog pan gyrhaeddon ni 'nôl i Gaerdydd. A finne'n diolch i'r nefoedd fod diwrnod cyfan wedi mynd heibio heb i Eirwen godi gwrychyn neb.

Delyth

Ystyried y 'Cabbage Soup Diet' – Liz Hurley'n ffan mawr. Ond mae yna sgileffeithiau braidd yn annymunol. Bydde'n rhaid i fi ei drio dros y penwythnos...

Anwen

Mabolgampe ysgol Huw heddi. Druan ag e – dda'th e'n ola yn bron popeth. Ond diolch byth, a thrwy ryw ryfedd wyrth, fe enillodd e'r ras wy a llwy. Dim ond *heat* bach, ond dim ots, o'dd gweld bathodyn enillydd ar ei grys T yn ddigon iddo fe.

Fe fuodd 'na ring-ding rhwng Derek-y-Drip a'r Fam-Sy'n-Conan-Am-Bopeth! Derek yn meddwl na ddyle'r plant fod yn cystadlu yn erbyn ei gilydd o gwbwl a'r Fam (sy'n un o ddarllenwyr mwya pybyr y *Daily Mail*) yn conan nad o'dd DIGON o gystadlu. Fe lwyddes i sleifio bant i ga'l hufen iâ

Mr Whippy gyda Huw ac Angharad. Llawn *additives* a siwgir – iym iym!

Delyth

Wedi darganfod rhywbeth o'r enw 'Jigsaw Force' ar y we. Rhyw fath o becyn hunangymorth sy'n addo creu 'a whole you from the pieces you left behind'. Mae e'n costio £300.

Ddim yn mynd i boeni bellach gyda'r canhwyllau clust Hopi. Fe dasgon nhw gŵyr dros fy nhop sidan o Prada. Fe fydd e'n amhosib i'w lanhau.

Anwen

Dw i wastod wedi meddwl bod Delyths y byd 'ma wedi ca'l pob mantais – addysg mewn ysgolion preifet gyda'r cyfleustere gore a gwersi Lladin. Ond o'dd ei phlentyndod hi'n go erchyll a gweud y gwir. Ysgol ddiflas yn llawn merched anorecsic a'r snobeiddrwydd mwya dychrynllyd, yn ôl Delyth. Do'dd hi ddim yn teimlo'n gartrefol a byddai'n ca'l ei symud yn rhy amal iddi allu setlo'n iawn. Plentyn yr RAF o'dd hi, yn yr ysgolion 'ma achos bod ei rhieni'n teithio gyment. Ddim yn dod o deulu posh go iawn, yn ôl safone dwl yr ysgol, ond o'dd plant milwrol a phlant yr Eglwys yn dderbyniol (er nad o'n nhw'n gyfoethog) gan eu bod nhw'n 'the right sort of people'.

Ma hi'n dal i ga'l hunllefe:

'Dw i'n cael fy hun mewn neuadd fwyta'n llawn pobol o'r ysgol. Ond am ryw reswm dw i yno i wneud araith gyfreithiol fel tasen i'n y llys. Ac mae pawb yn rhythu arna i – a dw i'n sylweddoli'n sydyn mod i yn fy nillad isa. Ac yna dw i'n deffro'n chwys i gyd.'

Ond o'dd ganddi stori grêt am gwrdd ag un o'i gelynion penna yn yr ysgol mewn parti yn y Senedd. Er ei bod hi'n Lêdi rhywun neu'i gilydd o'dd Delyth yn falch o weld ei bod hi 'run maint â Chader Idris a bod ganddi fwstash amlwg ar ei gwefus ucha.

Ond do'dd dim lot o groeso i Delyth gatre chwaith – ddim yn ddigon pert i'w mam (sy'n swno fel hen ddraig) a'i rhieni'n oeredd. Dda'th hi byth i'w nabod nhw. A nawr ma hi'n byw yn 'u hen dŷ nhw yn y Rhath – ishe iddi symud o fanna weden i. Sdim gwerth hongian mla'n i orffennol mor ddiflas. A ddaw ei thad ddim mas o'r catre 'na nawr.

Wi'n un bert i siarad, wrth gwrs – yn dda iawn am ddadansoddi probleme pobol eraill, yn neud dim byd i ddelio 'da'n rhai i…

Delyth

Wnes i fwynhau siarad gyda'r merched gymaint heddiw – er mod i'n fwy lleddf na llon erbyn y diwedd. Finne'n siarad am yr ysgol ac Anwen yn hel atgofion am gwrdd â Rhys mewn rali Cymdeithas yr Iaith. Ac yn cofio gymaint oedd ganddyn nhw'n gyffredin, gan awgrymu nad yw hynny'n wir bellach. Brynes i *latte* arall iddi, roedd hi'n edrych mor ddiflas.

Nia

Fe gafodd Eirwen eiriau gyda Mrs Morgan heddiw, a oedd yn mynnu galw pobol Kwazulu yn 'coloured'. Fe glywais hi'n dweud 'Actually, Mrs Morgan, we don't say that sort of thing any more,' a honno'n ateb: 'Well, I'm not being funny but they are coloured. We're white and they're coloured.'

Mae Eirwen yn hollol iawn, wrth gwrs. Alla i ddim godde'r math yna o ragfarn ddall chwaith, ond mae Jane Morgan wedi gweithio'n ddiflino i godi lot o arian i'r ysgol yn Kwazulu ac mae hi'n perthyn i'r genhedlaeth sydd ddim yn deall y pethe 'ma'n dda iawn. Fe gafodd hi bregeth hir wrth Eirwen a berodd iddi adael ar nodyn braidd yn anffodus gan ruo am 'political correctness gone mad' wrth fynd.

Mae'n chwithig iawn. Ac yn waeth na hynny, mae Eirwen yn sôn am drafod y mater ymhellach yn ei phregeth yn y Gwasanaeth Teuluol ddydd Sul. Mae'r rhan fwya o'r plwy yn dal i drio derbyn goblygiadau ei phregeth ddiwetha pan gyhoeddodd Eirwen y gallai Duw fod yn fenyw.

Anwen

O'dd rash bach ar fola Angharad bore 'ma, ond wnes i ddim meddwl dwyweth am y peth – wel, o'dd 'da fi ddim amser i feddwl amdano fe'n iawn rili, gan fod yn rhaid i fi ga'l Llio draw i Ganolfan y Mileniwm ar gyfer ei chwrs drama a Huw i'r cwrs nofio.

Ac o'dd Llio ar ei gwaetha – lot o rolio llyged: 'Maaam, o't ti'n GWBOD bod ishe'r crys T pinc 'na arna i ar gyfer heddi, a dyw e ddim yn deg achos ma 'da pawb ond fi dop newydd o Gilly Hicks a fi sy wastod yn edrych y lleia cŵl a dyw e DDIM YN DEG!' Ac yn y bla'n…

Ac o'dd Huw off ar un hefyd: 'Pam nag o's neb ishe mynd i'r lleuad rhagor achos ethen i mewn roced i'r lleuad UNRHYW BRYD a do's neb byth yn gofyn i fi na Siôn a DYW E JYST DDIM YN DEG.'

Ac wedyn fe ddiflannodd y dydd gyda'r siopa a'r smwddo a chliro a charto'r plant hyna 'nôl a mla'n. Ac fe a'th Angharad i gefen y car tra mod i'n rhuthro o gwmpas fel peth gwyllt. O'dd hi'n edrych yn ocê ac yn whare'n ddigon hapus gyda'i dolis. Ond ar ddiwedd y prynhawn fe hwdodd hi dros bobman a phan dynnes i ei dillad hi o'dd y rash wedi lledu dros ei *chest* a'i chefen. A phan dries i'r blydi *glass test* o'dd y rash 'na o hyd. Ac o'dd tymheredd uchel arni hefyd ac o'dd hi'n cwyno bod ei phen hi'n dost.

Wel, o'n i'n panico, ddim yn gwbod beth i'w neud yn iawn ac yn ffaelu ca'l gafel ar neb – Mam a Mali ddim yn ateb y ffôn a dim sôn am Rhys yn unman. NHS Direct yn ddim blydi iws chwaith – o'n i'n hongian mla'n yn disgwyl siarad â rhywun ('we are receiving an unusually high level of calls this evening' ayb) ac yn poeni mod i jyst yn gwastraffu amser pwysig, felly fe ddodes i'r plant yn y car a rhuthro draw i A&E.

O'n nhw'n grêt fanna wrth gwrs – dim aros o gwmpas gan fod Angharad mor fach a'i thymheredd mor uchel. Fe gafodd hi *antibiotics* yn syth a digon o Calpol. Ond fe gymerodd e ddwy awr iddyn nhw ga'l y tymheredd i lawr ac o'n nhw'n mynnu neud profion gwa'd drwy'r amser. A 'na gyd o'n i'n gallu neud o'dd sychu'i thalcen gyda chlwtyn gwlyb. A gobeitho am y gore.

O'dd e'n erchyll – a nid yn unig fod Angharad fach mor dost, o'dd yn rhaid i fi drio cadw'r ddau arall rhag ei cholli hi'n llwyr hefyd. Fe gafodd Llio a Huw lond twll o ofon yn gweld Angharad yn ca'l llinell yn ei llaw fach.

A Llio'n gweud 'O Mami, bai fi yw hwn am gonan bore 'ma am Gilly Hicks a thynnu dy sylw di wrth Angharad', a môr o ddagre.

A Huw'n gofyn 'Yw Angharad yn mynd i farw?' a golwg ryfedd ar ei wyneb a finne ar un pwynt ddim yn siŵr sut i'w ateb hyd yn oed. A dim sôn am Rhys yn unman.

Ond o'dd y nyrsys yn wych yn ein cysuro ni i gyd ac ar ôl deall fod tymheredd Angharad yn iawn o'r diwedd a cha'l paned o siocled yn y caffi a gweld Angharad yn dod ati'i hun, fe ges i wên fach wrth Huw.

Wedyn a'th Llio yn fusnes i gyd a dechre gofyn cwestiyne: 'What exactly is in the drip – is it glucose? And what is the ratio of glucose to water?'

Ac wedyn yn pwslo beth yn union o'dd pwrpas y profion gwa'd ac yn y bla'n – eto, o'dd pawb mor amyneddgar ac yn barod i helpu. A'r consyltant gyda'i fow tei a'i sbectols hanner lleuad yn codi ein calonne ni i gyd: 'Nice to see some colour in Mum's cheeks again, and the little one will be fine now.' Yr NHS ar ei ore.

Ond lle ddiawl o'dd Rhys?

Delyth

Mae'r haf yma'n teimlo fel oes. Mae pawb i ffwrdd ond fi. Hyd yn oed Arfon. Ffoniodd Camilla Brown o Smithson Associates (dwy nani, yn rhedeg marathons, pedwar o blant a thŷ haf yn Umbria) a dweud ei bod hi a'r plant yn mynd i'r Eidal am fis ac o'n i *mor* lwcus mod i'n gallu mynd i ffwrdd tu fas i wyliau'r ysgol: 'All those lovely cheap hols and you could go trekking in the Himalayas if you wanted to!'

Sy'n hollol wir, wrth gwrs. Ond dw i byth yn gwneud dim byd fel'na – dw i ddim wedi dringo mynyddoedd egsotic na hwylio ar hyd yr Amazon. Gwyliau i fi yw bod ar fy mhen fy hun mewn gwesty drud a diflas yn cyfri'r oriau tan alla i ddod adre.

Dw i am newid – ond dw i'n tin-droi yn yr unfan rywsut, heb yr egni na'r dychymyg i newid pethau.

Nia

Meddwl bod angen gwyliau ar Ger a finne. Ysbaid i adnewyddu egni a ffydd. A chyfnod i ffwrdd wrth Eirwen.

Anwen

Rhys yn ffono o'r diwedd am 8 y bore gan ymddiheuro – dim signal yn ei stafell yn y B&B ym Mangor ayb ayb. O'n i bach yn sychedd ar y ffôn – wi'n gwbod taw dim ei fai e o'dd e ond wi 'di ca'l digon o orfod neud popeth tra'i fod e'n dal y slac yn dynn. Wel, o ran y teulu beth bynnag. Nid ei fai e yw ei fod e'n gorfod neud y tripie 'ma i whilo gwaith, gyda phawb yn torri 'nôl ar ymgynghorwyr. Ond y gwir yw dyw e ddim gyda fi hyd yn oed pan ma fe gatre. 'Na gyd ma fe'n neud yw watcho'r teli neu ddarllen y papur neu gonan ei fod e wedi blino.

Felly pan gyrhaeddodd e 'nôl fe geson ni yffarn o strop, lot o ddryse'n slamo a neb yn siarad. A wedyn, pan dda'th y plant gatre, lot o esgus bod popeth yn iawn. A Rhys yn cuddio tu ôl i'w bapur drwy'r nos.

Delyth

Gwaith. *Gym.* Tabled gysgu. Gwaith. *Gym.*

Noson yn y Chapter gyda Catrin. Yfed gormod o win gwyn ar stumog wag – meddwl y byse fe'n help i fi gysgu.

Doedd e ddim. Pen tost, ceg sych a bola sigledig.

Gwaith. *Gym.* Tabled gysgu. Gwaith. *Gym.*

Nia

Ger wedi trefnu syrpréis i fi! Ry'n ni'n cael gwyliau fis nesa mewn plwy yn y Gogs! Cyfnewid gyda ffrind coleg i Ger sy'n byw mewn hen reithordy hyfryd, yn ôl bob sôn. Llecynnau hyfryd i'w cerdded, dim gormod o wasanaethau a *box set* o *Borgen* i'w wylio!

Anwen

O, ma Rhys yn hala fi lan y wal! Ma cyment i'w neud o gwmpas y tŷ ond dyw Rhys jyst ddim yn gorffen dim byd – fe fydd yn rhaid i fi dalu rhyw foi yn y diwedd. Shwd wi'n mynd i'w dalu wi jyst ddim yn gwbod.

A ma'n rhaid i fi ddal fy nhafod gan fod Rhys yn gweud mod i'n nagio fe – sy'n wir, wrth gwrs, ond shwd arall y caiff unrhyw beth ei neud yn y blydi tŷ 'ma?

A nawr wi'n ffaelu cysgu! Deffro am dri ac ar ddihun am orie cyn cwmpo i drwmgwsg jyst cyn codi a theimlo'n erchyll weddill y dydd.

Gobeitho y bydd pethe'n well yn Ffrainc. Falle taw gwylie sy ishe arnon ni i gyd.

Awst

Anwen

Paco
Siopad dda i Mam
Casglu'r *euros* o M&S

Delyth

Darllen *Pounding the Streets to Victory*
Chwistrelliad fitaminau

Nia

Pacio i fynd i'r Gogs – dim Eirwen am bythefnos!

Anwen

Diwrnod yn y Steddfod cyn mynd i Ffrainc.

Huw yn casglu *freebies* fel peth gwyllt felly digon o feiros tan Steddfod yr Urdd nawr. Gafodd e amser ffantastic yn y Babell Wyddoniaeth – halodd e orie 'na. Steddes i tu fas gyda *cappuccino* a gweld tunnell o bobol yn mynd heibio. Malu cachu gyda gyment o hen ffrindie: Aled Birmingham, Cipar, Gwyn Ferodo, Anna a Dewi Wyn. A lyfli gweld Adrian Benbow – llond ceg o Gymraeg a thri phlentyn gydag e'n Gymry da i gyd. Rhyfedd i feddwl taw o Maidstone ma fe'n dod.

Rhys wedi mynd ag Angharad draw i weld sioe *Cyw* ac yna i'r babell MYM (Rhys yn darllen papur ac yfed *espressos* ac yn ca'l llonydd tra bod rhywun arall yn diddanu). A'th Llio off am y prynhawn hefyd felly ges i amser neis iawn.

A'r bar ar ddiwedd y dydd yn gyment o hwyl – cyrri bach i Rhys a finne, sglods a sgods i'r plant a *LOADS* o bobol yno o'n i'n nabod. A'r plant yn ca'l rhedeg yn wyllt tra bo ni'n joio. A Cowbois Rhos Botwnnog yn chware'n fyw hefyd. Am noson braf.

MAE'N AMSER GWYLIAU!

Gobeithio eich bod yn mwynhau'r haf ac yn llwyddo i gael mymryn o wyliau. Mae'r Parch. Eirwen yn awyddus i ffeindio rhagor o arddwyr brwd i ddyfrhau tra bydd hi i ffwrdd am benwythnos ddiwedd y mis, ac i'n hatgoffa hefyd bod disgwyl i'r rhai ohonoch fydd yn casglu'r malwod eu difa nhw mewn ffordd garedig. Er nad oes croeso iddyn nhw yn ein gardd maen nhw'n haeddu parch, fel pob peth byw arall a grëwyd gan Dduw.

Nia

Diolch i'r nefoedd ein bod ni'n gallu dianc! Wedi cyfnewid gyda James Byfield yn Wrecsam, drwy law Ger wrth gwrs! Dw i'n siŵr y bydd hi'n bwrw bob dydd ond does dim tamaid o ots 'da fi. Fydd Eirwen ddim o gwmpas!

Anwen

Ma paco'n uffern! Ma Llio ishe mynd â phopeth sy gyda hi tra bod Huw yn gwrthod gwisgo dim byd ond un crys T Club Penguin a phâr o bants Ben 10. Dyw Rhys ddim yn neud DIM i helpu tan reit ar y diwedd pan ma'n prynu paced newydd o focsyrs o M&S a'u rhoi nhw i fi i'w paco fel petaen nhw'n bethe prin a rhyfeddol.

A gan ein bod ni'n campo ma'n rhaid i ni fynd â PHOPETH gyda ni, sy'n golygu bod y plant yn gorfod stwffo'u hunen rhwng y bocsys a'r bagie, y babell a'r stof nwy a'r cwbwl yn barod i gwympo'n un stwnsh mawr mas o'r car erbyn i ni gyrraedd y *services* cynta.

Ma Huw yn teimlo'n dost cyn i ni gyrraedd gwaelod yr hewl ac yn hala gweddill y siwrne â'i ben dros fag plastig. Fel arfer ma'n rhaid i ni droi 'nôl o leia unweth gan ein bod ni wedi anghofio rhwbeth angenrheidiol – pasports, tocynne a phlentyn hyd yn oed...

A dyna ddechre'r hunlle flynyddol.

Delyth

Mae pawb 'allan o'r swyddfa'. Alla i ddim gwneud dim byd o bwys heblaw gwaith papur diflas a stwff gweinyddol mae pawb arall yn ei osgoi drwy fod i ffwrdd ym mis Awst.

Ac ar ddiwedd y mis fe ddaw pawb 'nôl a manteisio ar yr holl baratoi manwl fydda i wedi ei wneud. Ddim yn deg o gwbwl.

Anwen

Noson ofnadwy ar y fferi i Cherbourg. Dim cwsg o gwbwl a 'mola i wedi ei adel ar ôl rywle yn y Sianel ym mherfeddion y nos. Rhys a'r plant yn cysgu'n braf, wrth gwrs – dim ond fi o'dd yn godde.

Wedyn, siwrne erchyll yn y car crasboeth yn mynd draw i Lydaw ar spîd malwoden. Ceir GB ym mhobman yn llawn dop o blant, bagie plastig a bocsys Cheerios, a bron pob un â thri neu bedwar beic wedi'u clymu'n fregus i'w cefne.

Y *services* yn llawn Saeson yn gweiddi pethe fel 'I thought YOU were going to pack the Calpol' ac 'I said junction 25, NOT 26'.

Un arall yn siarad yn araf ac yn uchel gyda Ffrances bôrd yr olwg wrth y chec-owt: 'Deux café au lait, avec trois jus de pomme, et cinq portion de frites s'il vous plaît' – ac yn edrych yn syn wrth ga'l gwydred o la'th a dou ham rôl yn ôl.

Yn ein car ni fe fuodd dadle parhaol am ba dâp i wrando arno fe – Roald Dahl yn darllen *Fantastic Mr Fox* (Huw) neu caneuon *Cyw* (Angharad). Fe wnaed pethe fymryn yn rhwyddach gan fod Llio wedi llwyddo i fenthyg iPod felly o leia o'dd hi'n gallu gwrando ar ei stwff hi heb i ni orfod clywed yr erchyll Coldplay am y canfed tro.

Rhys, wrth gwrs, mewn strop am yrru gwael y Ffrancod a'r ffaith fod yna gyment o Saeson ar yr hewl: 'Pam ddiawl ma'n nhw'n dod i Lydaw? Y Cymry sy'n dod i Lydaw – i'r blydi Dordogne ma'n NHW fod i fynd.'

Ac yn grac 'da fi hefyd am mod i wedi anghofio paco'i 'hoff fints gyrru'.

Ac o'n i'n gofyn i fy hunan pam ddiawl ry'n ni i gyd yn neud hyn bob blwyddyn. Fydde fe ddim yn well i ni gymryd pilsen a hala mis Awst o dan y dwfe, yn ddisymud tan Fedi'r cynta?

A nawr ry'n ni yn Ffrainc a ma pethe'n wa'th os rhwbeth. Ma'r lle 'ma'n llawn mosgitos, ma'n llethol o dwym a ma teulu o Saeson stwrllyd drws nesa i ni mewn pabell Cath Kidston. Ma'n nhw'n hala orie'n yfed Chardonnay ac yn siarad yn uchel ar eu ffonau symudol. A ma'n nhw'n hala Rhys lan y wal yn barod.

A dyw'n pabell ni DDIM yn un Cath Kidston. Ma hi wedi ei benthyg gan un o ffrindie Rhys, ma haenen dene o fwsogl drosti a ma hi'n boeth fel ffwrn.

Ac ar ben hynny ry'n ni i gyd wedi bod yn dost. Huw hwdodd gynta, wedyn Llio ac Angharad. A jyst pan o'n nhw'n dechre teimlo'n well fe gafodd Rhys a finne'r byg. Wrth gwrs, fe arhosodd Rhys yn y gwely'n gwingo, felly FI o'dd yn gorfod cadw pethe i fynd rhwng rhedeg yn wyllt i'r tŷ bach – o'dd yn lân, diolch i'r nefo'dd.

Ma Mali a'r plant yn cyrraedd heddi – Alun yn dod ddiwedd yr wthnos i gymryd drosodd pan aiff hi adre. Ma Rhys yn itha crac gyda hi o hyd felly gobeitho bydd popeth yn iawn. Ma gan Rhys dafod miniog weithe a dw i ddim ishe strop mawr o fla'n y plant.

Ac ar ben hyn i gyd, fe dries i'r wisg nofio newydd o Marks, o'dd yn edrych yn itha derbyniol yn y siop, ac o'n i'n edrych fel MYNYDD ynddi. Ma'n stumog i'n edrych fel menyn wedi toddi a ma 'nghoese i'n drwch o *cellulite* a gwythienne coch. Hollol erchyll.

O, wi ishe mynd gatre NAWR.

Delyth

Arfon yn Tuscany, Syr David yn Ffrainc. Anwen a Nia i ffwrdd hefyd, felly dim lot o bwynt mynd i'r *café*.

Methu cysgu o gwbwl ar hyn o bryd. Neithiwr ges i ddigon o droi a throsi ac fe godais i a mynd i eistedd ar y balconi am dipyn bach. Roedd hi'n noson dwym ac roedd hi'n gysur cael eistedd yno yn y tywyllwch melfedaidd.

Gyferbyn â fi mae 'na floc o fflatiau (Housing Association dw i'n meddwl) ac roedd yna olau yn un ohonyn nhw. Fe allwn i weld pâr o dras Asiaidd yn eistedd yno. Roedd hi'n feichiog iawn ac roedd e'n rhoi rhyw fath o *massage* i'w hysgwyddau. Roedd hi mewn gwisg nyrs a fynte'n gwisgo rhywbeth ffurfiol hefyd – gyrrwr bws efalle? Roedd e mor annwyl gyda hi, a golwg mor hapus ar y ddau ohonyn nhw. Teimlo'n genfigennus rywsut.

Anwen

Bwyd ar ein gwylie:

Y plant: *Frites, frites* a mwy o *frites*.

Rhys: Gwin coch, gwin coch a, hei, pam lai? Mwy o win coch!

Fi: Unrhyw beth dyw'r plant a Rhys ddim yn byta – felly digon o lysie a ffrwythe…

Ma'r Saeson drws nesa'n rial poen. Ma'n nhw mor stwrllyd. Wedith Rhys ddim byd, wrth gwrs – jyst gwneud syne tytian a dweud 'O, blydi hel' itha lot. Ma'r gŵr yn siarad yn uchel ofnadwy, yn hala orie ar ei ffôn ac yn gweud pethe fel: 'I'M IN FRANCE… NO, FRANCE. SORRY, THE SIGNAL'S NOT VERY GOOD HERE… WE'RE IN THE DORDOGNE… NO, THE DORDOGNE… YES, THE WEATHER'S FABULOUS…

YES, YES, LOTS OF RED WINE, THAT'S RIGHT… HOW'S THE WEATHER IN BLIGHTY?… (Chwerthiniad bach smyg) OH DEAR, OH DEAR, RAINING IN LONDON, IS IT?… YES, WE'RE GIVING THE NEW TENT AN AIRING… OH YES, MOSQUITO NETS, INDIVIDUAL FLAPS, BREATHABLE FABRIC, VERY NICE… NO… WE'RE IN THE DORDOGNE… THE DORDOGNE… OH DEAR, I THINK WE MUST HAVE BEEN CUT OFF…'

Ma 'dag e lais uchel y diawl, hyd yn oed o'n pabell ni gwpwl o lathenni i ffwrdd. Ma fe bownd o fod yn fyddarol nesa ato fe…

Gobeitho awn nhw cyn bo hir, ma'n nhw'n sbwylo pethe i ni braidd.

Ma Huw wedi dechre darllen llyfyr jôcs gafodd e yn y Steddfod. Ma fe'n esbonio pob un i ni'n llythrennol iawn, os nad y'n ni'n wherthin, a gofyn pethe fel 'Chi'n cael e?'

Fe ddeffrwyd Rhys o'i berlewyg gwin cochaidd gan Huw yn holi: 'Beth sy'n ddu ac yn wyn ac yn mynd bwmp, bwmp, bwmp? Pengwin yn cwympo lawr y staer. Ti'n cael e?… Dad, ti'n cael e?'

Wna'th Rhys ddim wherthin.

Nia

O hyfryd yw cael crwydro'r gogledd-ddwyrain, jyst Ger a fi a DIM EIRWEN!!!

Ry'n ni'n mynd ar deithiau cerdded hir, yn darllen llyfrau, gwylio DVDs, gwneud prydau hyfryd o fwyd gyda'n gilydd a mynd i'r gwely'n gynnar. Hollol berffaith.

Does dim Undeb y Mamau yn yr eglwys yma, jyst grŵp i fenywod. Fe fuodd trafod dwys yn y cyfarfod bore 'ma (er nad o's lot o wasanaethau, yn anffodus mae'n rhaid i Ger

ymuno â rhai o weithgareddau'r plwy tra ein bod ni yma).
O'n i'n ffeindio'r drafodaeth yn ddigon anodd a dweud y
gwir. Maen nhw'n dilyn rhyw raglen ddiwinyddol o'r Unol
Daleithiau am ffydd a ffeministiaeth. Fydde Eirwen yn
gartrefol iawn yma…

Anwen

O, jiw, a'th hi'n gawl potsh 'ma pan gyrhaeddodd Mali.
Ma Siôn a Luned yn anhapus iawn ac yn camfihafio, ac fe
ffaelodd Mali godi ei phabell, felly o'dd yn rhaid i Rhys neud.
Ac o'dd e'n mynnu gweud lot o bethe pigog wrth neud, ac
a'th Mali off yn ei dagre ac o'dd yn rhaid i Rhys a finne ga'l un
o'r strops sibrwd 'na lle o'n i'n gweud wrtho fe am beido bod
yn gyment o bwrs er mwyn y plant. A phan welodd e wyneb
bach Siôn fe galliodd a mynd i whilo am Mali.

A phan ddaethon nhw 'nôl o'dd Rhys wedi neud ymdrech
fawr ac o'dd e'n wych am weddill y prynhawn yn trefnu geme
i'r plant, a BBQ!

Wedodd Mali bod y ddau ohonyn nhw wedi ca'l sgwrs dda
iawn ac o'n i MOR lwcus i ga'l gŵr mor sensitif a meddylgar.
Wi'n meddwl taw am Rhys o'dd hi'n sôn ond dyw e ddim yn
ddisgrifiad sy'n canu cloch gyda fi.

Delyth

Roedd heddiw yn ERCHYLL.

Fe ddeffrais i am bump, ar ôl tua tair awr o gwsg, gan
deimlo'n ofnadwy. Fe es i draw i'r gampfa wrth iddi agor
am chwech i weld a allwn i greu rhywfaint o archwaeth
ynof am weddill y dydd. Nofio a chawod yn gwneud i mi
deimlo damaid yn well, yn ogystal â rhestr o ddywediadau

positif: 'Fe ddeffraf yn iawn, fe chwiliaf am egni' a 'Rydw i'n haeddu bod yn hapus, hyd yn oed ym mis Awst'.

Cyrraedd y swyddfa'n reit gynnar ond darganfod fod y ferch sydd wedi bod yma tra bod Courtney i ffwrdd wedi anghofio gwneud dau ddarn o waith papur angenrheidiol ar gyfer y cyfarfod yn Neuadd y Ddinas bore 'ma. Dim ond jyst cyrraedd mewn pryd wnes i.

Wedi blino'n shwps, a Catrin yn dweud mod i'n edrych felly. Fe gynigodd hi rhyw dabledi rhoi egni i mi mae hi'n eu cael o UDA. Esboniais i taw nid cadw ar ddihun yw'r broblem ac fe ddaeth hi â photel o dabledi eraill allan o'i bag a dweud bod rheini'n gallu cnocio ceffyl mas! Ond gwallgofrwydd fydde derbyn unrhyw beth wrth Catrin – mae hi'n ddibynnol ar bob math o bethau a dw i ddim am ddilyn yr un llwybr â hi.

Fe lwyddais i lusgo fy hun drwy'r dydd rywsut, a nôl pryd i un a gwin gwyn o M&S i'w cael ar y balconi. Y ddau gyferbyn yno eto heno – roedd e'n golchi ei thraed hi y tro hwn. Mor dyner a chariadus. O'n i mor genfigennus, o'n i'n teimlo fel crio.

Anwen

O'r diwedd ma pethe'n dechre gwella. Stopodd hi fwrw ac fe aethon ni i Carnac. Fe gafodd y plant i gyd lot o hwyl yn raso o gwmpas y cerrig. Cwrdd â dou deulu arall o Gymru yno – mor ddoniol. O'r Gogs o'n nhw'n dod ac, wrth gwrs, pawb yn nabod rhywun yn gyffredin.

Ma tamed o liw 'nôl ym moche Mali ac fe ddwedodd hi wrtha i ei bod hi wedi ca'l noson deidi o gwsg neithiwr am y tro cynta ers oeso'dd. Dyw Aidan ddim wedi cysylltu gyda hi ers mis nawr a dyw e ddim yn ateb ei galwade, felly ma hi'n gwbod fod y cwbwl ar ben. Teimlo'n gyment o ffŵl, medde hi. O'dd dim lot allen i weud – jyst rhoi cwtsh iddi a glased arall o win coch.

Ma Huw a Siôn wedi dechre adeiladu den gyda rhyw grwt Ffrengig. (Ma'n nhw'n cyfathrebu'n dda iawn – dim syniad yn y byd pa iaith ma'n nhw'n siarad, ond ma'n nhw'n ddigon hapus am wn i.) A ma Llio a Luned wedi ffindo cwpwl o fechgyn i siarad gyda nhw yn y caffi felly ma'n nhw'n iawn.

Lot o: 'Wir Mam, ry'n ni'n ymarfer ein Ffrangeg' – gan Llio, wrth gwrs.

Fe drefnodd Rhys BBQ arall gyda'r nos ac fe eisteddodd y tri ohonon ni o gwmpas y tân yn siarad. Ma'r Cath Kidstons wedi mynd, diolch byth, felly o'dd hi'n dawel neis. Ac a'th y plant lleia i'r gwely'n gynnar wedi blino'n shwps ar ôl yr holl awyr iach. Luned a Llio lawr wrth y caffi yn fflyrtan yn Ffrangeg.

Delyth

Dim sôn am y pâr gyferbyn heno – efalle'u bod nhw i ffwrdd.

Mor unig – ac yn gweld eisiau Anwen a Nia yn ofnadwy. Do'n i ddim yn sylweddoli mod i wedi mynd mor ddibynnol ar ein sgyrsiau wythnosol. Ond mae e wedi bod mor neis cael rhywun i siarad â nhw. Ro'n i wedi colli'r arfer o wneud hynny bron yn llwyr.

Darllen llyfr newydd am rywbeth o'r enw 'mindfulness' yn oriau mân y bore. Sôn am fyw yn y foment a pheidio â phoeni cymaint am y dyfodol. Dweud fod myfyrio'n medru bod o help ond, yn ôl y llyfr, mae 'na ddull o fyfyrio sy'n cydnabod fod y meddwl yn crwydro a bod y byd yn llawn cymhlethdod. Swnio'n llawer mwy addas i mi – meddwl gwrando ar y CD a rhoi tro arno. Maen nhw'n argymell ioga hefyd.

Ac yn rhyfedd iawn, fe welais hysbyseb ddeniadol iawn yn *Tatler* am gwrs ioga yng Nghreta ym mis Medi. Meddwl rhoi tro arno – byddai'n well nag eistedd ar fy mhen fy hun mewn gwesty drud.

Nia

Adre a thunnell o waith yn disgwyl amdanon ni. Aeth Eirwen yn syth ar ei gwyliau y funud ddaethon ni 'nôl, diolch byth – mae hi wedi mynd i godi muriau cerrig yn Swydd Efrog dros benwythnos hir. Ddim yn ddigon hir i fi.

Roedd y gwyliau mor hyfryd, er bod yr eglwys damaid bach yn rhy efengylaidd i ni. Mor braf cael Ger i fi fy hun. Ac fe fwyton ni lawer gormod o fwyd – dw i 'run maint â Fiat Panda nawr…

Anwen

A'th Mali 'nôl i Gymru gan adel Alun i edrych ar ôl y plant. Fe lefodd Siôn a gofyn pam nad o'dd Mali'n gallu aros. O'dd Alun yn galed iawn, yn gweud pethe fel 'Ma gan Mami ffrindie eraill sy'n bwysicach na ni, Siôn.'

Fe lefodd Mali'r holl ffordd i'r maes awyr, gan weud taw ei bai hi o'dd hyn i gyd. Ond ma ishe i'r ddau ohonyn nhw gymryd cyfrifoldeb am wn i a ffindo mas beth a'th mor anghywir rhyngddyn nhw.

Dduw mawr. Gobeitho nad aiff hi fel hyn rhwng Rhys a finne.

Delyth

Dim sôn o hyd am y pâr gyferbyn.

Wel – dw i wedi gwneud penderfyniad syfrdanol! Dw i wedi bwcio gweithdy ioga yng Nghreta ym mis Medi! Am unwaith fe ddarllenais y *brochure* a gwneud rhywbeth pendant! Mae'n edrych yn lle hyfryd iawn a dw i'n meddwl efalle y bydd yn gyfle i mi newid pethau o'r diwedd. Rhyw hanner byw ydw i ar hyn o bryd.

A'r gwaith! Adewais i ddim mo'r swyddfa tan naw o'r gloch heno. A dw i ar ei hôl hi'n ofnadwy. Diolch byth fod Courtney 'nôl fory – allwn ni drio gorffen popeth cyn bod Syr David 'nôl.

Nia

Ma Eirwen 'nôl ac fe gymerodd hi tua pum munud i fi golli'r holl dawelwch meddwl o'n i wedi ei ennill ar y gwyliau.

Busnesa a chynghori fel arfer, y tro hwn am y trip mawr 'ma mae hi am ei drefnu i ymweld ag eglwys arall yn Llundain. Mae hi'n dweud y bydd yr ymweliad yn 'creu egni newydd' yn ein heglwys ni ac y byddwn ni i gyd yn cael y fath hwb o weld yr Ysbryd Glân yn disgleirio yng ngwynebau'r plwyfolion yn Harlesden.

Ac er syndod mawr i neb, FI sy'n gorfod trefnu'r daith. Fe ddywedodd Eirwen wrtha i am wneud yn siŵr fy mod yn cael bws â gwregysau diogelwch. O'n i ar fy ail ffag cyn ei bod hi wedi gadael y Festri.

Anwen

Fe feddwodd Alun yn dwll heno ac o'dd yn rhaid i Rhys fynd ag e am dro i'w sobri. Lwyddes i ga'l y plant i'r gwely cyn i'r ddau ddyn gyrraedd 'nôl (o'dd Llio'n grêt am unweth – falle'i bod hi'n tyfu lan o'r diwedd – ac a'th hi a Luned i ddelio gyda'r rhai bach). Alun yn llawn hunandosturi ac fe golles i 'nhymer a gweud wrtho fod ishe iddo fe a Mali dyfu lan a mynd i Relate neu rwbeth a dechre meddwl am shwd o'dd hyn yn effeithio ar y plant.

Am unweth fe gefnogodd Rhys fi a fe a'th Alun off ar ei ben 'i hunan am damed bach.

A phan dda'th e 'nôl o'dd e'n edrych lot hapusach. O'dd e wedi ffono Mali ac o'dd y ddau ohonyn nhw wedi cytuno i drafod mynd i weld cownselyr wthnos nesa pan fydde Alun adre o Lydaw.

Wrth gwrs, fe ddechreues i lefen (o'n i wedi ca'l SAWL glased erbyn hyn) a gweud mod i mor falch taw nhw o'dd ein ffrindie gore ni ac yn y bla'n. Ac fe orffennodd y tri ohonon ni'r noson o gwmpas y tân yn canu caneuon o'r saithdege. Ddim yn cofio lot ar ôl 'Draenog Marw'.

Delyth

Hwrê! Mae'r pâr gyferbyn 'nôl ac maen nhw'n cario babi!!! Blanced las. A bydd Nia ac Anwen 'nôl yn y *café* ddydd Gwener. Yr haf hunllefus bron â bod drosodd!

Nia

Teimlad diwedd haf ym mhobman – y coed a'r glaswellt yn edrych wedi blino rywsut. Y tair ohonon ni 'nôl yn y caffi ddydd Gwener. Hwrê!

Anwen

Dau ddiwrnod ar ôl cyn i ni fynd adre. Wedi mwynhau yn y pen draw – er gwaetha'r holl ddrama.

Ma Rhys wedi bod yn grêt a ma fe wedi bod mor neis ei weld yn ymlacio gyda'r plant. Ry'n ni i gyd wedi mwynhau (er Duw a'm helpo, sai ishe chware UNO byth eto) a wi wedi ca'l tipyn bach o frêc.

Wi'n hoffi gweld mis Medi ar y gorwel – tymor newydd ac yn y bla'n. A wi'n mynd i ga'l gwell trefen ar bethe tymor yma.

A phaned ar ddydd Gwener – ffaelu aros i glywed shwd haf gafodd Nia a Delyth.

Delyth

Fe es i â pharsel o ddillad babi a thedi annwyl draw i'r fflatiau. Wrth gwrs, do'n i ddim yn gwybod beth oedd enw'r cwpwl na beth oedd rhif eu fflat. Ond fe ddechreuais i siarad â rhyw hen ddynes garedig oedd yn gwybod yn union am bwy o'n i'n sôn. Edrychodd hi braidd yn rhyfedd arna i pan wrthodais ddweud fy enw ond fe addawodd hi roi'r parsel i'r cwpwl ifanc.

Yn y gwaith o'n i bron yn falch o weld Arfon yn ôl (trwyn coch o'r haul *not a good look*) a Syr David yn llawn cynlluniau am ryw gyfarfod strategol wythnos nesa.

O'n i allan o'r swyddfa am saith ac mewn derbyniad yn y Senedd i ddathlu ynni amgen. Dim clem pam o'n i wedi cael gwahoddiad, ond ar ôl dweud helo wrth Nia Roberts, Huw Ffash a Marged Melangell fe ges i wydraid mawr o win. A'i fwynhau.

Nia

Wedi trefnu'r bws i Lundain. Cefais sgwrs hyfryd gyda dynes neis iawn o'r enw Goodness yn yr eglwys yn Harlesden. Y dyddiad wedi ei drefnu – Hydref y 10fed. Ffonodd Eirwen i weld os o'n i'n cael hwyl gyda'r trefnu a chynnig nifer o gynghorion. Mae tawelwch meddwl y gwyliau yn teimlo'n bell iawn i ffwrdd nawr.

Delyth

Ar y ffordd i'r swyddfa bore 'ma fe basiais i'r pâr â'r babi ar y stryd. Roedd fy nhedi i yn y pram. Fe wenais i'r holl ffordd i'r swyddfa.

Medi

Nia

Nicotinell?
Prozac?????

Anwen

Gwisg ysgol Huw
Gwisg ysgol Llio

Delyth

Siwmper *cashmere* pinc
Leggings cashmere llwyd
Travel set Space.NK.apothecary

CYFARCHION O'R FICERDY

Mae'r haf yn prysur ddiflannu ac ry'n ni'n edrych ymlaen yn eiddgar at brysurdeb y Cynhaeaf. Fel y cyhoeddodd y Parch. Eirwen yn y gwasanaeth fore Sul diwethaf, cynhelir ymweliad â'r Christ Saviour Worship Centre yn Harlesden, Llundain, fis nesaf. Croeso i bawb ymuno gyda ni ar y daith ddiddorol hon – bydd y bws yn costio £10 y pen. Mae'r Parch. Eirwen am ein hatgoffa y gall pawb elwa o'r cyfle i gyd-ddathlu â'n cyfeillion yn yr Ysbryd Glân.

A wnaiff y rhai sy'n defnyddio'r Festri bob nos Iau gofio golchi POB llestr ar ddiwedd y noson? Fe ffeindiodd y Parch. Eirwen gwpan brwnt ar y silff llyfrau emynau fore Gwener.

Nia

Fe ffoniais i Goodness eto yn Eglwys Harlesden – mae hi mor annwyl, yn fy ngalw i'n 'darlin' trwy'r amser ac yn dweud wrtha i am beidio poeni gymaint. Mae'n amlwg nad ydy hi wedi cwrdd ag Eirwen eto...

Anwen

O, wi'n dwlu ar fis Medi – ffrwythe ym mhobman a jympyrs newydd yn Primark a chrysanths yn y siope. Pan o'n i'n blentyn o'n i'n dwlu ar brynu câs pensilie newydd a'i lanw â beiros a rwbers i fynd yn ôl i'r ysgol.

Ma Huw wedi tyfu mas o bopeth, wrth gwrs, ac fe ddylen i fod wedi prynu'r iwnifform newydd ym mis Gorffennaf pan o'dd popeth hanner pris yn Marks. Ond wrth gwrs, fethes i fod yn ddigon blydi trefnus.

MOR neis gweld y merched yn y caffi. Addawodd Rhys gasglu Angharad o'r ysgol feithrin fel bod mwy o amser 'da fi i siarad, o'dd yn grêt. Wrth gwrs, ma fe ond ar ga'l achos fod gwaith mor brin – sy ddim yn beth da rili ar ôl gwario gormod ar ein gwylie. Ond ma'n dda gweld Rhys yn meddwl amdanyn nhw.

Delyth

Dw i'n mwynhau pacio i fynd ar fy ngwyliau. Wedi prynu cwpwl o siwmperi *cashmere* ar gyfer y nosweithiau a'r dillad ioga mwya cyfforddus. Edrych ymlaen yn fawr at eu gwisgo.

Gobeithio medru ymlacio fymryn yno – a chysgu!

Nia ac Anwen yn edrych yn wych ar ôl y gwyliau ond y ddwy yn dweud fod pwysau bywyd bob dydd wedi gwasgu arnyn nhw'n syndod o gyflym ar ôl dychwelyd. Y ddwy mor gynhaliol rywffordd – egni Anwen, efalle, a charedigrwydd Nia.

Ac yn erfyn arna i i fwynhau fy hun ar y trip yma i Greta. Dw i'n mynd i wneud pob ymdrech i wneud hynny.

Nia

O dier, mae Eirwen wrthi eto. Yn trio cael pobol i ymuno â'r trip i Lundain ond sdim llawer o ddiddordeb hyd yn hyn. Mae'r esgusodion yn llifo. Rhai ohonyn nhw'n llawn dychymyg.

Anwen

Teimlo bach yn smyg. Llio a finne wedi bod wrthi'n coginio drwy'r prynhawn a'r rhewgell yn llawn myffins, caserols a saws *spag bol*. Fe geson ni amser mor neis 'da'n gilydd – edrychodd hi ddim ar Facebook unweth! Ac o'dd Huw ac Angharad yn joio hefyd, yn llyfu llwye cymysgu – o'dd e fel rhwbeth mas o Enid Blyton.

A wi 'di gosod iwnifforms Llio a Huw mas yn barod ar gyfer fory a wi 'di cynllunio bocsys bwyd Huw AM YR WTHNOS!

Delyth

Mae'r ganolfan ioga yn lle hyfryd iawn. Bryniau o'n cwmpas, lafant a theim yn lawntiau trwchus ym mhobman, a'r awel yn gynnes ac yn llawn peraroglau. Dw i'n teimlo'n wych yn barod! Mae gen i stafell gysurus – y baddondy mwya swish a golygfa swyngyfareddol. Ry'n ni'n dechrau'r cwrs ioga ar ôl cinio llysieuol ar y teras. MOR falch o fod yma! Mae'r swyddfa'n teimlo fel bywyd arall yn barod.

Anwen

Pawb 'nôl yn yr ysgol ac fe eisteddais i gyda'r dyddiadur teuluol prynhawn 'ma yn trio rhoi trefn ar amserlenni cymdeithasol rhyfeddol y plant.

Ma Huw yn neud pêl-droed, nofio, clwb gwyddbwyll, Cybs(!!) a jiwdo. Ma Llio yn neud dawns, clwb gymnasteg, clwb drama, piano a nofio – a ma hyd yn oed Angharad yn mynd i Tumble Tots, Cwtsh a Chân a nofio!

A ma pob un o'r pethe 'ma mewn ardalo'dd gwahanol o'r ddinas ac yn aml iawn ar yr un pryd, felly rhaid hala orie ar y ffôn yn trefnu liffts ac yn cynnig ffafre yn ôl.

A, gyda llaw, dyma fy mywyd i ar hyn o bryd – golchi, smwddo, coginio, mwy o olch a smwddo ac, os wi'n lwcus, cliro'r *U-bend* o dan y sinc!

A rywsut, ers i Gill symud 'nôl i'r gorllewin gwyllt (wel, Llandeilo), do's 'da fi ddim hen ffrind ar ôl yng Nghaerdydd. Ma Mali yn ffrind da, wrth gwrs, ond ma hi wedi bod ar blaned arall yn ddiweddar. Pethe lot yn well gydag Alun nawr, diolch byth – y cownsela yn help mawr, medde hi. Alun wedi symud 'nôl adre hefyd.

Ac o leia ma'r caffi 'da fi i edrych mla'n ato bob wthnos.

Delyth

Dw i yn y nefoedd! Mae hi mor brydferth yma. Y bwyd yn anhygoel o flasus, y golygfeydd yn odidog a phawb mor neis. A'r ioga! Mae e'n eitha caled ond mor bleserus – pwyso a mesur yr anadlu a'r gweithgaredd corfforol yn broses sy'n llanw'r meddwl yn llwyr. Mae ORIAU yn mynd heibio heb i mi sylwi.

Mae yna ddynes neis iawn o'r enw Jenny yn rhedeg y cwrs. Yn llawn cydymdeimlad ac, yn ein sgwrs un wrth un, yn awyddus i wybod beth dw i'n obeithio ei gael o'r cwrs. Roedd hi mor hyfryd, yn famol iawn. Lot neisach na fuodd fy mam i erioed.

Wel, hyd yn hyn mae popeth yn fendigedig.

Nia

Gŵyl y Cynhaeaf yn y Gwasanaeth Teuluol y bore 'ma. Roedd hi'n dipyn o dalcen caled i gael trefn ar bethe mewn pryd gan fod cymaint o roddion, ond fe lwyddon ni i orffen y gwaith addurno bum munud cyn i'r aelod cynta gyrraedd! Ac roedd yr Eglwys yn edrych yn hynod o brydferth – blodau oren a gwyrdd, ffrwythau o bob math, darluniau mor annwyl a lliwgar gan yr Ysgol Sul a thorth blethedig Mrs Digby yn goron brydferth ar y cyfan.

Roedd Eirwen wedi tyfu pwmpen anferth. Mae hi wedi ennill gwobrau am ei phwmpenni, mae'n debyg. Wrth gwrs ei bod hi.

Anwen

Clasur arall gan Huw.

Huw: Mam?

Fi: *(Wrthi'n llwytho'r peiriant golchi llestri felly ddim yn rhoi fy sylw llawn)* Ie, Huw.

Huw: Mam?

Fi: Ie, Huw.

Huw: Dw i'n grac iawn gyda Buzz Aldrin.

Fi: Reit. *(Cwpan brwnt yn fy llaw)* Pam felly, Huw?

Huw: Wel. Ti'n gwbod bod e wedi bod i ochor dywyll y lleuad?

Fi: Y... wel... *(Cwpan dal yn fy llaw)* Odi e?

Huw: Do! A dyw e ddim yn deg achos o'n i moyn mynd yno gynta a tynnu llun i ddangos i Siôn a gweddill y dosbarth. *(Stompio allan)*

Fi: Reit... *(Cwpan yn y peiriant, sebon i fewn, gwasgu'r botwm)*

Delyth

Un o'r pethau gorau am y lle hwn yw'r bwyd – mae'n llysieuol ac yn llawn dychymyg. Dw i'n bwyta lot gormod o *carbs* a bwydydd llaethog ond o, am unwaith – twt! Mae e mor flasus a dw i 'di ymlacio gymaint does dim sgileffeithiau o gwbwl!

Mae'r bobol eraill ar y cwrs yn ddiddorol – menywod proffesiynol fel fi yw'r rhan fwya ohonyn nhw. Ond, yn rhyfedd iawn, dw i'n mwynhau cwmni dwy ddynes yn eu chwedegau yn fwy na neb – y ddwy yma yn gwella ar ôl llawdriniaethau reit ddifrifol. Y gwir yw eu bod nhw'n fy atgoffa i o Anwen a Nia – mor agos atoch chi ac yn llawn hwyl, yn dipyn o ysbrydoliaeth mewn gwirionedd ac, er eu bod nhw wedi bod yn dost, maen nhw'n mwynhau eu bywydau erbyn hyn.

Fory ry'n ni wedi penderfynu codi'n gynnar a mynd am dro i weld yr haul yn codi.

Anwen

Bore hyfryd yn y caffi. Nia a finne'n wherthin am ben Eirwen a'i phwmpenni. Ma honna'n ddigon i hala colled ar y seintie.

Nia

Roedd Anwen mor gefnogol bore 'ma am y sefyllfa gydag Eirwen, ond o dier, mae pethe'n mynd o ddrwg i waeth a dweud y gwir. Does dal dim llawer o ddiddordeb yn ei hymweliad â'r eglwys yn Harlesden ac mae hi'n ddigalon iawn. A finne'n teimlo mor euog mod i wedi ymfalchïo dipyn bach ym methiant y syniad nes i fi gynnig help i lanw'r bws. Fe gynigiais le i Anwen ddod gyda ni ond mae ganddi baent i'w wylio'n sychu mae'n debyg…

Anwen

Fe fuodd Rhys yn gweiddi ar Michael Gove ar *Newsnight* eto heno: 'Dere mla'n y pwrs yffach – rho gic iddo fe, Paxo,' ac yn y bla'n. Pan weliff e rywun â *comb-over* ar y teli ma'n dechre gweiddi 'Tor e bant, tor e bant!' Ma Rhys 'nôl i fel o'dd e – ddim yn cyfathrebu, wedi blino. A dim hanner digon o waith. Ma'r gwylie'n teimlo fel o's yn ôl.

Ac i roi'r *tin hat* ar y cwbwl, o'dd cyfarfod PTA diflas arall heno. Rhai rhieni'n pwyso am wisg ysgol mwy ffurfiol – crys a thei ac ati – ond y rhan fwya ohonon ni'n ddiolchgar am y cryse polo a'r trowsuse llwyd o Tesco. Rhiant newydd hynod o frwdfrydig yn y cyfarfod – Saesnes, wedi dysgu Cymraeg. Er, aeth rhwbeth o'i le wrth ddysgu rywle. Enwau ei phlant yw Tŷ Gwydr a Rheiddiadur.

Delyth

Fe godon ni am hanner awr wedi pedwar a cherdded yn dawel i ben un o'r bryniau cyfagos i weld y wawr yn torri dros yr Aegean. Awyr las tywyll fel melfed i ddechrau. Yna nodwyddau bach o binc perlog yn dryllio'r tywyllwch ac yn lledu'n fysedd euraid. A'r wawr yn torri'n sydyn yn fflachiadau pinc ac oren dros y tonnau glas. A neb yn dweud dim am ryw awr neu fwy nes i Liz fynegi'r hyn yr oedden ni i gyd yn ei deimlo: 'Isn't this just heaven?'

Nia

Wedi rhoi hysbyseb yn y Festri i ddenu pobol at drip
Harlesden. Cyfle i gyfnewid profiadau ysbrydol ac i gwrdd
â chriw newydd o gyfeillion yn y ffydd. Ac yn y blaen. Croesi
popeth y gwnaiff rhywun arwyddo.

Anwen

Golchi, smwddo, gorffen prosiect Daearyddiaeth Huw.
Bod yn dacsi i Llio i barti Fflur. Hebrwng Angharad i barti
Gwenan. *Fish fingers* a *chips* i swper. Mynd â Huw i dwrnament
pêl-droed y Cybs. Mwy o olch, mwy o smwddo. Prynu ffôn
newydd i Llio (yr un rhata weles i) ar ôl iddi golli'r llall;
hebrwng hi i arholiad piano. *Spag bol* o'r rhewgell i swper.
Mynd â Huw draw i Landoche i weld yr arbenigwr clustie
(dim *grommets*, diolch byth), hebrwng Llio i ymarfer côr yng
Nghanolfan y Mileniwm. Caserol i swper.

Hala bore yn Lidl ac Asda yn ffindo'r bwyd a'r papur tŷ
bach rhata yng Nghaerdydd. Mwy o olch, mwy o smwddo.
Hwrê, ma'n nos Wener! Têc awê a chwrw heno. Os allwn ni
fforddio fe.

Delyth

Roedd cerdded yn y bore bach yn rhyfeddol. Yr awyr yn
gynnes ac wrth iddi wawrio trodd yn las golau, golau, fel
rhyw haenen o tsieina cywrain yn gorchuddio'r ddaear.
Hollol dawel a llonydd ym mhobman. Teimlo'n hapus am y
tro cynta ers oesoedd.

Anwen

Mwy o gonan wrth Rhys am ddiffyg gwaith, pobol sy'n yfed *lattes*, y Toris a Dafydd Elis-Thomas. Weithe licsen i 'se fe jyst yn CAU 'I BEN!!!

Delyth

Amser cinio heddiw fe eisteddais i gyda dyn neis iawn o'r enw Stuart o Fryste. Wedi colli'i wraig, dau o blant sydd bellach wedi tyfu'n oedolion, cwpwl o wyrion hyd yn oed. Dangosodd e luniau hyfryd ohonyn nhw. Mae e yn ei bumdegau cynnar, ddywedwn i – dim lot o wallt a mymryn dros ei bwysau efalle, ond wyneb caredig a llygaid glas gwengar tu ôl i'w sbectol. Anrheg gan ei ferch yw'r gwyliau i ddathlu ei ymddeoliad cynnar – ar ôl dysgu am dri deg mlynedd mae'n dipyn o newid byd iddo. Ishe byw go iawn, medde fe. Dw i'n dechrau deall beth mae e'n feddwl.

Soufflé caws anhygoel. A sgwrs mor ddiddorol gyda Stuart – ei dad yntau yn yr RAF. Roedd e mewn ysgolion bonedd di-rif hefyd. Aeth e yno'n ifanc iawn, dim ond saith oedd e'r tro cynta. Atgof cryf ganddo o lefain ar ei fore cynta ac o fethu gwisgo ei dei yn iawn. Wedi gorfod tyfu cragen go dew ar ôl hynny.

Ro'n i'n mwynhau'r sgwrsio cymaint nes i ni bron â cholli'r sesiwn nesa – myfyrdod yn yr awyr agored ar y teras, yn edrych allan ar y môr. Eisteddais yno'n arogli'r awyr bersawrus a bu bron i mi lefain. Ro'n i'n teimlo mor hapus.

Nia

Cefais air gyda Mrs Digby a Gwenfair am y daith i Harlesden. Newyddion annifyr iawn. Nifer o'r plwyfolion ddim am fynd oherwydd eu bod yn meddwl fod Harlesden yn rhy *exotic*.

Deall ond yn rhy dda, a chyda chalon drom, beth maen nhw'n feddwl wrth gwrs, ond ry'n ni'n blwy cymysg iawn a fuodd hyn erioed yn broblem o'r blaen.

Mae Goodness yn annwyl iawn ar y ffôn, ac fe gawn ni groeso cynnes yn Harlesden, dw i'n siŵr o hynny. Felly nawr, yn sydyn, dw i am lanw'r bws er mwyn taro yn erbyn culni o'r fath. Mae Eirwen a finne'n ymladd ar yr un ochr am unwaith.

Anwen

A'th POPETH yn rong yn y gegin heddi! Peiriant dillad, peiriant llestri, y tegell – popeth. Hala'r bore ar y ffôn yn trio ca'l trydanwr ond NEB yn ateb nac yn ffono fi 'nôl. Ac yn y cyfamser ma 'da fi BEIL o olch i'w neud a mynydd o lestri.

O'n i'n mynd i drio byta rhwbeth maethlon i swper heno – salad a ffrwythe. Ond ma Rhys yn dal i fod yn y Gogs ac erbyn i fi gliro'r gegin a cha'l y plant i'r gwely 'na i gyd wna i, fi'n gwbod, yw suddo o fla'n y teli gyda bocs o fisgits o Morrisons.

Delyth

O, mae'r wythnos wedi hedfan heibio – adre fory yn anffodus. Ddim yn meddwl i mi fwynhau fy hunan gymaint erioed. O'n i bron â llefain eto yn fy un wrth un gyda Jenny bore 'ma. Dywedodd hi ei bod hi'n gallu gweld newid mawr ynof ac mae wedi awgrymu cyrsiau ioga eraill i mi ac enw athro da yng Nghaerdydd.

Ac mae Stuart wedi gofyn am fy rhif ffôn i!!

Anwen

YFFARN o ring-ding gyda Rhys heno. Dim rheswm yn arbennig, jyst mod i 'di blino a ma fe 'di blino. O'dd rhwbeth yn siŵr o ffrwydro, gan ein bod ni'n dau'n cystadlu am bwy sy'n ca'l y bywyd mwya cachu ar hyn o bryd.

Ddes i 'nôl o Ffrainc yn llawn syniade mawr am newid pethe – mwy o drefen, amser i fi fy hunan ac yn y bla'n. Ond wi'n rhuthro o gwmpas gyment ag erio'd, yn anghofio popeth ac yn ffindo fy hunan ar y soffa bob nos heb yr egni hyd yn oed i ddadrewi'r holl gaserols neis wnes i gyda Llio.

A dyw Rhys ddim yn sylwi arna i o gwbwl – dim ond fod bwyd ar y ford a chryse glân yn y cwpwrdd ma fe'n iawn. Ma fe'n hala'i amser ar yr hewl neu o fla'n y cyfrifiadur a'r teli. Felly hyd yn oed pan ma fe 'ma dyw e ddim gyda ni. Wi'n gwbod 'i fod e'n poeni fel y diawl am y dyfodol ond licen i 'se fe'n siarad gyda fi am y peth. Ond pan wi'n trio trafod pethe ry'n ni jyst yn dechre sgrechen ar ein gilydd. Fel heno.

Yr unig beth gododd fy nghalon o'dd ebost wrth Gill am ryw aduniad i griw Panty – ishe i fi fynd gyda hi am laff, medde hi. Byse fe'n neis ca'l noson mas a laff am unweth. A ma 'na ddigon o lefydd rhad i aros yn Aber.

Hei, falle bydd Daniel yno. Wel yffach, wi'n credu af i gyda Gill. Wi'n haeddu bach o hwyl. Ac fe bryna i dop newydd tra bo fi wrthi – af i draw i Tenovus i weld os o's rhwbeth neis 'da nhw.

Sgwn i os yw Daniel yn dal i edrych fel David Cassidy?

Delyth

'Nôl i'r swyddfa bore 'ma a chael sioc fy mywyd. Mae Syr David wedi mynd ati i greu 'awyrgylch creadigol'.

Does dim dodrefn ar ôl yn y fynedfa – jyst clustogau mawr. Mae desg Natalie wedi diflannu ac mae 'na danc pysgod anferth yn ei lle, ac ynddo naw pysgodyn aur.

Mae ffynnon yn stafell Syr David i 'ddeffro'r *chi* yn yr ardal yrfaol' yn ôl pob sôn. Mae ei gadair bellach yn 'gadair bŵer' – cefn uchel a phethau mawreddog i bwyso ei freichiau arnyn nhw, sy'n symbol o 'ddiogelwch a chefnogaeth' ac a fydd yn 'ychwanegu at ei bŵer'.

Mae yna glychau gwynt ym mhob baddondy i blesio'r 'egni dŵr gogleddol', beth bynnag yw hynny. Ac yn y coridorau mae canhwyllau coch a chrisialau sydd, a bod yn deg, yn edrych yn bert iawn. Mae Syr David yn dweud y byddan nhw'n denu pobol ddylanwadol i'r adeilad.

Fe welais i Arfon a'i griw yn chwerthin yn braf yn y gegin fach (sydd hefyd yn llawn clychau a chrisialau) – mwya'n y byd mae David yn ei cholli hi, mwya llon y mae Arfon. Ac fe ddaw rhyw greisis cyn bo hir, dw i'n gwybod. A phan aiff Syr David, Arfon fydd y cynta yn y ciw am ei swydd.

O dier. Mae'r gwyliau'n teimlo fel oes yn ôl yn barod!

Hydref

Anwen

Siafo 'nghoese?

Prynu *smock top* i guddio 'mola?

Nia

Trefnu Harlesden

Rhoi'r gore i'r ffags

Delyth

Cadw fy swydd

Stuart?

Anwen

O jiw, o'dd hi'n swnllyd yn y caffi heddi a fytes i lot gormod o rybish ac yfed gormod o goffi. Ac o'n i'n uffernol o genfigennus o Delyth, o'dd yn edrych yn blydi gorjys – *tan*, llyged clir ac, wrth gwrs, dim bola mawr yn llifo mas dros top 'i jîns.

Godes i 'nghalon drwy brynu top newydd. Ma fe'n dod o Boden – ond ges i fe yn Tenovus am bumpunt! Ys dwede Huw, resylt!

Rhys yn bo'n yn y tin eto. Conan am y daith 'nôl o Aber, am ei gyfweliad crap, bod dim byd o werth ar y teli a bod neb yn sgrifennu llyfre teidi rhagor.

Es i draw i gliro'r *U-bend* dan sinc y gegin eto. O'dd e'n fwy o hwyl na gwrando ar Rhys.

Nia

Y caffi'n orlawn bore 'ma – llawer iawn o blant stwrllyd. Anwen druan yn ddiflas braidd – Rhys yn whilo am waith ac yn gorfod teithio milltiroedd jyst i gael cyfweliad. Mae Anwen yn dweud ei bod yn fwy blinedig nawr na cyn iddi fynd ar ei gwyliau! Roedd Delyth, ar y llaw arall, yn edrych yn fendigedig.

'Nôl i'r Ficerdy toc cyn cinio – Eirwen ar stepen y drws. Mae'r argyfwng yn parhau – deg diwrnod i lanw'r bws i Harlesden!

Delyth

Mae Anwen wedi penderfynu mynd i aduniad coleg wythnos nesa ac roedd hi wedi cyffroi'n lân. Alla i ddim deall ei brwdfrydedd hi o gwbwl – ond wedyn, roedd ysgol a choleg yn hunllef i mi.

Y coleg damaid gwell nag ysgol o ran ffrindiau – Llinos a Laura yn Adran y Gyfraith, ond y diffyg hyder yn fy llethu drwy'r amser. Ac yna'r teimlad mod i ddim yn rhan o bethau. Rhy swil i fynd i Panty neu i bethau Cymraeg er mod i'n dyheu am wneud. Nosweithiau hwyr yn y llyfrgell a methu hyd yn oed ymuno â'r llif o fyfyrwyr oedd yn croesi draw i'r Undeb am ddiod wrth i'r llyfrgell gau. Hyd yn oed nawr, dw i'n gallu teimlo'r diflastod a'r unigedd wrth i mi ddringo'r rhiw i Gwrt Mawr ar fy mhen fy hun.

Fe fydd yn rhaid i mi weithio'n galed iawn i ddal Arfon. Mae e'n edrych yn eitha *smug* ac yn gwneud cyfeiriadau amwys at 'y dyfodol' – dw i'n gwybod iddo gael cinio gyda Syr David tra o'n i yng Nghreta. Beth oedd swm a sylwedd hwnnw sgwn i? A chyda'r gwallgofrwydd yn parhau yn y swyddfa (cerddoriaeth o fynachdai Nepal yn y dderbynfa bore 'ma), mae Arfon yn edrych yn rhy gyfforddus o lawer.

A dyw Stuart ddim wedi ffonio. Dw i ddim yn gwybod beth o'n i'n ddisgwyl. Pam yn y byd fydde gan ddyn mor ddeniadol ddiddordeb mewn rhywun fel fi?

Anwen

Yr Aduniad. Hmm. Fel hyn o'dd hi.

Hales i ORIE ar y TrawsCambria yn symud fel malwoden drwy gefen gwlad ar hewlydd bach llawn tractors. Yn hwyr, felly, cwrdd â'r gens yn y Queensbridge – pawb yn barod i ddechre'r crôl ond fi. Molchad clou cyn stwffo 'mola miwn i'r jîns a rhuthro ar eu hole nhw i'r Cŵps. MOR neis gweld pawb eto. Criw Eryl Wyn wedi dod i lawr o Bwllheli a merched Hendy mor glam ag erioed.

Criw ni yn ffab – Menna yn holliach eto, diolch i'r nefo'dd;

Rhian Anwen yn dewach nag o'dd hi ond yn dal i edrych yn gorjys (pedwar o blant!!); Mari wedi bod yn tanco drwy'r prynhawn ac yn ffaelu stopo wherthin; a Gill wedi prynu *lager top* i fi (heb yfed un ers 30 mlynedd). Pawb yn sgrechen ac yn joio a'r *decibels* yn fyddarol pan dda'th y bois i fewn!

Pob un wan jac yn dewach ac yn foelach, heblaw am Daniel.

O jiw. Daniel.

Ar ôl y noson fythgofiadwy yn gwylio Jarman fe dda'th rhyw bellter rhyngon ni. Wi'n cofio'r tro ola weles i fe yn y coleg, yn whare bas gyda'r Moch Daear ym Mhontrhydfendigaid. Crys T gwyn, gwasgod ddu a choese o'dd yn mynd mla'n am byth. A'r wên 'na.

Ges i'r un wên ddisglair pan welodd e fi yn y Cŵps.

Ac fe gafodd e un yn ôl. O'dd yn dipyn o wyrth, a gweud y gwir, gan i fy mola droi'n jeli ac i fi golli'r gallu i siarad. Y blynyddo'dd wedi diflannu'n sydyn.

Gêm o Bunnies, cystadleuaeth clecio peint (Menna'n ennill) a mwy o *lager top* cyn mynd am gyrri. Toddodd y blynyddo'dd wrth i ni'r merched eistedd ar un ochor y tŷ bwyta a'r bechgyn yr ochor arall. Ddim yn cofio beth fytes i – o'n i'n ffaelu meddwl am ddim ond Daniel, o'dd yn ishte lathenni i ffwrdd.

Y Neuadd Fawr yn llawn menywod fel fi mewn jîns *bootleg* a *smocks* o Boden i guddio'r bola. Y lle yn frith o *highlight*s lliw mêl a Touche Éclat i guddio'r bagie o dan ein llyged.

Lot o wynebe cyfarwydd. Siân Wyn Evans yn byw yn Llunden nawr. Nabod Botox yn iawn, weden i. A Gwyn Morgan mor dene ag erio'd, ond off y pop nawr ac yn dangos llunie o'i wraig a'i fabi i unrhyw un o'dd yn ddigon dwl i ddangos y diddordeb lleia.

Andrew Smith yn weinidog yn Stockport, Catrin JO yn byw yn Ne Affrica a Nia Mair yn y Swistir.

Heledd ddim yno, wrth gwrs – wedi ei lladd mewn damwain awyren ar y ffordd i ffindo'i hunan yn Nepal.

Cwpwl o selebs – Huw Parri yn rhy bwysig i nabod pawb ond Alun Owen mor annwyl ag y buodd e erioed, er ei fod yn byw yn LA nawr.

Ond toddi o fy mlaen wna'th y criw. Neb yn real i fi heblaw am Daniel yn ei grys denim, Daniel a'i jîns tyn. Daniel a chryche o gwmpas ei lyged a thamed o lwyd yn ei wallt. Daniel a'i lyged brown a'i wên yn neud i 'nghalon i guro fel drwm.

Daniel, o'dd yn dal i edrych fel David Cassidy.

Pawb yn wyllt. Meddwi, snogio a smwtsho fel 'sen ni i gyd yn ddeunaw eto. Rhy swnllyd i siarad. A finne'n ffili neud dim ond siglo yn y tywyllwch i guriad y disgo.

'Chwarae'r peiriant fideo, ar bnawn dydd Sadwrn oer.'

Fe ddechreues i deimlo'n chwydlyd ac fe es i eistedd tu fas. Ro'dd hi'n noson braf ac fe hales i hanner awr dda yn edrych lawr ar oleuade Aber. Teimlo'n well a sobri tamed bach.

Ac yna, o'r diwedd, 'na lle'r o'dd Daniel. Wedi bod yn whilo amdana i, medde fe. Moyn hoe fach, ac yn falch o'r cyfle i ddianc o'r sŵn.

Sgwrs ddifyr – llunie o'i blant, efeilliaid tua'r un oedran â Llio. Yn byw ar wahân i'w wraig, Sarah. Meddwl symud 'nôl i Gaerdydd, wedi ca'l digon ar fyw yn Lloegr. Ishe dechre pennod newydd yn ei fywyd. Mor neis 'y ngweld i.

Seibiant wrth i ni'n dau edrych ar y goleuade. Gofyn am fy rhif ffôn – cyfle i ni gwrdd yng Nghaerdydd mewn pythefnos efalle? Mor neis ca'l cyfle i ddal lan yn iawn. Gorfod gyrru 'nôl i Lunden heno felly 'na ni am y tro, ond fe fydd yn ffono.

Cusan sydyn wrth iddo fe fynd a thrydan yn rhuthro drwy fêr 'yn esgyrn i. Daniel yn edrych i fyw fy llyged cyn mynd. Mor falch i 'ngweld i eto.

Finne'n ffindo fy hun 'nôl yn y neuadd yn dawnsio pogo i 'Draenog Marw' gyda Gill. Yna rywsut o'n ni i gyd 'nôl yn y Queensbridge yn stafell Gill a phawb yn llefen ac yn wherthin cyn crasho.

A dyna fel buodd hi.

Nia

Wedi llwyddo i ddenu mwy o bobol i ddod gyda ni i Harlesden. Cofiais yn sydyn am ganolfan siopa Westfield sydd, mae'n debyg, ond herc a cham o Harlesden. Lledodd y gair drwy Undeb y Mamau fel mellten a chyn pen dim roedd ugain o bobol eraill wedi gofyn am gael dod.

Fe gyfaddefais wrth Eirwen am y Westfield gan ddisgwyl darlith, ond er mawr syndod i fi fe ddywedodd hi ei fod yn syniad gwych a bod angen dod â Duw at Mamon weithiau. Pwy feddyliai? Efallai fod Eirwen yn ffansïo trip i Louis Vuitton?

Delyth

Fe ffoniodd Stuart!!! Roedd e'n digwydd bod yng Nghaerdydd ac eisiau gwybod a o'n i'n rhydd am ddiod? Wel, do'n i ddim yn edrych yn rhy ffôl, felly 'Pam lai?' feddyliais i.

Fe gwrddon ni ym mar yr Hilton a wnaethon ni ddim stopio siarad. Mae e mor neis ag erioed! Fe drodd diod yn swper a chyn iddo fynd am y trên 'nôl i Fryste ro'n ni wedi trefnu dêt arall.

Anwen

'Nôl yng Nghaerdydd ac yn mynd trwy 'mywyd fel robot. Coginio, cliro, golchi dillad, hebrwng y plant. Rhys yn cofio amdana i weithe. Pan fo'i gino ar y ford.

Delyth

Trip i Body Basics i brynu ffrog cyn wythnos nesa. Dw i ar ben y byd! Stuart a finne'n cwrdd i gael swper yn Mimosa!

Nia

Y bws yn LLAWN!!!

Anwen

Ffonodd Daniel bore 'ma! Moyn cwrdd yn y Park Plaza. Cino bach.

Wedi cytuno i fynd. Dim ond cino yw e wedi'r cwbwl.

Fe sonies i wrth y merched. O'dd Nia damed bach yn amheus. Gofynnodd hi beth o'dd Rhys yn meddwl am y peth. Ddim wedi trafod e gyda Rhys – ond sdim ishe gweud dim, o's e? Dim ond cino bach yw e, ontyfe?

Ond o'n i'n poeni gyment am beth o'dd Nia'n feddwl, wnes i ddim sylwi am sbel fod Delyth yn wên o glust i glust!

Nia

Poeni am Anwen. Mae hi am gwrdd â'r Daniel 'ma i ginio. Ond roedd yna olwg bell yn ei llygaid wrth sôn amdano. A dyw pethe ddim yn dda o gwbwl rhyngddi hi a Rhys.

Ro'n i'n meddwl y byse Delyth yn cytuno â fi – ond mae ganddi bethe llawer pwysicach i feddwl amdanyn nhw!

Delyth

Fe sgrechodd Anwen a Nia pan ddywedais i fod Stuart wedi ffonio. Dw i'n gwybod taw dim ond un dêt bach yw e – ond dw i'n teimlo MOR hapus!

Anwen

Wel, sôn am drawsnewidiad. Ma Delyth yn gigls i gyd, fel rhwbeth mas o *Jackie*!

Odi e'n beth mor ddrwg bo fi moyn bach o hwyl yn fy mywyd i hefyd? A dim ond cino bach yw e, beth bynnag.

Delyth

Ar ôl i Anwen ruthro i 'nôl Angharad o'r ysgol feithrin fe gafodd Nia a finne baned (wel, sudd sinsir a sbigoglys) arall. Mae Nia'n poeni'n arw am Anwen a'r boi Daniel 'ma. Yn meddwl fod Anwen braidd yn isel ar hyn o bryd a ddim mewn cyflwr i fod yn ddoeth. Dw i ddim yn poeni am foesau Anwen ond dw i yn cytuno nad yw'r cyfuniad o briodas anhapus a phishyn o'r gorffennol yn un saff iawn.

Nia

Sgwrs dda gyda Delyth ac yna rhuthro 'nôl i'r Ficerdy i fwrw ymlaen gyda'r paratoadau ar gyfer y siwrne i Harlesden. Mae Eirwen am gael sesiwn yn y Festri i 'archwilio diwylliannau'r Caribî'.

Ger yn meddwl bod hyn yn syniad da. Ond fi fydd yn gorfod trefnu'r blydi peth dw i'n siŵr.

Ddim yn gwybod beth i'w wneud am Anwen. Mae hi'n fenyw yn ei hoed a'i hamser. Jyst gobeithio y bydd hi'n ddoeth.

Delyth

Draw i Ken Picton i gael cwpwl o *highlights* bach – jyst y mymryn lleia o liw i godi'r toriad newydd ges i wythnos diwetha. Nia Roberts yno, a Heledd Cynwal. Y man iawn i fod felly!

Anwen

Fe wawriodd y dydd mawr. Ges i ryw fath o ebychiad wrth Rhys ben bore cyn iddo fe ddiflannu i'r Gogs, a dim ond jyst ca'l y plant i'r ysgol mewn pryd wnes i…

Rhuthres i 'nôl i'r tŷ i ga'l cawod a siafo 'nghoese. Fe rwtes i dunnell o stwff Body Shop Llio drosta i i gyd a stwffo 'mherfedd i mewn i'r un set o ddillad isa teidi sy 'da fi. O'n nhw'n UFFERNOL o anghyfforddus, ond dyfal donc ac yn y bla'n. Felly a'th yr unig ffrog sy'n dal i ffito dros 'y mola i ar ben y cwbwl a phâr o hîls Llio. A 'na ni, o'n i'n barod.

Diawl, o'n i'n nerfus. Yn chwysu peintie – o'dd afonydd bach yn llifo lawr 'y nghefen i ac ar ben y cwbwl fe ges i *hot flush* wrth ishte ar y bws i'r dre. Ac o'dd llond twll o ofon arna i, 'y nghalon i'n curo'n wyllt – o'n i'n meddwl bo fi'n mynd i bango.

Ac yna, drwy ddrws y bar, weles i gefen Daniel, yn ishte wrth y ford yn barod. O'dd e ar y ffôn. Lwyddes i ddianc miwn i'r tŷ bach cyn iddo fe 'ngweld i. Do'dd neb 'na, diolch byth, felly sblashes i ddŵr dros 'y ngwddwg a dodi mwy o bowdwr a lipstic mla'n. Ac anadlu'n ddwfwn nes i 'nghalon i arafu.

Pan gyrhaeddes i'r ford o'dd Daniel wedi ordro potel o siampên ac o'n i'n falch iawn ca'l llowcian gwydred yn go glou. O'n i mor nerfus, prin o'n i'n gallu yngan gair.

Do'dd dim ishe i fi boeni. Daniel wna'th y gwaith i gyd. Fflyrto, edrych i fyw fy llyged. Gafel yn fy llaw. Troi fy nghoese'n jeli.

O diawl, o'dd e'n grêt! Do's NEB wedi edrych arna i fel'na ers BLYNYDDO'DD. O'n i'n teimlo'n uffernol o secsi, o'n i ar dân. O'dd lot o wherthin. Ddim yn cofio am beth.

Ordro bwyd. Blasu dim. Jyst edrych ar Daniel. Llyged glas, glas, croen brown (wedi bod yn gorwedd ar dra'th egsotic yn rhywle), gwallt yn britho ond yn secsi fel Clooney a'r cryche bach 'na o gwmpas 'i lyged yn troi 'mola i'n ddŵr.

Lot o fflyrto wrth Daniel.

'Ti'n edrych yn gorjys, Anwen. Dw i ddim yn gwybod pam na weithiodd pethe mas rhyngon ni'

a

'Anwen, elli di ddweud â llaw ar dy galon dy fod ti'n hapus gyda Rhys?'

Ac edrych i fyw fy llyged i.

A finne'n troi'n bwdel o ddŵr ac yn ateb

'O'n i yn dy ffansïo di, Daniel'

a gwa'th na hynny

'Dw i'n dal i neud, ti'n gwbod.'

A Daniel yn rhythu arna i a gofyn 'Pam wastraffon ni'r holl flynyddo'dd 'na, Anwen?'

A'r cwbwl fel rhyw ffilm wael o'r pumdege.

A phan soniodd e fod 'da fe stafell lan lofft wnes i ddim meddwl gwrthod. Mewn munude o'dd y ddau ohonon ni yn y lifft. A phan gaeodd y dryse o'n ni fel anifeilied. Sneb wedi cusanu fi fel'na ers blynyddo'dd.

Cyrraedd y stafell ar ôl snogio'r holl ffordd o'r lifft. Twlodd e fi ar y gwely a dechre neud yr holl bethe neis 'na i ngwddwg a 'nghlustie yr o'n i wedi breuddwydio amdanyn nhw.

O'dd 'i dafod e ym mhobman ac o'dd e'n neud syne lyfli a gweud pethe secsi yn 'y nghlust i. Dechreuodd e dynnu 'nillad i. O'n i yn y nefo'dd.

Ac yna fe ganodd y ffôn. Ac o'n i ffaelu credu'r peth, ond fe stopodd e bopeth a gweud 'O, fydd raid i fi ga'l hwn' ac ATEB Y BLYDI FFÔN!

'Oh, hiya Sarah… No, no, it's fine, go ahead…'

Anhygoel! O'dd e'n siarad 'da'i wraig!

O'n i'n teimlo fel 'se rhywun wedi t'wlu bwceded o ddŵr o'r drosta i. Ac yna, wrth edrych lawr, fe weles i fod coler ei grys e (a daflwyd i'r llawr eiliade'n gynt yn ystod ein snogio gwyllt) yn oren. O'dd y diawl yn gwisgo *bronzer*!

O'n i'n teimlo'n sâl yn sydyn, a rhuthres i draw at y toiled a hwdu 'mherfedd. Fe gloies i'r drws ac ishte'n crynu ar ochor y bath.

A gweld fy hunan yn y drych – menyw ganol oed, hanner noeth, mascara i lawr ei boche a'i bola mawr yn tasgu mas dros dop 'i phants. Yn edrych ac yn teimlo fel ffŵl.

Da'th cnoc ar y drws. Daniel moyn gwbod os o'n i'n iawn ac yn ymbil arna i ddod 'nôl gan ei fod e'n 'despret' amdana i.

Dechreues i lefen a dweud wrtho fe am fynd i'r diawl.

Mwy o ymbil – rhaid iddo fe siarad â'i wraig weithe, trefniade i'w neud am y plant ac yn y bla'n.

Ond o'dd hi'n rhy hwyr. O'n i jyst moyn mynd gatre ac anghofio am y cwbwl. O'n i'n meddwl am y plant a beth yn y byd fydden nhw'n feddwl wrth weld eu mam yn hanner porcyn wedi cloi ei hun mewn tŷ bach.

O'r diwedd fe glywes i'r ffôn yn canu – 'i wraig e 'to, am wn i. A sŵn drws y stafell wely'n cau a'i lais e'n diflannu lawr y coridor. Gwisges i mor glou ag y gallwn i a diflannu o'r gwesty.

Yn ddiflas ac yn hollol sobor.

Delyth

Teimlo fel person newydd. Gen i gymaint o egni! Lot o ioga yn help aruthrol. Edrych ymlaen yn fawr at gwrdd â Stuart yn Mimosa nos Fercher nesa.

Nia

Daeth Ger â phaned a thost i fi yn y gwely bore 'ma. A'r *Guardian*. Ac fe geson ni awr lyfli yn darllen a bwyta.

Eirwen i ffwrdd mewn cynhadledd. Nefoedd.

Anwen

Teimlo'n uffernol. Mor euog. Dda'th Rhys 'nôl o'r Gogs mor flinedig fe gwmpodd e i gysgu gyda photel o gwrw yn ei law. Teithio'r holl ffordd am ddiwrnod o waith ym Mangor. Sdim sens yn y peth ond ma ishe'r gwaith arno fe.

Shwd allen i fod mor blydi hunanol? Wi'n wa'th na Mali!

Delyth

Facial a *massage* cerrig twym yn y spa. Godidog.

Nia

Cinio tawel. Jyst fi a Ger. Bara, caws a winwns wedi'u piclo. Tarten fale yn bwdin. Mwy o nefoedd.

Anwen

Ffaelu aros i weld y merched fory. Rhaid i fi ga'l siarad â rhywun am Daniel. Jyst yn teimlo MOR euog.

Rhys yn codi ar awr annaearol i yrru i Gaerfyrddin y tro hyn – contract byr arall, ddim 'nôl tan wyth neu naw bob nos. A'r arian yn ddychrynllyd. Pwy all feio fe am fod yn frou?

Nia

Y noson ddiwylliannol wedi ei chanslo, diolch byth. Eirwen wedi gorfod mynd i gynhadledd 'Pathways to Belief'.

Delyth

Arfon wedi prynu car newydd. Welais i fe'n gyrru'n wyllt lawr Boulevard de Nantes. Mae e'n hyderus iawn y bydd e'n cael codiad cyflog, mae'n amlwg.

Ond dim ots. *Café* fory a dêt nos Fercher!

Anwen

Teimlo gyment yn well ar ôl dweud y cwbwl wrth y merched. Nia, yn rhyfedd iawn, o'dd fwya adeiladol ac annwyl (ma Delyth ar blaned arall ar hyn o bryd). Dim gair o feirniadaeth gan y naill na'r llall, diolch byth, a cwtsh mawr wrth Nia hefyd.

O'dd y cwbwl yn swno mor ddoniol a phathetic ac fe

ddechreuon ni wherthin ar un pwynt. A Nia'n dweud wrtha i am anghofio'r cwbwl a chanolbwyntio ar edrych mla'n yn lle edrych 'nôl.

Wi 'di addo trio siarad â Rhys am shwd allwn ni wella pethe. Ond haws gweud na neud, wrth gwrs.

Nia

Druan o Anwen – roedd hi mor ddewr i fod mor onest gyda ni am beth ddigwyddodd. Gobeithio y gall hi a Rhys sgwrsio'n gall a symud ymlaen rywsut.

Delyth

Fe driais i fod o help i Anwen – ond mae gen i cyn lleied o brofiad o ddynion roedd hi'n anodd i mi ddweud unrhyw beth adeiladol. A dw i ar bigau'r drain am nos Fercher!

Anwen

Ffonodd Mam – do'dd hi ddim yn lico tei Dewi Llwyd ar newyddion saith a ma hi'n meddwl fod Mari Grug yn gwenu gormod wrth ddarllen y tywydd.

A'th Rhys yn syth i'r gwely pan dda'th e gatre heno. Dim cyfle o gwbwl am sgwrs ac o'dd golwg hollol *shattered* arno fe, felly wnes i ddim trio. Ond ma'n rhaid i ni ddechre siarad rywbryd neu fe fyddwn ni jyst yn cario mla'n yn gwmws fel hyn am byth.

Delyth

Y dêt yn HYFRYD! Mimosa'n llawn dop o gyfryngis ac roedd hi mor neis cael bod yno gyda dyn. Marged Melangell ar y bwrdd nesa gyda Gŵr Rhif Tri – hithe'n hala'r noson ar ei Mwyaren neu'n hopio rhwng y byrddau. Gŵr Rhif Tri yn syndod o amyneddgar, ond ai dychmygu o'n i fod ei wên yn edrych damaid yn fwy prennaidd erbyn diwedd y noson? Ges i wên sychedd ganddi ac fe edrychodd hi'n ofalus ar Stuart – roedd hi'n amlwg yn synnu fy ngweld i gyda dyn. Ac a dweud y gwir, roedd Stuart yn edrych yn dipyn o bishyn – y tro cynta i mi ei weld mewn siwt.

Mae'r sgwrs yn LLIFO rhyngddon ni – llyfrau, theatr, ein plentyndod (lot o brofiadau tebyg), teithio (y ddau ohonon ni am wneud mwy) a lot o jôcs bach neis am ein cyfnod yng Nghreta.

Sws bach ar y diwedd – Stuart yn rhuthro 'nôl i Fryste ond ry'n ni'n cwrdd yng Nghaerfaddon am y dydd wythnos nesa!

Diolch i'r nefoedd amdano fe, gan fod pethau'n mynd o ddrwg i waeth yn y swyddfa. Syr David yn ymddwyn yn rhyfedd iawn ar ddechrau'r cyfarfod mawr bore 'ma, yn crwydro'r stafell yn hymian ac yn edrych fel tase fe mewn byd arall.

Arfon yn dwlu ar hyn ac yn rholio'i lygaid tu ôl i'w gefn. Ond dw i'n dechrau poeni fod Syr David yn ei cholli hi go iawn. Ac os wnaiff e, beth ddigwyddith i fi?

Anwen

Y PTA yn hala fi LAN Y WAL.

Dwy awr o ddadle am ddim byd. Ar un pwynt a'th hi'n

ring-ding rhwng Y-Fam-Sy'n-Conan a Derek, o'dd yn dadle am y trip blynyddol i'r panto. Ma Derek yn meddwl fod y panto'n 'sefydliad adweithiol sy'n ategu syniadau gwrthrychol a negyddol am fenywdod' – neu rwbeth fel'na.

Sdim taten o ots 'da fi am y blydi panto na pha frand o goffi sy yn lolfa'r athrawon. Twll 'u tine nhw i gyd. Alla i wneud heb yr holl *stress* 'ma. Ma'n bryd i fi ymddiswyddo.

Nia

Wel, ar ôl yr holl boeni roedd y trip i Harlesden yn eitha ysbrydoledig. Lle neis iawn yw'r Christ Saviour Worship Centre ac mae'r bobol yno'n hyfryd – mor groesawgar. Cymaint o hapusrwydd a llawenydd yn eu perthynas gyda Christ a PHAWB, pob lliw a llun, yn cydaddoli.

Do'n i ddim yn hollol gyfforddus gyda'r agweddau mwy efengylaidd – a dw i'n gwybod nad oedd Ger yn cytuno â phopeth ddywedodd Pastor Jonah – ond roedd pawb mor hyfryd roedd hi'n amhosib peidio teimlo rhyw fath o wefr yn eu cwmni.

A diolch i'r nefoedd, roedd y daith yno a 'nôl yn iawn – digon o gyfle i stopio am baned a thŷ bach yn Leigh Delamere, gwasanaeth a chinio blasus iawn yn Harlesden a chwpwl o orie a swper yn y Westfield. Roedd hi'n hwyr iawn arnon ni 'nôl yng Nghaerdydd ond roedd pawb wedi mwynhau.

Fe wisgodd Eirwen grys T gyda'r geiriau 'I'm beating Mammon at his own game' arno ac fe arweiniodd hi weddi ar bwys Marks & Spencer cyn gwneud araith fer am osgoi temtasiwn ac ymwrthod â materoliaeth y byd. Gan ei bod yn Gymraeg, wrth gwrs, doedd neb yn y ganolfan yn deall ac er mawr syndod i fi (a siomedigaeth lem i Eirwen) ddaeth neb yn agos atom.

Ac ar ôl canu emyn, fe wasgarodd pawb i siopa. Felly Mamon enillodd yn y pen draw, am wn i...

Anwen

Fe fwces i ford yn y Star of India er mwyn i Rhys a finne ga'l noson i'n hunen am unweth – Jade drws nesa'n gwarchod gan fod Llio i ffwrdd ar drip ysgol. O'n i'n meddwl y byse hynny'n symlach ac yn rhatach na bwcio Katie, y nani sy'n gwitho i Mali weithe. Wel, 'Fel dyyrr!' ys dwede Llio. Fe gyrhaeddodd Jade gyda ffeil yn llawn dogfenne pwysig – insiwrans, CRB ac yn y bla'n. Fe ofynnodd am ein rhife ffôn, ac am rif y syrjeri. Wedyn o'dd hi ishe i fi arwyddo dogfen yn caniatáu iddi roi Calpol i'r plant, ac i ddefnyddio Savlon pe bai angen. Yna fe ges i ddarlith am ei ffi hi (£8 yr awr ar hyn o bryd ond bydd yn codi i £8.50 yr awr ar ôl iddi neud cwrs pellach gyda St John's Ambulance). A o'dd alergedd o unrhyw fath neu brobleme meddygol y dyle hi wbod amdanyn nhw cyn i ni fynd, beth o'dd y gair cudd i ddefnyddio'r *wi-fi* a phryd yn union oedden ni'n disgwyl bod 'nôl?

Do'dd 'y nhymer i ddim yn wych pan lwyddon ni adel y tŷ o'r diwedd, ond fe ddechreues i ymlacio ar ôl cwpwl o Cobras a phopadoms. Ac fe geson ni noson neis – siarad dwli gan fwya. Dim byd o bwys. O'dd e'n neis gweld Rhys yn joio'i hunan. Siarad am y plant gadwodd ni fynd fwya – tir niwtral am wn i. Y ddau ohonon ni rywsut yn osgoi mynd i lefydd mwy anodd, ac o'dd golwg mor flinedig ar Rhys do'n i ddim ishe gwthio'r peth.

Ond wedi i ni gyrraedd gatre a thalu'r milo'dd i Jade am ishte o fla'n MTV drwy'r nos (arian o gadw-mi-gei Angharad

– fe gaiff hi e 'nôl, wi'n addo), a'th Rhys yn syth i'r gwely. Erbyn i fi ga'l gwared ar Jade o'dd e'n cysgu'n sownd. Ishteddes i o fla'n y teli. Rhyw nonsens ar BBC3. Wnes i ddim wherthin.

Falle ddylen ni ddilyn esiampl Alun a Mali – ma'n nhw wedi dechre mynd i Relate. Araf yw'r siwrne, yn ôl Mali, a wi ddim yn gwbod beth ddaw ohonyn nhw yn y pen draw. Ond o leia ma'n nhw'n trio. Ma'r plant i weld lot hapusach. A ma Alun a Mali'n cyfathrebu o'r diwedd – yn rhannu eu gwir deimlade. Sy'n fwy na ma Rhys a finne'n neud.

Delyth

Fe ddaeth criw o ddynion hanner noeth i mewn i'r dderbynfa wrth i mi gyrraedd bore 'ma. Daeth Syr David allan yn rhwbio'i ddwylo ac yn moesymgrymu gan weiddi 'namaste, namaste' yn uchel. Roedd golwg ofnadwy arno – yn gwisgo dillad ddoe, heb siafo a'i wallt ym mhobman. Roedd e wedi bod yn y swyddfa drwy'r nos am wn i.

Fe yrrodd Natalie y criw draw i swyddfa Syr David, gan ein bod ni'n disgwyl y cleients o Unibank unrhyw eiliad. Ac roedd Arfon yno'n wên o glust i glust yn gwneud stumie 'mae e 'di mynd yn boncers' tu ôl i gefn Syr David ac yn mwynhau pob eiliad.

O'r diwedd fe setlwyd y criw yn swyddfa Syr David ac fe gafwyd y bois Unibank i mewn i'r stafell gyfarfod heb iddyn nhw amau dim. A dweud y gwir, roedd popeth yn mynd yn dda iawn – nes i Syr David ffrwydro i mewn i'r stafell yn ei ddillad isa yn taro clychau bach gyda'i ddwylo ac yn gweiddi rhywbeth am ddod ag 'elfen ysbrydol' i'r cyfarfod.

Fe lwyddon ni i gael e mas o'r stafell ac fe aeth Arfon ymlaen â'r trafod tra mod i'n ffonio gwraig Syr David.

Doedd hi ddim fel tase hi'n synnu clywed wrtha i o gwbwl ac fe addawodd hi ddod yn syth.

Yn sydyn, fe ymddangosodd St John Brewis o'r brif swyddfa (betia i taw Arfon oedd wedi ei ffonio) ac o hynny ymlaen symudodd pethau'n gyflym iawn.

Fe gyrhaeddodd gwraig Syr D ag ambiwlans preifat ac fe'i cludwyd e oddi yma – geiriau ola Patricia oedd 'Tell everyone he's suffering from nervous exhaustion.'

Cyhoeddodd St John ei fod yn ymgymryd â dyletswyddau Syr David am y tro ac y dylen ni i gyd gario 'mlaen fel tase popeth yn iawn. Safai Arfon wrth ei ymyl ar ben ei ddigon, yn wên o glust i glust.

Dyw hyn ddim yn newyddion da i fi...

Anwen

Fe ges i stŵr ofnadwy gyda Llio heno. Es i mewn i'w stafell gyda pheil o ddillad glân a'i ffindo hi ar y ffôn, ar Facebook ac ar Twitter yn lle adolygu ar gyfer ei phrawf hanes fory.

Ddylen i fyth fod wedi cytuno iddi ga'l hen gyfrifiadur Rhys yn ei stafell – ma'n amhosib gwbod beth ma hi'n neud tu ôl i'r drws 'na. Sdim clem 'da fi gyda phwy ma hi'n siarad hanner yr amser. Ac fe ges i gip ar ei thudalen Facebook, o'dd yn llawn llunie ohoni'n hanner porcyn mewn bicini.

Es i'n boncers, ac fe geson ni ring-ding hollol ddibwrpas a'r ddwy ohonon ni'n sgrechen ar ein gilydd a finne'n cau'r drws yn glep heb gyflawni dim.

Ond sai'n meddwl yn strêt ar hyn o bryd – wi 'di blino gyment a ma POPETH yn hunllef. Y diweddara yw fod Huw ddim yn hapus yn yr ysgol – o'dd e'n llefen am ei waith cartre neithiwr a ma fe'n ffindo popeth mor anodd. Yn enwedig Mathemateg (ma fe'n gwmws fel fi) a dyw'r athrawes newydd 'ma ddim yn ei ddeall e o gwbwl. Druan o Huw, ma'i ben mor llawn o'r *Beano* a *Tom and Jerry*. Babi yw e o hyd mewn gwirionedd a ma blwyddyn tri wedi bod yn sioc fawr iddo.

A dyw Rhys BYTH yma. A phan ma fe 'ma, dyw e jyst ddim gyda ni. Ei feddwl yn bell i ffwrdd yn rhywle. Ond ble?

CYFARCHION O'R FICERDY

Hoffai'r Parch. Eirwen ddiolch i bawb ddaeth i gyd-ddathlu yn Harlesden. Mae hi'n gobeithio i chi elwa o'r profiad gymaint ag y gwnaeth hi. Roedd y gwasanaeth byrfyfyr yng nghanolfan siopa Westfield yn wefreiddiol!

Bydd Mrs J E Jones yn cynnal bore coffi i godi arian i Tenovus yn 3, Heol y Waun, Llanishen, fore Iau ac fe fydd cyfarfod coffa i ddathlu bywyd Sylvia Hughes yn yr Eglwys brynhawn Iau yr 20fed.

Yn olaf, cofiwch am ein 'Parti Golau' yn y Festri ar Nos Calan Gaeaf. Bydd gwobr i'r wisg ffansi orau a'r thema yw 'Cymeriadau o'r Beibl'. Dim sgerbydau nac ysbrydion os gwelwch yn dda!

Nia

Mae Eirwen wedi bod yn boen ers i ni gyrraedd 'nôl o Harlesden. Nawr mae hi am ddechre nosweithiau addoli cerddorol bob nos Sadwrn – i ddenu'r ieuenctid, medde hi. Mae hi am drefnu band a phopeth. Mae Ger o blaid y peth, wrth gwrs – sawl ffordd i gyrraedd Duw ac yn y blaen. Ond poeni dw i taw ymgais arall i fod yn fwy carismataidd yw hon. Drwy'r drws cefn.

Fe dreuliais i'r noson yn gwylio *CSI Miami*. Ger 'nôl yn y bedwaredd ganrif ar bymtheg eto yn chwilio am ei berthynas coll.

Delyth

Fe drefnodd St John gyfarfod a chyhoeddi fod Syr David yn mynd i ffwrdd am rai misoedd 'oherwydd afiechyd'. Mae'r broses o benodi Uwch Bartner yn mynd yn ei blaen o dan ei arweiniad e. Un swydd sydd, a dim ond Arfon a finne sy'n trio amdani yn y swyddfa. Arfon – a dreuliodd y cyfarfod yn edrych yn hynod o *smug*.

Beth yn y byd alla i wneud i gael y blaen ar Arfon?

Anwen

Rhys wedi hala fi lan y wal ETO heddi. Dim gwaith, felly fe benderfynodd e roi trefen ar ei lyfre (ETO!) – ishe iddyn nhw fod yn nhrefn yr wyddor.

'Ca'l bach o drefen ar bethe,' medde fe.

Felly, tra bod y plant yn yr ysgol fe fwrodd e ati i dynnu pethe off y silffo'dd a dechre 'rhoi trefen' arnyn nhw. Wrth gwrs, erbyn i fi hebrwng y plant gatre o'dd e wedi colli diddordeb a mynd i fyta tost yn y gegin. A gadel peils bach o lyfre a records feinyl dros y llawr i gyd. Fe holes i pryd o'dd e'n bwriadu cwpla'r gwaith.

'Y penwythnos,' medde fe.

'A beth yn union y'n ni fod i neud yn y cyfamser?' gofynnes i.

Ac a'th e'n grac a gweud 'Wel, dim ond trio cliro o'n i, a rhoi trefen ar y blydi tŷ 'ma, sy'n edrych fel twlc!' a finne'n sgrechen hefyd a gweud os o'dd pethe mor ofnadwy â hynny pam 'se fe'n neud mwy i helpu 'te? A bod hwn mor blydi *typical* ohono fe – 'syniade mawr ond byth yn cyflawni dim'. Ac fe dda'th hwnna mas cyn mod i'n sylweddoli beth o'n i'n weud, ac wedyn o'dd Rhys yn edrych fel 'sen i wedi'i fwrw fe yn y *solar plexus*. A 'na pryd welon ni fod y plant i gyd yn sefyll wrth ddrws y gegin yn edrych arnon ni'n syn.

Nia

Eirwen yn ôl ar ei cheffyl yn trio newid enw Undeb y Mamau i'r Grŵp Menywod. Mae pawb yn dechre cael digon o'r dadlau di-ben-draw 'ma. Meddwl dw i y bydd pawb yn gadael iddi wneud fel mynnith hi, jest er mwyn heddwch. Mae Ger yn edrych yn *stressed* iawn – dyw e ddim yn lico diflastod o unrhyw fath ac mae e'n wael iawn am ddelio ag e.

Heno fe ddatgysylltais i'r ffôn a gwylio *Foyle's War*. Ger drws nesa ar goll yng Nghyfrifiad 1891. A'r ddau ohonon ni'n gweithio'n ffordd drwy botel neis iawn o Rioja a gawson ni gan un o'r plwyfolion.

Delyth

Methu ymlacio o gwbwl yn y *café* bore 'ma. Fy mhen yn llawn syniadau gwallgo am sut i wneud fy hun yn geffyl blaen yn y ras yn erbyn Arfon. Dechrau cwrs MBA? Mynd â St John i ginio? Rhywbeth i wneud i fi edrych yn ifancach efalle? Mor anodd.

Anwen yn isel heddiw hefyd – wedi cael cweryl go gas gyda Rhys, ac wedi gorfod dweud 'na' wrth Llio, oedd am fynd i sgio gyda'r ysgol. Llio'n siomedig iawn, ac Anwen druan yn teimlo'n ofnadwy am y peth.

A Nia wedyn wedi cael llond bol ar y ciwrad ofnadwy 'na sy'n busnesa ym mhopeth. Ac er bod ei gŵr hi'n swnio'n neis iawn, meddwl efalle fod eisiau mwy o asgwrn cefn arno weithiau.

Mae Stuart wedi bod lan yng ngogledd Lloegr yn gweld ei wyrion. Wedi gweld ei ishe fe'n ofnadwy – dyw siarad ar y ffôn ddim yn ddigon o bell ffordd. Mae e 'nôl fory ac wedi addo y cawn gwrdd am swper nos Wener. Methu aros.

Anwen

Teimlo'n wael ar ôl gweiddi ar Rhys, ac ar ôl trafod y mater gyda'r merched yn y caffi fe benderfynes i wneud rial ymdrech i godi calonne pawb. Felly fe wnes i *spag bol* anferth a dechre teisen Dolig – a phawb yn ca'l cyfle i droi'r llwy bren. Y plant wedi mwynhau a Llio'n grêt, chware teg iddi. Dim hi yw'r unig un sy'n ffaelu fforddio mynd i sgio ma'n debyg, felly dyw hi ddim yn teimlo cweit mor allan ohoni.

Y tŷ'n arogli'n ffantastig rhwng y *bolognese* a'r deisen yn pobi yn y ffwrn, a phawb yn disgwyl mla'n i weld Dadi.

Ond pan dda'th e gatre wna'th e ddim sylwi ar ddim – jyst gweud ei fod e wedi blino ac am fynd i'r gwely'n gynnar. A mynd lan lofft a chau'r drws yn glep.

Yn y pen draw felly, tra bod Milôrd yn cysgu, fe olches i'r llestri a chliro'r gegin, a dodi'r dillad chwaraeon yn y mashîn, a golchi llawr y gegin.

A hala gweddill y noson o fla'n y teli yn gwylio rhyw sioe dalent drychinebus gyda Llio. A byta twba anferth o hufen iâ rhyngon ni. A 'nghalon i fel plwm.

Delyth

St John yn fy ngalw i'r swyddfa i fy rhybuddio y bydd nifer o gyfweliadau yn ystod y misoedd nesa i drafod yr Uwch Bartneriaeth. Dweud ei fod yn edrych ymlaen at ddod i fy nabod yn well. Arfon yn sefyll tu fas i'r drws yn gwrando ar bob gair. A gwên nawddoglyd ar ei wyneb pan gerddais i mas.

Anwen

Huw wedi bod yn ymladd yn yr ysgol a finne wedi gorfod mynd miwn gyda rhieni'r crwt arall i drafod y mater. Llwyddo i gadw popeth at ei gilydd yn ystod y cyfarfod (ar fy mhen fy hunan, wrth gwrs – Rhys lan yn y Gogs eto) a'r rhieni eraill yn teimlo mor ofnadwy â finne. Ond unweth i fi gyrraedd y car, jyst ishteddes i 'na yn llefen nes bod dim dropyn o ddŵr ar ôl yn 'y mherfedd i.

Huw yn ypsét iawn am y peth – y crwt arall wedi bod yn galw enwe arno fe achos ei fod e'n ffaelu cico pêl, a Huw yn colli'i dymer. Ond wedi ca'l llond twll o ofon. Wnaiff e ddim mohono fe eto.

A finne'n poeni – ai'r tensiwn rhwng Rhys a finne sy wedi hala Huw bach i fod ar ffiws mor fyr?

Delyth

St John wedi gofyn i Courtney os oedd hi'n gwybod pa mor hen o'n i! Hithe, chwarae teg, yn dweud nad oedd ganddi syniad. Meddwl o ddifri y dylwn i wneud rhywbeth i fy ngwyneb. Mae Arfon mor ffodus – sdim ots os oes crychau ar wynebau dynion.

Nia

Eirwen am drefnu Parti Golau ar gyfer Nos Galan Gaea. Ystyried mynd allan fy hunan i wneud *trick or treat* wedi gwisgo fel sgerbwd. Trio dychmygu'r olwg ar wyneb Eirwen o 'ngweld i...

Delyth

Cinio gyda Catrin o Jones, Jones, Jones a Jones. Hithe'n meddwl yn sicr y dylwn i fod yn gwneud rhywbeth i 'roi hwb bach' i fy nelwedd. Yn gwybod am ddynes yn Llundain a gollodd ei chyfle achos bod pobol yn meddwl ei bod yn rhy hen – yn hanner cant!

Mae hyd yn oed Catrin yn mynd lan i Harley Street ddwywaith y flwyddyn i gael 'tipyn bach o help' ond mae hi'n dweud fod 'na glinic bach ag enw da yng Nghyncoed hefyd.

Fe fydd yn rhaid i fi ystyried y peth o ddifri. Meddwl y trefna i apwyntiad – am sgwrs beth bynnag.

Anwen

O'n i jyst yn mynd i gysgu neithiwr pan gododd Rhys yn sydyn (ac yn swnllyd) a diflannu lawr llawr. O'n i wedi blino gyment es i 'nôl i gysgu, ond fe ddeffrodd e fi eto am dri wrth iddo fe ddod yn ôl i'r gwely. Fe ofynnes i os o'dd popeth yn iawn ac fe ddwedodd wrtha i am stopo ffysan, bod e jyst ffaelu cysgu. Wedyn o'n i ar ddihun gyda fe'n chwyrnu drws nesa i fi tan o leia pedwar. Felly pan a'th y larwm bant am saith o'dd golwg bell ar y ddau ohonon ni.

Hym. Ie. Wel. Rhaid i fi gyfadde fod Parti Golau Eirwen yn dipyn o hwyl yn y pen draw. Am unwaith fe wnaeth hi'r rhan fwya o'r gwaith ac fe ddaeth nifer go dda o'r plant lleol aton ni yn hytrach na heidio o gwmpas y strydoedd.

Ac fe fuon ni'n twco fale ac yn gwneud cyflaith (o'n i'n synnu fod Eirwen yn fodlon gwneud a hithe fel arfer mor bendant am reolau iechyd a diogelwch) ac yn bwyta fale taffish. Roedd cystadleuaeth gwisg ffansi – cymeriad o'r Beibl yn lle sgerbydau ac ysbrydion. Sawl Mair a Joseff ond ambell Noa yn gafael yn dynn mewn tedi neu jiráff blewog hefyd. Annwyl iawn a dweud y gwir.

Roedd popeth yn edrych mor bert – canhwyllau a goleuadau tylwyth teg yn lle hen bwmpenni brawychus. Mae'r partïon golau 'ma yn llwyddiant ysgubol yn yr Unol Daleithiau mae'n debyg ac am unwaith roedd yn rhaid i fi ganmol Eirwen.

Ac fe wnaeth hi araith hyfryd am ddefnyddio golau i lonni'r tywyllwch a bod y noson yma'n gyfle da i gofio pobol o'n ni'n eu caru. Wedyn sbwylodd hi bethe braidd wrth fynd ymlaen i'n hatgoffa ni fod Martin Luther wedi hoelio'i 95 thesis ar ddrws Eglwys Wittenberg ar Hydref 31, 1517, a bod hyn wedi bod yn olau yn nhywyllwch ofergoel Catholigiaeth. Credu ei bod hi wedi colli'r plant y foment honno. A diolch byth, fe roddwyd taw ar lifeiriant Eirwen wrth i Oscar Smith chwydu fale taffish dros ei sgidie hi.

Ond roedd hi'n noson hyfryd iawn. A phan gynigodd Ger y Fendith ar ddiwedd y noson roedden ni i gyd yn teimlo, rywsut, ein bod wedi profi goleuni Duw ac wedi goresgyn pwerau'r tywyllwch.

Dim sôn ganddo, wrth gwrs, am oresgyn pwerau

ciwradau busneslyd. Ond wedyn, dyna Eirwen i chi – yn boen yn y bol y rhan fwya o'r amser, ac wedyn yn gwneud rhywbeth gwirioneddol ysbrydoledig sy'n gwneud i chi faddau popeth iddi. Wel, bron popeth.

Delyth

Noson hyfryd gyda Stuart. Swper yn Mimosa eto – Caryl Parry Jones a Hywel Gwynfryn mewn un cornel, Marged Melangell a Gŵr Rhif Tri mewn un arall. Y ddau mewn Armani heno, ac yn edrych fel 'sen nhw'n cael tipyn bach o stŵr gyda'i gilydd. Dim gwên ar gyfyl y ddau. Efalle ei bod hi'n bryd chwilio Gŵr Rhif Pedwar?

Stuart a finne'n mynd am dro o gwmpas y Bae, gan ei bod hi'n noson mor fwyn. Eistedd am ennyd ar bwys cofgolofn Scott a siarad a siarad. Mae e mor annwyl. Wedi awgrymu ein bod ni'n mynd i ffwrdd am benwythnos bach i Lundain – drama gan Alan Bennett yr hoffai'r ddau ohonon ni ei gweld. Ond sawl stafell fydd e'n bwco?

Anwen

Huw am fynd allan i neud *trick or treat* a cha'l pobol draw i fyta sosejys yn tŷ ni. O'n i mor falch i'w weld e'n hapus a brwdfrydig unweth eto fe gytunes i ar eiliad wan. Ond diolch byth, fe helpodd Mali i drefnu pethe – aethon ni i Lidl i brynu popeth ac fe dda'th peil o ysbrydion, sgerbyde a fampirod (ac un Buzz Lightyear am ryw reswm annelwig) draw ar ôl ysgol. Fe fuon ni'n twco fale a stwffo *hot dogs* cyn bwrw mas o gwmpas yr hewlydd cyfagos.

Wel, o'dd hi'n ORLAWN mas 'na – heidie o blant yn rhuthro o gwmpas a finne'n byw mewn ofon y bysen ni'n colli un o'n diawled bach ni. O'n i mor falch pan o'dd e drosodd ac fe suddodd Mali a finne ar y soffa gyda gwydred anferth o Chardonnay yr un.

O le dda'th yr holl ddwli 'ma sai'n gwbod! Do'dd neb yn meddwl am Nos Galan Gaea pan o'n i'n ifanc. Wi'n cofio twco fale, ac fe ges i daffish o'r enw cyflaith yn yr ysgol unweth. Ond do'dd neb yn crwydro'r strydoedd yn taflu wye a chodi ofon ar hen bobol.

Tachwedd

Delyth

Dillad ar gyfer y trip i Lundain?
Ymweld â Dadi
Clinic?

Nia

Eirwen. Dyna i gyd. Eirwen

Anwen

Coelcerth y PTA
Ffono Mam yn fwy amal
Cliro'r *U-bend* yn y gegin – eto

Delyth

Mae'r cyfweliadau ar gyfer yr Uwch Bartneriaeth yn mynd i fod ddechrau Rhagfyr. A'r cwestiwn mawr yw a ddylwn i gael rhyw waith wedi ei wneud ar fy ngwyneb cyn hynny.

Mae gen i apwyntiad yn y clinic fory. Ddim am sôn wrth Stuart eto. Poeni y bydde fe'n meddwl llai ohona i rywsut.

CYFARCHION GAEAFOL O'R FICERDY!

Mae'r Parch. Eirwen yn gofyn a fyddai modd i bawb wneud ymdrech wirioneddol i gadw'r Festri'n daclus. Roedd y te a'r coffi allan ar y cownter eto pan ddaeth hi draw i gloi ar ôl Bums & Tums nos Iau.

Mae hi am ein hatgoffa hefyd o'r cynllun newydd sydd ganddi am gyfres o fyfyrdodau yn ymwneud â'r Pechod Gwreiddiol yn dechrau bnawn Gwener yn y Festri. Mae hi am i ni ystyried yn ein calonnau yr hyn a gollwyd yng Ngardd Eden, a'r pechodau hynny sy'n ein llethu ninnau oll bob dydd.

Yn olaf, ry'n ni i gyd yn edrych ymlaen at ymweliad ein cyfeillion o Harlesden wythnos nesa. Maen nhw'n dod â'u cerddorion gyda nhw ac yn bwriadu cynnig gwledd o ganu a hwyl i ni. A wnewch chi bob ymdrech i estyn croeso Cymraeg i Mrs Goodness Mtumbe a'i chriw llawen, os gwelwch yn dda.

Nia

O dier. Aeth Eirwen yn rhy bell y tro yma. Fe ddaeth saith galwad ffôn i gwyno am ei phregeth am bechod fore Sul. Dw i'n gwybod ei bod hi'n grac iawn na ddaeth neb i'w myfyrdod bnawn Gwener, ond roedd cyhuddo'r plwy cyfan o 'fyw mewn cyflwr o bechod yn barhaus' yn rhy gryf o lawer.

Ar ôl y seithfed alwad, fe roddais y peiriant ateb ymlaen a gwylio hen bennod o *Inspector Morse*.

Fe guddiodd Ger yng Nghyfrifiad 1901. Dim sôn am y perthynas coll o gwbwl – meddwl ei fod yn dechrau digalonni fymryn.

Anwen

Y PTA. Fel hyn o'dd hi.

O'n ni'n trafod noson Guto Ffowc pan gynigodd Derek-y-Drip y dylsen ni newid enw'r noson gan bod iddo 'oblygiadau gwrth-Gatholig'. Ro'dd lot o fwmian am 'political correctness gone mad' gan rai o'r rhieni eraill a'r Fam-Sy'n-Conan-Am-Bopeth, wrth gwrs, ond am unweth o'n i'n gallu gweld pwynt Derek. Wrth feddwl o ddifri am y peth, ma'r syniad o losgi delw Guto Ffowc yn teimlo bach yn od, on'd yw e?

Wedyn fe awgrymodd Derek ein bod yn dathlu Diwali yn lle hynny – eto, ddim yn hollol afresymol gan bo 'da ni rai plant Hindŵaidd yn yr ysgol. A thân gwyllt yw tân gwyllt wedi'r cwbwl. Ond wedyn dyma Shaunna (mam Viridian a Sky), sy'n dipyn o hipi, yn awgrymu ein bod ni'n cynnal dathliad mwy paganaidd: 'It's like, you know, Samhain and all that?' Lot mwy o dytian wrth ddarllenwyr y *Daily Mail* yn ein plith ac o'n i'n gallu gweld yffarn o ring-ding yn datblygu, felly awgrymes i falle taw dathliad amlddiwylliannol fydde ore – plesio neb, ond fe ganiataodd i ni symud mla'n at faterion mwy diddorol, fel ffindo plymar teidi i adfer y tŷ bach yn y stafell athrawon gan nad yw'r ysgol yn gallu fforddio talu am ofalwr bellach.

Felly, swm a sylwedd y cyfan yw: fe fydd digon o dân gwyllt, dim delw wrth-Gatholig, nifer o oleuade Diwali-aidd yn y coed a choelcerth baganaidd. A chyn i'r Fam-Sy'n-Conan-Am-Bopeth ddechre pregethu am iechyd a diogelwch fe ddywedes i bysen ni'n gosod ffens o fla'n y goelcerth a bod y rhieni'n gorfod cymryd y cyfrifoldeb os o'dd eu plant yn bwriadu defnyddio sparclers!

Wnes i ddim dechre trafod y bwyd na phris mynediad neu fydden ni yno o hyd. Fe sefydla i is-bwyllgor (h.y. Mali a finne) i drefnu hynny…

Delyth

Fe es i draw i'r clinic yng Nghyncoed a chwrdd â Dr Sharma, oedd yn hyfryd iawn. Mae 'na dipyn all e wneud i mi mae'n debyg - Botox, *fillers* a thipyn bach o dynhau o dan y llygaid ac ar ymyl y gên. Mae e wedi rhoi llwyth o ffurflenni a phamffledi i mi ddarllen.

Bydd ishe wythnos arna i i wella'n llwyr a cholli'r cleisiau – fe allwn i wneud y cwbwl mewn pythefnos. Mae Dr Sharma yn dweud y bydda i'n edrych ddeng mlynedd yn iau.

Mae'n ddrud iawn ond dw i'n ei weld fel rhyw fath o fuddsoddiad – ac os gaf i'r swydd, fydd arian ddim yn broblem. Ac os na cha i hi? Wel, bydd edrych yn iau yn siŵr o fy helpu i gael swydd arall.

Nia

Fe fuon ni'n trafod llawdriniaethau cosmetig yn y caffi bore 'ma. Delyth gododd y pwnc. Mae hi o blaid, medde hi, gan ddadlau fod cymaint o bwysau ar ferched i edrych yn ifanc y dyddiau yma fel bod unrhyw beth sy'n gallu helpu i wneud hynny yn rhyw fath o ryddhad. Anwen yn syndod o ffyrnig yn ei erbyn – pam ddylai merched orfod mynd o dan y gyllell i blesio dynion, medde hi.

O'n i'n meddwl fod Delyth yn edrych damaid yn anghyfforddus pan oedd Anwen yn taranu. Ac er mod i'n cytuno gydag Anwen, o'n i'n meddwl y byse fe'n ddoethach symud ymlaen rywsut.

Felly dyma ddechre trafod dulliau o ymlacio yn lle hynny – Anwen yn ffan mawr o fath twym a'r hyn oedd Mam yn ei alw'n *bath salts*. Delyth yn cyfadde fod angen tabledi cysgu arni weithiau – do'n i ddim yn licio dweud fod Ger a finne'n cysgu fel trogod bob nos.

Delyth

O dier, wedi cael pregeth wrth Anwen am y math o berson sy'n gwastraffu ei arian ar lawdriniaethau dwl. Dim ond pobol heb hunanhyder fydde'n ystyried y peth, medde hi. Wel, dyna fy nisgrifio i i'r dim.

Anwen

Noson Guto Ffowc/Diwali/Samhain yn llwyddiant ysgubol!

Mali a finne wedi trefnu cawl cennin mewn *urns* te a chŵn poeth – o'dd yn werth yr orie chwyslyd halon ni'n twymo'r diawled a'u stwffo mewn byns. Buodd Guto y trysorydd (enw addas o feddwl am y peth) yn casglu teirpunt wrth bob teulu a heblaw am Chi'n-Gwbod-Pwy fuodd 'na ddim conan!

Losgodd neb, gwmpodd neb yn y tân ac am foment fach fe oleuwyd y tywyllwch.

Nia

Wel, y newyddion mawr yma yw fod Ger wedi dweud ei ddweud wrth Eirwen yn y Festri neithiwr. O'n i yn y swyddfa drws nesa yn mynd trwy'r dyddiadur gyda Diane a chan fod y drws ar agor roedd yn amhosib i ni beidio â chlywed y cyfan.

Dw i ddim yn gwybod beth oedd asgwrn y gynnen – beth a gynhyrfodd gymaint ar Geraint – ond o'n i'n gallu clywed yn ei lais ei fod yn wirioneddol grac gydag Eirwen.

Glywais i e'n dweud 'Er mwyn POPETH, Eirwen.'

A hithe'n ateb: 'Dilyn fy nghydwybod ydw i.'

A Ger yn sôn rhywbeth am groesi'r llinell ac Eirwen yn gweiddi'n ddramatig ei bod hi ond yn gwneud hyn 'i ledaenu gair fy Nuw!'

Mae'n ddrwg 'da fi gyfadde fod Diane a finne wedi symud yn agosach at y drws er mwyn clywed yn well erbyn hyn.

Aeth Ger ymlaen: 'Dw i wedi gwerthfawrogi dy waith diflino yn fawr yn ystod y misoedd diwetha.'

(Sŵn dagrau yn llifo nawr wrth Eirwen.)

A Ger yn gweiddi: 'Ond mae dy ddyheadau carismatig wedi mynd yn rhy bell y tro hwn!'

Aeth ymlaen i ddweud wrthi bod yn rhaid iddi barchu ei safbwynt ef a safbwynt diwinyddol yr Eglwys yma, a'i bod yn bryd iddi symud ymlaen i gartre ysbrydol fyddai'n gallu cwmpasu ei dyheadau arbennig hi.

Dechreuodd Eirwen ddweud rhywbeth mewn llais rhy dawel i fi glywed yn union beth oedd e, ond torrodd Ger ar ei thraws hi a dweud 'Na' mewn llais cadarn iawn.

Caeodd drws y Festri yn glep wrth i Ger fynd. Ac yna daeth sŵn Eirwen yn wylo eto. Es i ati a chael yr hanes i gyd, rhwng pyliau o lefain. Mae'n debyg fod Eirwen wedi trefnu ymweliad gan arweinydd efengylaidd iawn o'r Unol Daleithiau heb drafod y mater gyda Geraint yn gynta. Nawr, dw i'n digwydd gwybod bod y gŵr arbennig yma yn un o gas bethau Geraint felly dw i ddim yn synnu iddo golli ei dymer. Mae e'n meddwl bod y bobol yma sy'n mynnu eu bod yn cyflawni gwyrthiau ac yn ennyn rhyw wallgofrwydd ysbrydol ymhlith eu cynulleidfaoedd yn dilorni neges Crist. A dyna Eirwen druan wedi mynd yn rhy bell hyd yn oed i Geraint – y dyn mwya addfwyn dw i'n ei nabod.

Roedd Eirwen mor ddigalon, doedd gen i ddim mo'r galon i fod yn rhy galed arni ac o'r diwedd, pan beidiodd yr wylo, fe ddaeth hi ati ei hun. Roedd hi'n gweld nawr, medde hi, bod yn rhaid iddi symud ymlaen – i ffeindio lle fydd yn 'rhannu ei gweledigaeth ysbrydol'. Ac yna, jest pan o'n i'n meddwl nad oedd hi'n rhy ddrwg wedi'r cwbwl, fe wenodd hi'r wên ddanheddog erchyll 'na a dweud yn y llais mwya nawddoglyd ei bod hi'n 'flin iawn gorfod gadael yr Eglwys yma heb ein harwain ni at y golau'.

Drwy ryw wyrth, fe lwyddais i ddal fy nhafod ac o'r diwedd fe wisgodd ei helmed beic a diflannu i'r tywyllwch. Es i adre a dathlu gyda *gin* a *tonic* anferth a phennod o *Midsomer Murders*.

Fe gyrhaeddodd Ger adre o'r ysbyty'n hwyr ac wedi blino'n shwps. Fe arllwysais i Talisker mawr iddo ac eisteddon ni'n dawel ar y soffa am beth amser. Yn cyfri'n bendithion.

Anwen

Ma Rhys wedi bod yn ymddwyn yn rhyfedd iawn ers wthnose nawr. Neithiwr glywes i fe'n cerdded o gwmpas lawr llawr am dri o'r gloch – fe es i lawr i weld beth o'dd yn bod ond ges i ddim ateb teidi, jyst hala fi 'nôl lan lofft a gweud mod i'n ffysan. Ac yna fe ddeffrodd e fi eto am bump wrth ddod i'r gwely. O'dd e'n chwyrnu fel eliffant pan a'th y larwm am saith.

Ac yna fe gawson ni ddiwrnod arall i'r brenin. Fe gofiodd Llio am ryw draethawd ddyle hi fod wedi ei orffen wthnos dwetha, wedyn fe ddechreuodd Huw gonan am fod Llio 'yn cael bod ar y cyfrifiadur ar fore ysgol', wedyn fe benderfynodd Angharad ddangos i fi ei bod hi'n casáu bananas drwy eu gwasgu nhw i fewn i'r carped.

A dim ond jyst ca'l nhw i'r ysgol mewn pryd wnes i. Ac wedyn o'dd yn rhaid i fi ddianc wrth Derek-y-Drip a'r Fam-Sy'n-Conan-Am-Bopeth, o'dd yn disgwyl amdana i wrth yr iet, trwy weud mod i'n mynd i'r deintydd. Ond mewn gwirionedd diflannu i Lidl wnes i gan nad o'dd gobeth yn y byd y bysen nhw'n tywyllu drws y fath le.

Adre wedyn a llwyddo i gliro'r gegin cyn ei bod hi'n amser i fi fynd i'r ysgol feithrin i nôl Angharad.

Wedyn ffonodd Rhys o Fangor a gweud na fydde fe adre tan yn hwyr ac i beido aros lan achos, fel o'n i'n gwbod, o'dd yr A470 yn GACHU.

Felly dodes i Angharad o flaen *Marcaroni*, ca'l Huw i neud ei waith cartre (lot o lefen a 'Wi'n CASÁU ti, Mami') a ca'l yffarn o strop 'da Llio, o'dd ishe dodi modrwy yn ei botwm bola ('Ma PAWB o'n ffrindie i wedi cael un, dyw e ddim yn DEG' – sy'n wir, falle, ond sdim taten o ots 'da fi ar hyn o bryd). Wedyn fe fuodd 'na gyflafan achos taw *shepherd's pie* o Lidl o'dd i de (y bwyd yn y rhewgell wedi hen orffen) a Llio'n gweud ei fod e 'fel sick' a pham na allwn i fod wedi neud un 'yn hunan yn lle prynu'r 'crap' yma achos mod i 'ddim yn fel gweithio na dim byd?'

Wi'n meddwl fod hyd yn oed Llio yn synnu at y sgrechen aflafar o'dd yn ymateb i'r geirie hyn. A fwytodd y tri ohonyn nhw'r cwbwl heb weud gair tra mod i'n neud ymdrech ANFERTH i beido â sgrechen rhagor arnyn nhw. Gloies i'n hunan yn y tŷ bach ac anadlu'n ddwfn, ddwfn, am bum munud.

Ond wedyn, ar ôl gorffen cliro a rhoi golchad mla'n a cha'l y rhai bach i'r gwely a dadle gyda Llio am ei hamser gwely hi, fe ffeindies i'n hunan yn ôl ar y soffa yn stwffo hufen iâ o'dd ymhell heibio'i *sell-by date* a do'dd dim tamed o ots 'da fi.

Delyth

Dw i 'di cael stŵr ofnadwy gyda Stuart. Fe gyfaddefais mod i'n bwriadu cael gwaith wedi ei wneud ar fy ngwyneb ac aeth e'n wyllt am y peth. Dywedodd ei fod yn methu credu mod i'n berson mor arwynebol a ffôl, ac os felly doedd e ddim yn meddwl fod llawer o bwynt i ni gario 'mlaen i weld ein gilydd gan fod ganddon ni werthoedd mor wahanol. Dywedodd e 'i fod wedi anwybyddu lot o'r dwli o'n i'n siarad am fwyd a iechyd ond bod hwn gam yn rhy bell a mod i'n berson hollol hunanol.

Ac yna fe gododd a 'ngadael i wrth y bwrdd cinio! Diolch byth, doedd neb o'n i'n nabod yno ac fe lwyddais i ddianc cyn i fi ddechre beichio crio yn y tacsi. Roedd y gyrrwr yn neis iawn chwarae teg iddo – fe wrthododd e dderbyn arian wrtha i gan ei fod yn flin iawn am fy mhrofedigaeth. Wnes i ddim esbonio.

Ond wedi i fi gyrraedd adre fe ddechreuais i wylltio gyda Stuart. Pwy oedd e'n meddwl oedd e yn fy meirniadu i fel'na? Does gydag e ddim syniad am y math o bwysau dw i'n gorfod ymdopi ag e yn y gwaith. Ac mae e wedi ymddeol – yn ddiogel gyda'i bensiwn a'i gartre heb forgais.

A dyw e'n deall dim am y pwysau mae menywod yn gorfod dygymod ag e – does dim ots os oes crychau ar ei wyneb e ond mae'n golygu POPETH i fi.

Wel, dw i ddim yn ffonio fe. Alla i wneud heb y fath bregethu hunangyfiawn! A doedd ganddo DDIM cydymdeimlad. Mor galed! Wel, mae'n biti, ond dyna ddiwedd ar y mater.

Nia

Ddaeth y criw lawr o Harlesden ddydd Sul. Fe gafwyd gwasanaeth llawen iawn gyda'u band nhw'n arwain y canu.

Roedd Goodness a'i chriw o fenywod wedi rhostio *yams* i bawb gael eu trio, ac roedd lot fawr o chwerthin yn y Festri wrth i bobol flasu'r bwyd sbeislyd, oedd yn edrych yn ddoniol iawn drws nesa i'r cawl cennin a'r pice bach.

Sylwais i fod ambell un wedi aros adre – yr union bobol fuodd yn cwyno am natur 'gosmopolitan' y trip i Lundain. Trueni am eu culni.

Roedd Eirwen yn dawel iawn. Dy'n ni ddim wedi cyhoeddi ei bod hi'n gadael eto ac, er gwaetha popeth, o'n i'n teimlo'n flin drosti braidd, yn gorfod bwrw ymlaen heb fedru dweud y gwir.

Mae yna swydd yn Chirk fydde'n siwtio hi'n dda iawn mae'n debyg ac fe fydd Ger yn siŵr o roi tystlythyr cadarnhaol iddi. Fe fyddwn yn cyhoeddi ei hymadawiad ar ddiwedd y mis. Ac wedyn fe allwn ni hysbysebu am giwrad newydd!

Delyth

Fe dries i esbonio am y llawdriniaeth ac am Stuart a'i agweddau hunangyfiawn yn y *café* bore 'ma. Fe edrychodd Anwen yn syn arna i pan gyfaddefais i mod i o ddifri am y peth. Ond, o ystyried y bregeth ges i ganddi'r tro diwetha, roedd hi'n eitha pwyllog ei hymateb. Dweud ei bod hi'n deall y pwysau oedd arna i, ond oeddwn i'n hollol siŵr mod i am gymryd y fath gam gan ei fod yn benderfyniad mor fawr? A dewis llawdriniaeth yn hytrach na fy mherthynas â Stuart?

A dweud y gwir, Nia oedd yr un fwya emosiynol ac eithafol – yn ymbil arna i (yn eitha dagreuol) i beidio â bod yn 'rhy fyrbwyll'. Fel tasen i heb feddwl o ddifri am y peth.

Aeth Anwen i nôl ail baned iddi hi a Nia ac fe fuon ni'n trafod y peth am amser go hir. Y ddwy am wybod yn union beth oedd y triniaethau. Holi mawr gan Nia am y sgileffeithiau – diolch byth bod y clinic yn dweud tipyn go lew am hyn yn eu llenyddiaeth. Yn benna, am effaith y cyffuriau a'r deunydd maen nhw'n ei chwistrellu i'r bochau – mae 'na dipyn o ymchwil ar gael i godi calon am ddiogelwch ac yn y blaen. Ond o drafod, efalle y byddai Botox yn fy nhalcen un cam yn rhy bell – gwenwyn yw e, wedi'r cyfan.

Erbyn diwedd y bore ro'n i'n teimlo taw fi oedd yn eu cysuro nhw! Ond nawr dw i'n teimlo'n waeth nag erioed.

Anwen

Wi'n meddwl fod Delyth yn neud camgymeriad ofnadwy. Ond o'n i'n gallu gweld ei bod hi mewn gwewyr meddwl difrifol, felly fe anadles i'n ddwfn a chyfri i ddeg cyn ateb. Ac yn lle gweiddi'r hyn o'n i wir yn ei deimlo, fe dries i fod mor adeiladol ag y gallen i. Ond y gwir yw taw dau ddewis sy 'da chi – y'ch chi'n gallu edrych yn hen neu'n rhyfedd. Dyw'r llawdriniaethe 'ma byth yn edrych yn naturiol. A dy'ch chi'n sicr ddim yn edrych yn iau, felly beth yw'r pwynt? Ac, wrth gwrs, beth am yr holl driniaethe sy ddim yn gwitho – *trout pouts* ac yn y bla'n? A beth bynnag, ma Delyth yn edrych yn grêt fel ma hi!

Ma'r broses yn swno'n erchyll! Stwffo'i boche gyda rhyw gemege, torri'r croen o gwmpas ei llyged a'i gên. A gwenwyn pur yn ei thalcen! Chwyddo, cleisiau, poen – ych a fi!

O's bosib ei fod yn werth colli Stuart – sy'n swno'n foi mor neis a sy wedi dod â gwên go iawn i wyneb Delyth am y tro cynta ers i fi ei nabod hi?

Nia

O, licsen i tase Delyth yn ailystyried y llawdriniaeth yna. Mae hi mor ddeniadol a thrwsiadus ond does ganddi ddim hyder o gwbwl ynddi ei hun. Ac fel ddywedodd Anwen ar ôl iddi fynd, dyw e byth yn edrych yn dda iawn. Mae hyd yn oed fi'n gallu gweld pwy sy 'di bod o dan y gyllell pan fydda i'n edrych yn *Hello!* yn swyddfa'r deintydd.

A'r peth gwaetha yw ei bod hi a Stuart wedi gorffen –

241

onid yw crychau a dyn neis yn bwysicach na swydd fydd yn golygu hyd yn oed mwy o oriau gwaith ac unigedd iddi?

Delyth

Nil by mouth o ddeuddeg heno a fory maen nhw'n dechrau gweithio ar y 'fi' newydd! Dw i 'di poeni a phoeni am hyn ond nawr dw i'n SIŴR mod i'n gwneud y peth cywir. Ac fe ges i air sydyn gyda Gwenllian, a fu'n rhestru'r holl ffrindiau sydd wedi gwneud hyn a dweud cymaint o wahaniaeth mae e wedi ei wneud i'w bywydau. Ac i gofio am Sophia Macintosh o Beamer-Smith Associates a fethodd gael partneriaeth yn 39 oed achos fod pawb yn dweud ei bod hi'n edrych yn rhy hen.

Ond cyn mynd i'r gwely fe ges i eiliad o banic a ffonio Stuart – a gwneud tipyn o ffŵl o'n hunan trwy ddechrau crio ar ei beiriant ateb a gadael neges am bwysau gwaith ac ofni'r dyfodol, oedd yn gwneud dim sens, a rhyw rwtsh dagreuol mod i'n ei golli fe. O'n i bron â gadael neges arall wedyn – er mwyn swnio damaid bach yn fwy synhwyrol. Ond fe fethais i godi'r ffôn.

Wel, mae'n rhy hwyr nawr – a does dim dewis 'da fi mewn gwirionedd. Chysga i ddim heno – dw i ddim yn mynd i drio!

Anwen

Rhys lan eto drwy'r nos neithiwr – a wi yn cydymdeimlo'i fod e'n methu cysgu ond ma fe'n cadw fi ar ddihun hefyd a wi 'di blino'n shwps.

A wi'n poeni am Delyth a'r llawdriniaeth 'ma. Allen i ddim 'i neud e fy hunan – wi'n ormod o fabi. A wi jyst ddim yn meddwl ei fod e'n neud i chi edrych yn well – ma'n edrychiad mor artiffisial, yn bwff mewn mannau rhyfedd ac yn rhy dynn mewn mannau eraill. Ac fe weles i erthygl yn *Grazia* Llio o'dd yn gweud fod yn rhaid i chi gario mla'n i ga'l gwaith unweth i chi ddechre, gan fod *facelifts* yn dechre slipo ar ôl blwyddyn neu ddwy!

Nia

Ger yn hwyr yn yr Eglwys heno – un o'i blwyfolion wedi cael pwl o iselder ysbryd ac wedi gofyn am gael gweddïo gyda fe. Fe ffeindiais i fy hun yn sgwrsio gyda Duw hefyd wrth i mi dacluso'r gegin. Yn gofyn iddo fe edrych ar ôl Delyth fory.

Delyth

Am bump bore 'ma fe ganodd cloch y drws a dyna lle'r oedd Stuart wedi ei hanner cuddio tu ôl i fwnsied anferth o flodau a photel o siampên a bag siopa'n llawn bwyd. Fe ddywedodd ei fod e wedi dod draw i fy stopio rhag gwneud camgymeriad mawr a'i fod yn bwriadu fy nghadw i'n garcharor nes mod i'n gweld rhyw fath o sens!

Yna fe afaelodd e yndda i a dweud ei fod yn meddwl mod i'n ffab fel o'n i a rhoi cusan anferth i mi. A dweud nad oedd e am fy ngwthio, achos ei fod yn gwybod mod i wedi cael bywyd anodd, ond roedd yn rhaid iddo fe ddweud rhywbeth cyn i bethau fynd yn rhy bell.

Ac yna fe aethon ni i'r gwely!

Ac o'n i'n meddwl mod i mor bendant am bob dim, ond y gwir yw, unwaith i Stuart ddweud ei fod e'n fy ngharu i o'n i'n gwybod nad oedd y swydd newydd nac Arfon na St John yn golygu dim i fi.

A do'n i ddim yn meddwl byse hyn byth, byth yn digwydd i mi, a gyda rhywun mor annwyl â Stuart. Dyn mor dyner a chariadus oedd yn sibrwd fy enw wrth wneud i mi deimlo mor anhygoel o hapus. A gogoneddus.

Wedyn fe fwytais i frecwast cig moch a wyau a thost a siampên.

Ac yna fe aethon ni 'nôl i'r gwely.

Nia

Hwrê! Fe gafodd Eirwen y swydd yn Chirk! Roedd yn rhaid i fi stopio fy hun rhag bwrw 'mhen-glin a gweiddi 'yee-ha!' pan ddywedodd hi wrtha i. Roies i olwg ddifrifol ar fy ngwyneb tra bod fy nhu fewn yn gwneud *somersaults*! Wedyn fe ddechreuodd hi ailysgrifennu hanes gan awgrymu ei bod hi'n mynd o'i gwirfodd i chwilio preiddiau ysbrydol newydd, ond doedd dim ots 'da fi o gwbwl.

O'n i'n disgwyl y byddai Ger mor llawen â finne. Ond doedd e ddim – a dweud y gwir, roedd e'n isel iawn, yn dweud ei fod wedi methu Eirwen. Eisteddodd yn y stydi am weddill y prynhawn yn ddiflas reit.

Dyna pam mae e'n ddyn mor dda – a pham dw i'n caru'r hen beth blewog gymaint am wn i.

Anwen

Am ddeuddeg o'r gloch neithiwr do'dd dim sôn am Llio. O'n i'n *frantic*. Do'dd hi ddim yn ateb ei ffôn. Do'dd dim un o'i ffrindie hi'n gwbod lle'r o'dd hi.

Fe gyrhaeddodd Rhys 'nôl o'r Gogs am un y bore. O'dd

244

bownd o fod golwg bell arna i pan welodd e fi, achos fe ollyngodd ei fagie ar y llawr a dod ata i'n syth a gofyn beth o'dd yn bod. A phan ddwedes i fod yr heddlu ar y ffordd fe hanner cwmpodd ynte ar lawr.

Ma'n debyg taw achos yr holl nosweithe di-gwsg yw ei fod wedi bod yn disgwyl canlyniade prawf am lwmpyn ar ei fraich. O'dd e'n meddwl ei fod e'n mynd yr un ffordd â'i dad, a fuodd farw'n ifanc iawn o gancr. Fe gafodd e'r canlyniade heddi – popeth yn iawn, mond *cyst* yw e. Ond ma fe wedi bod yn byw o dan y cysgod hyn ers mis neu fwy.

O'n i ddim yn gwrando'n iawn ac yna fe gyrhaeddodd yr heddlu ac o'n i'n gorfod ffindo llun diweddar o Llio a thrio cofio beth o'dd hi'n wisgo. Ac yna fe ddeffrodd Huw, o'dd am wbod pam o'dd car heddlu tu fas – o'dd e moyn trip gyda'r seiren yn mynd 'ner ner ner ner'. Ac o'dd dal ei gorff bach twym e'n gyment o help.

Eisteddodd y blismones ('Call me Trisha') gyda ni a dweud wrthon ni am drio peido poeni gan fod popeth yn iawn yn y diwedd yn y rhan fwya o sefyllfao'dd fel hyn. Y rhan fwya. Ces ei help i setlo Huw 'nôl i'r gwely.

Fe welon ni'r wawr yn torri ac fe ofynnodd Trisha am restr o bobol i'w ffonio – syrjeri, ysgol ac yn y bla'n. Rhag ofn bod yna 'situations you might not know about'. Bod Llio'n disgwyl neu rwbeth, am wn i. O'n i'n hollol *numb* – ffaelu siarad o gwbwl, o'n i mor llawn o'r ofon gwaetha deimles i erioed. A diolch byth, o'dd y rhife i gyd ar y darn papur tyllog 'na sy ar bwys y ffôn, felly fe a'th Trish ati i witho drwy'r rhestr tra bo Rhys a finne jyst yn ishte'n gafel yn ein gilydd yn dynn.

O'dd Rhys yn *hysterical* – yn mynnu tase fe ddim wedi bod mas ohoni cyment yn ddiweddar fydde hyn ddim wedi digwydd. Yna fe glywon ni Trisha ar y ffôn yn cyfeirio at nifer o ymosodiade yn yr ardal yma'n ddiweddar. Dim rhyfedd fod yr heddlu yma mor glou.

Yna, am naw o'r gloch y bore, pwy adawodd 'i hunan miwn, yn gweiddi rhwbeth am adel ei llyfyr Daearyddiaeth ar ôl ac yn gofyn pam ro'dd car heddlu tu fas i'r tŷ, ond LLIO!

Yn ôl Llio, o'dd hi wedi gweud wrthon ni y noson cynt ei bod hi'n aros gydag Eloise, ffrind newydd o'r grŵp drama, ond fod 'NEB YN Y TŶ 'MA'N GWRANDO ARNA I' a bod e'n 'amhosib cysylltu gan bod y ffôn *USELESS* sy 'da fi ddim yn gweithio' a 'ma fe mor *EMBARRASSING* ca'l yr heddlu yma'.

O'n i mor falch i'w gweld hi wnes i ddim hyd yn oed gweiddi. Dim ond llefen allen i neud am ryw awr.

Fe gafodd Llio bach o stŵr wrth Trish ond o'dd hi'n gallu gweld mai diffyg cyfathrebu o'dd y pechod mwya ac fe adawodd hi ni ar ôl paned o goffi.

Yna fe eisteddon ni i gyd yn y gegin ac fe addawodd Llio beido â BYTH neud unrhyw beth fel hyn eto, ac fe addawon ni wrando mwy. Ac fe gyhoeddodd Rhys fod popeth yn mynd i fod yn wahanol iawn o hyn mla'n. Ac fe lefodd pob un ar ryw bwynt ac fe wna'th e lot o les i ni i gyd.

Nia

Wel, am fore!

Fe gerddodd Delyth i fewn i'r caffi heb farc ar ei hwyneb ac ordro *cappuccino* a theisen!

Mae'n debyg taw Stuart yw arwr yr awr – y cyfan yn swnio mor rhamantus: blodau a siampên ar drothwy'r drws a'r llawdriniaeth yn mynd i ebargofiant, diolch byth. Stuart ffoniodd i ganslo yn ôl pob sôn!

Fe ddechreuodd Anwen a finne weiddi hwrê a gofyn am

gael clywed y stori eto ac eto fel plant bach pum mlwydd oed. A Delyth yn wên o glust i glust ac (o, yr eironi!) yn edrych flynyddoedd yn iau ar don o hapusrwydd.

Anwen

A Delyth yn stwffo teisen anferth yn llawn hufen a siocled, a dwy baned o goffi! Ac yn edrych mor hapus!

Nia

Ac yna, yng nghanol y dathlu, Anwen yn adrodd hanes ei noson ofnadwy gyda Llio ar goll. Ond diwedd hapus, diolch byth, a'r cyfan wedi agor rhyw ddrws fuodd ar gau ers tipyn rhyngddi hithe a Rhys medde hi. Rhys druan wedi bod mor rhyfedd gan ei fod yn poeni ei fod yn angheuol o dost.

Delyth

Ac Anwen yn dweud ei bod hi'n teimlo gymaint yn well am bob dim gan fod Rhys a hithe wedi siarad yn iawn am y tro cynta ers misoedd. Er ei bod hi'n noson erchyll mae'n amlwg iddi wneud lles mawr mewn ffordd ryfedd.

Nia

Ac yna, yn goron ar y cyfan, finne'n sôn am ymadawiad Eirwen! Wel os do fe, 'te! Fe sgrechodd Anwen 'hwrê' ar dop ei llais – roedd y bobol eraill yn y caffi'n methu deall pam yn y byd roedd y tair dynes ganol oed yn gwneud cymaint o sŵn yn y gornel.

Delyth

Dw i ddim yn meddwl mod i wedi bod mor hollol wallgo erioed – roedd pawb yn edrych arnon ni'n syn yn gweiddi a chwerthin. O, geson ni'r fath hwyl! A phan sonies i bod eisiau i ni ddathlu'n iawn fe ddywedodd Nia 'Wel, pam lai? Pam nad awn ni allan i ddathlu go iawn rhyw noson?'

Anwen

A dyna lle ces i'r syniad y dylen ni gwrdd i ga'l cyrri gyda'r bois. Ac fe OLEUODD wyneb Delyth pan wedodd hi y byse hi'n DWLU dod â Stuart i gwrdd â Rhys a Geraint.

Delyth

Syniad mor neis fydd cael cwrdd i gyd – a finne o'r diwedd â phartner yn gwmni.

Ddim yn meddwl mod i wedi teimlo fel hyn erioed o'r blaen. Mae cyhyrau 'ngwyneb i wedi blino gymaint gan mod i'n wên o glust i glust DRWY'R AMSER!

Nia

Pan gyrhaeddais i adre roedd gan Ger achos i ddathlu hefyd – meddwl ei fod wedi ffeindio'r perthynas diflanedig y bu'n chwilio amdano fe trwy'r cyfrifiadau gyhyd, yng Nghasnewydd o bobman! A'i swydd? Gwneuthurwr canhwyllau. Testun pregeth, medde Ger – rhywbeth am olau yn y tywyllwch efallai?

Delyth

Mae Stuart wedi bod drwy fy nghwpwrdd moddion ac wedi taflu peil o fitaminau yn y bin sbwriel. Mae e'n gwneud swper i ni heno ac mae'n dweud fod yn rhaid i mi ei fwyta er ei fod yn llawn *carbs*!

Mae e'n dweud ei fod yn edrych ymlaen yn fawr at gwrdd â fy ffrindie. Am deimlad hyfryd – cael sôn wrth fy nghariad am fy ffrindie! Pwy feddylie fod hyn yn bosib!

Mae wedi dechrau ar fy llyfrau *self-help* hefyd. Ar ôl cyfnod byr o edrych drwyddyn nhw fe agorodd e botel o win ac fe ddechreuodd e ddarllen darnau o waith Harmony B Glade ar goedd mewn acen Americanaidd ofnadwy. O'n i'n chwerthin gymaint o'n i'n methu anadlu. Yna ffoniodd Charlotte o Evans, Evans, Bryn ac Evans a 'ngwahodd i draw i swper, ac fe afaelodd e yn y ffôn a dweud mod i'n rhy brysur yn sgriwio i fynd i unman. O'n i'n gallu clywed ei hymateb o ochr arall y stafell!

Anwen

O, ma Rhys fel dyn newydd bore 'ma. Wi'n sylweddoli nawr mor ofnadwy ma pethe wedi bod iddo fe. Wi mor falch fod pob dim yn iawn ond wi'n drist nad o'dd e'n teimlo y galle fe droi ata i.

O'dd e'n gweud fod e'n teimlo cyment o fethiant o'dd e jyst ddim am i fi boeni. Ac o'dd llond twll o ofon arno fe.

Meddwl ydw i nawr am beth allwn ni neud i newid pethe. Wel, i ddechre wi am ymddiswyddo o'r PTA mor glou ag y galla i. A wi'n mynd i drio ffindo gwaith rhan-amser – dim lot o obeth, wi'n gwbod, ond wi'n mynd i drio. Alla i ddim wynebu mynd 'nôl i ddysgu ar ôl bod mas o bethe am gyment o flynyddo'dd, a gêm person ifanc yw hi dyddie hyn beth bynnag. Weles i hysbyseb yn y Chapter o'dd yn edrych yn ddiddorol, arian ddim yn grêt ac orie shifft ond byse'r gwaith yn ddiddorol ac yn dod â bach o arian poced i helpu gyda'r plant.

Ma Rhys wedi addo neud mwy i helpu o gwmpas y tŷ a ry'n ni wedi cytuno bod Llio'n mynd i ga'l mwy o gyfrifoldeb hefyd. Mater arall fydd ei cha'l hi i dderbyn hynny, wrth gwrs, ond wi'n meddwl gas hi gyment o sioc gyda'r heddlu a phopeth ei bod hi'n fodlon gwrando ar unrhyw beth – ar y foment beth bynnag.

Siaradon ni tan ddau y bore. Ry'n ni'n dal mewn sioc wi'n meddwl – geson ni gyment o ofon pan o'dd Llio ar goll. A wi'n credu'n bod ni'n deall ein gilydd bach yn well – ry'n ni'n dau'n mynd i neud mwy o ymdrech o hyn mla'n, llai o nagio wrtha i a mwy o gyfathrebu wrth Rhys! Wel, fe gawn ni weld.

Delyth

Aethon ni allan i dderbyniad Cymdeithas y Gyfraith. Mae Stuart mor hapus yn ei groen ei hun – er ei fod e dros ei bwysau ac yn gwisgo fel rhywun sydd wedi t'wlu'r peth cynta ffeindiodd e yn y wardrob ymlaen (sydd fel arfer yn wir, wrth gwrs), mae e'n hollol hapus i siarad ag unrhyw un, hyd yn oed St John. Fe glywais i nhw'n trafod gwin yr Eidal ar un adeg.

Doedd Arfon ddim yn hoffi fy ngweld i mor hapus ac, wrth gwrs, roedd e am wybod pam o'n i wedi canslo'r 'gwyliau' sydyn yna.

Ac edrychodd St John ddim arna i'n iawn drwy'r nos. Mae e wedi penderfynu penodi Arfon i'r swydd am wn i.

Wythnos diwetha fe fyddwn i'n poeni hyd at waelod fy

sodlau. Ond does dim taten o ots 'da fi nawr. Fe awgrymodd Stuart ein bod yn gadael yn gynnar a mynd i Caroline Street i nôl cebab. A dyna wnaethon ni.

Anwen

Fe ymddiswyddes i o'r PTA bore 'ma. Fe fyddwn ni'n cynnal etholiad yn syth. Weles i Y-Fam-Sy'n-Conan a Derek-y-Drip yn cynnig eu hunain i'r brifathrawes – Duw a'n helpo os caiff y naill neu'r llall y swydd. Ond wi ddim yn meddwl fydde nhw moyn yr holl waith – ma pobol fel nhw'n hoffi conan ond dy'n nhw ddim yn hoffi gorfod neud unrhyw beth.

Fe goginiodd Rhys swper ac fe wna'th Huw ei waith cartre AR BEN EI HUNAN. Cam mawr mla'n. Duw yn unig a ŵyr faint o *mess* wna'th e, ond dim ots.

Nia

Yr hysbyseb am y ciwrad YN Y PAPUR!

Tipyn bach o broblem wedi codi gyda pharti ta-ta Eirwen. Dim llawer wedi dangos diddordeb mewn dod. Sydd ddim yn lot o syndod, wrth gwrs, o ystyried ei bod hi wedi pechu bron pawb yn y plwy. Ond dw i'n meddwl fod Ger yn iawn pan mae e'n dweud y dylen ni ffeindio lle yn ein calonnau i ddymuno'n dda iddi ac i ddiolch iddi am ei chyfraniad dros y flwyddyn diwetha.

Meddwl taw apelio at bobol un wrth un fydde orau – a dweud y bydd gwin am ddim i'w gael ar y noson. Dylai hynny ddenu criw da. Ac fe fydd yn werth pob ceiniog ar fy ngharden credyd i.

Delyth

Es i mewn i'r swyddfa bore 'ma a ffeindio'r heddlu yno. Roedd swyddog o'r FSA yno hefyd yn dweud eu bod yn cynnal ymchwiliad i faterion ariannol yn ymwneud â Syr David.

Awgrymodd St John ein bod ni'n mynd i'r Costa drws nesa i siarad. A dyna pryd sylwais i fod Arfon mor wyn â'r galchen. (Fe ddiflannodd e'n go gyflym – orffennodd e ddim mo'i *latte* hyd yn oed.) A chofiais yn sydyn am Arfon yn diflannu 'nôl o Baris i 'achub' Syr David y tro hwnnw. Ai hynny sydd wedi rhoi gwep lliw cwstard oer iddo?

Ry'n ni fod i weithio o adre nes bod y swyddfa'n ailagor ac mae St John wedi gofyn i ni beidio â sôn am y peth wrth ein cleients. Ond ffwlbri yw hynny, wrth gwrs. Fe fydd y newyddion yn bla o gwmpas Caerdydd erbyn hyn.

Stuart 'nôl ym Mryste heno. Ond fe fyddwn ni'n siarad dros y ffôn. A dw i'n cael gwin coch a phasta i swper.

Anwen

Cyfarfod teuluol heddi. Llio am i ni fyta pryd o fwyd gyda'n gilydd yn fwy amal yn lle ishte o fla'n y teli, Huw ishe i Rhys fod adre mwy a finne'n gofyn i bobol neud beth wi'n gofyn iddyn nhw'r tro cynta.

Rhys wedi ca'l llond bola o fod yn llawrydd a mwy na digon o'r teithio a'r ansicrwydd. Mynd i drio am swydd barhaol mewn cwmni mawr ym Mhontypridd. Yr orie'n dda a dim teithio. Yn anffodus do's dim lot o'r swyddi 'ma ar ga'l ac fe fydd dege yn trio amdani. Ond do'n i ddim am ei ddigalonni drwy weud hynny.

Wi'n dal i neud lot mwy na phawb arall o gwmpas y tŷ

'ma, er bod pobol yn trio helpu tamed yn fwy. Faint barith hynny wi ddim yn gwbod. A ma Rhys wedi rhoi ambell sws i fi yn y gwely – sy'n addawol!

Nia

Lot fawr o newid ar waith – digon i siarad amdano fe yn y caffi bore 'ma.

Anwen wedi ymddiswyddo o gymdeithas rhieni'r ysgol a Rhys yn whilo am swydd barhaol. A Delyth – wel, sôn am sgandal. Mae'r bos rhyfedd 'na oedd ganddi o dan amheuaeth gan yr heddlu! Y swyddfa ar gau a phopeth!

A noson ffarwelio ag Eirwen drosodd, diolch byth. Daeth criw go lew ynghyd yn y pen draw ac fe helpodd y gwin i greu awyrgylch eitha llawen. Fe gasglon ni ddigon i brynu set neis iawn o bethe garddio iddi ac roedd hi'n edrych fel tase hi'n wirioneddol falch ohonyn nhw. Fe gafwyd areithiau urddasol ganddi hi a gan Geraint. Ac roedd pawb yn meddwl eu bod wedi gwneud eu dyletswydd yn iawn.

Ges i ffagen fach wrth ddrws y Festri i ddathlu.

Ry'n ni'n mynd i gael ein cyrri wythnos nesa. Delyth yn cyfadde ei bod wedi bod yn ymarfer dweud 'my boyfriend and I' yn y drych – jyst er mwyn y pleser o'i ddweud e.

Alla i ddim dirnad y gwahaniaeth sydd ynddi. Mor llawen – y crychau ar ei thalcen wedi llyfnhau a rhyw wên ddireidus yn chwarae ar ei gwefusau trwy'r amser.

Ac mae golwg well ar Anwen hefyd – er ei bod hi'n dal i boeni am bethe. Fe gyfaddefodd hi bore 'ma ei bod hi'n meddwl fod 'da hi a Rhys siwrnai hir o'u blaenau nhw. Mae e'n trio am swydd ond dyw Anwen ddim yn meddwl y caiff e hi – mae e'n mynd i fod gyda'r hyna yn trio amdani a dyw hynny ddim yn argoeli'n dda. A phoeni mae hi y daw'r iselder ysbryd yn ôl, gyda Rhys yn gwrthod cyfathrebu, a phopeth yn disgyn ar ei hysgwyddau hi. Ac mae'n amlwg fod ei phlant yn annwyl ond yn dipyn o lond llaw hefyd.

Druan ohoni – mae ganddi dipyn ar ei phlât.

Delyth

Roedd gwrando ar Anwen bore 'ma yn brofiad dipyn bach yn drist. A dweud y gwir, fe wnes i roi cwtsh iddi. Rhywbeth na wnes i erioed o'r blaen.

Anwen

Jiw, o'dd Delyth a Nia'n lyfli bore 'ma! Ges i gwtsh wrth Delyth. Rhaid bod golwg bell arna i.

Ond dim ond nawr wi 'di ca'l amser i bwyso a mesur yr holl bethe sy wedi digwydd 'leni. Rhys, Daniel, Mali ac Alun, holl ddramâu arferol y plant – heb sôn am noson fythgofiadwy Llio. Ac yn y canol, finne'n trio rhwyfo'n wyllt yn erbyn y llif ac, ar y cyfan, yn methu.

Delyth

Aethon ni i barti yn nhŷ Catrin o Jones, Jones, Jones a Jones. Lot o siarad am Syr David. Hughie Smith yn meddwl ei fod wedi bod yn rhedeg rhyw fath o Ponzi *scheme* a bod Arfon yn rhan ohono fe hefyd. O'n i'n gallu dweud â fy llaw ar fy nghalon mod i'n gwybod dim. A bod llai fyth o ots 'da fi.

Ond y newyddion mawr yw fod Marged Melangell a Gŵr Rhif Tri yn hen hanes! Yn ôl bob sôn mae e wedi rhedeg bant i Wlad Pwyl gydag un o'r merched sy'n gweini gwin yn y Senedd. Fe ddechreuodd yr affêr wrth iddo chwilio am lased o siampên i Marged rai misoedd yn ôl, mae'n debyg.

Mae Marged wedi mynd yn ôl i Sir Fôn i ddod dros y siom.

Nia

Cyfweliadau am swydd y ciwrad – croesi bysedd y cawn ni rywun neis.

Eirwen wedi mynd i Chirk yn gynnar. Ddaeth hi ddim i fewn ar ôl y noson ffarwelio, jyst ffonio Ger a dweud bod angen iddi symud ymlaen ar frys – sy'n ein gadael ni mewn twll dros y Dolig. Ond dw i mor falch ei bod hi 'di mynd, does dim ots 'da fi faint o waith ychwanegol fydd hynny'n ei olygu. Ac fe fydd y plwyfolion yn siŵr o helpu.

Noson o flaen Miss Marple – Joan Hickson, yr orau yn fy marn i. Geraint ar ben ei ddigon yn hel mwy o fanylion am yr hen berthynas sydd wedi bod mor anodd i'w ffeindio ymhlith y cyfrifiadau.

Anwen

Fe gafodd Rhys a finne frecwast yn y gwely bore 'ma. Huw fuodd wrthi'n paratoi Cheerios mewn bowlen yn gorlifo o la'th, a'r cwbwl yn tasgu'n hapus ar ben sudd oren a bara jam. Ond o'dd yr olwg ar ei wyneb bach yn bictiwr.

Cyrri gyda Del, Nia a'r bois heno. Teimlo bach yn nerfus am y peth a gweud y gwir. Gobeitho bydd pawb yn dod mla'n yn iawn.

Nia

Wel, fe gyrhaeddon ni'r Star of Asia yn brydlon am hanner awr wedi saith. O'n i wedi torri aeliau Geraint ac ro'n ni'n dau wedi gwneud tipyn o ymdrech. Un o'r topiau newydd brynais i i fynd ar y cwrs 'Clergy Spouses' a sodlau uchel i fi, crys neis o'r catalog a siwmper o Marks i Ger.

Anwen

A phan gyrhaeddodd Nia a Geraint (yn edrych yn smart iawn) fe geson ni gwpwl o lagyrs a phopadoms. Geraint mor annwyl ac yn llawn jôcs bach diniwed ac yn amlwg yn meddwl y byd o Nia, o'dd yn hyfryd i'w weld.

Ro'n i wedi rhoi pregeth i Rhys am neud ymdrech i siarad yn deidi. Ac o'dd Geraint yn rhwydd iawn i neud ag e – a'r ddau ddyn yn gweud eu bod yn falch o'r diwedd i ga'l croeso i gylch cyfrin y bore coffi!

O'dd Delyth a Stuart bach yn hwyr yn cyrraedd – o'dd ddim yn beth drwg i gyd gan ein bod ni wedi gallu dechre'r noson yn siarad Cymraeg o leia.

Delyth

A wnes i ddim ystyried am funud y bydde'n rhaid i ni droi i'r Saesneg, wrth gwrs, achos fod Stuart gyda ni – ond roedd pawb yn hyfryd am y peth, chwarae teg. A lot o jôcs am rygbi, a thipyn o drafod am geir a'r tollau ar Bont Hafren, a phebyll, a chwrw go iawn, a phawb yn cytuno, diolch byth...

Anwen

… bod Jeremy Clarkson yn 'bwrs yffach' (geirie Rhys wrth gwrs) a bod ishe hala'r bois *Top Gear* 'na i Siberia a'u gadel nhw yno!

O'dd un foment bach yn stici pan ddechreuodd Stuart ganmol y Lib Dems ond fe newides i'r testun cyn i Rhys ga'l harten.

Nia

Am noson braf – mae'n amlwg fod Stuart a Delyth dros eu pennau a'u clustiau mewn cariad, sydd mor hyfryd i'w weld. A cymaint o chwerthin a bwyd mor flasus. Ac roedd hi'n neis i Geraint gael noson heb blwyfolion hefyd am unwaith. Sylweddolais i'n sydyn nad yw e byth braidd yn cael cyfle i ymlacio fel hyn – rhaid i ni wneud hyn yn fwy aml.

Ac o'n i'n hoffi Rhys yn fawr iawn. Yn llawn egni a doniolwch, ond rhyw bellter tu ôl i'r llygaid efallai. Ac Anwen druan 'run peth. Ond mae'r ddau ohonyn nhw'n siwtio'i gilydd mor dda – yr un hiwmor ffraeth gan y ddau. Dw i'n gobeithio y gallan nhw weithio pethe mas.

Anwen

Pawb wedi mwynhau wi'n meddwl. Bwyd neis iawn ac, ar y cyfan, y sgwrs yn llifo'n rhwydd.

Hanner ffordd drwy'r noson fe wasgodd Rhys fy llaw a rhoi gwên fach neis i fi. O'dd yn lyfli. Dim bola jeli falle. Ond tamed bach o gariad a gododd fy nghalon am y tro cynta ers miso'dd.

Delyth

Bach o ben tost yn cyrraedd cyfarfod diweddara St John bore 'ma ar ôl noson mor braf neithiwr (y Cobra'n gryfach nag o'n i wedi sylweddoli). Ond y newyddion mawr yw fod Arfon wedi mynd! St John yn dweud cyn lleied â phosib ond mae'n amlwg fod yr FSA yn dal i fusnesa. Mae'r cwmni yn cael ei ailstrwythuro felly fydd dim un dyrchafiad nes bod Llundain wedi penderfynu ar y *set-up* yma yng Nghaerdydd.

Adre i dŷ gwag – Stuart 'nôl ym Mryste. A chael pwl o iselder yn sydyn – mymryn o *hangover*, wedi bod yn bwyta gormod o'r pethau anghywir, dim lot o syniad am y dyfodol.

Ond yna fe ganodd y gloch. Stuart ar stepen y drws, yn ffaelu wynebu gyrru 'nôl i Fryste, medde fe, ac yn dal llwyth o fagiau siopa. Gan gynnwys 'something a bit healthy – some salady stuff and a lovely bit of fish I got in the market'.

A'r iselder yn diflannu'n llwyr.

Rhagfyr

Anwen

Carden bach yn wahanol wrth yr erchyll Ffion Haf 'leni.

'Ma Dylan wedi rhedeg bant gyda'r *au pair*, ma Tudno wedi mynd i fyw mewn *squat* yn Stockport. Ma Brengain yn gaeth i *crystal meth* ac ma Gwahadden wedi troi'n Hindw.'

Na, ddim rili. Dda'th y catalog arferol o fuddugoliaethe eisteddfodol a chorfforol, ceir a chyfrifiaduron newydd a darlun cryno ond lliwgar o fywyd *bourgeois* Sir Fôn.

Ond 'leni sdim taten o ots 'da fi, achos alla i hala carden yn gweud y canlynol:

'Mae Rhys yn dechre swydd newydd ym Mhontypridd ym mis Ionawr sy'n golygu alla i siopa yn Sainsbury's weithe yn lle jyst Lidl. Dyw'r plant ddim 'di ennill unrhyw gystadlaethe

259

na phaso unrhyw arholiade sbeshal 'leni, ond maen nhw wedi cael blwyddyn ocê yn yr ysgol ar y cyfan yn mwynhau dysgu ac yn chware gyda chriw lyfli o ffrindie. A wi'n teimlo gan mil o weithe'n well gan fod Angharad yn cysgu trwy'r nos o'r diwedd. O, a does dim ishe ffantasis rhywiol am y dyn glanhau ffenestri nawr...'

Nia

Latte gyda sinamon a theisen siocled yn y caffi. Anwen yn bwyta mins peis ac yfed *cappuccino* a Delyth yn cael paned o de a *yule log*.

PAWB wedi mwynhau'r cyrri – yn bendant yn mynd i'w wneud eto yn y flwyddyn newydd.

Stuart wedi mwynhau gymaint mae'n sôn am ddysgu Cymraeg! Mae Delyth mor hapus prin mae hi'n gallu siarad.

A newyddion da i Anwen o'r diwedd.

Anwen

Alla i jyst ddim credu shwd gafodd Rhys y swydd ym Mhontypridd! Trwy lwc o'dd y bos (Deian) yn hen ffrind i Alun. Digwyddodd Rhys fwrw mewn iddo fe ar y ffordd i'r cyfweliad. A Deian yn siglo llaw Rhys a gweud mor ddiolchgar o'dd Alun am gefnogaeth Rhys 'leni. Sylweddoli wedyn fod Rhys yn trio am y swydd. A galwad ffôn gadarnhaol cyn diwedd y dydd. A Rhys yn ffaelu credu ei lwc.

Stwffo mins peis cynta 'leni i ddathlu. A llawenhau yng nghwmni ffrindie da.

Delyth

Nawr bo St John wedi ymddiswyddo ces alwad o'r swyddfa yn Llundain yn fy ngwahodd i drafod rôl newydd o fewn y cwmni. Maen nhw wedi crybwyll Acting MD tra bod yr ymholiadau yn mynd yn eu blaenau.

Felly fel hyn mae hi. Yr eiliad dw i'n rhoi'r gorau i boeni am fy swydd dw i'n cael dyrchafiad.

A chi'n gwybod beth? Dw i ddim yn siŵr ydw i eisiau'r swydd wedi'r cyfan. Yn poeni am fy *work/life balance*.

Mae Stuart a fi'n meddwl teithio rhywfaint flwyddyn nesa, a dw i eisiau gwaith sy'n fwy hyblyg. Dw i ddim wedi sôn wrth y cwmni eto – ond dw i'n edrych ymlaen at weld eu hwynebau nhw pan fydda i'n gwneud...

Nia

Fe ddaeth y ciwrad newydd i'n gweld ni heddiw. Ifanc, tua deg ar hugain. Tal. Lluniaidd. Sengl.

Fe ddywedais i mod i'n gobeithio y byse fe'n hapus iawn yma.

Dywedodd e mod i'n ei atgoffa o'i fam, gofyn lle ges i'r bisgedi NEFOLAIDD 'ma a dweud ei fod e'n lico gweld cannwyll perarogl mewn cegin. A oedd gen i ffagen fach i'w sbario?

Wedyn welodd e gopi o *The Killing* ar ford y gegin.

Dywedodd e 'O waw – *Forbrydelsen*! Dw i'n meddwl y bydda i'n hapus iawn yma.'

A dw i'n meddwl y bydd e hefyd.

Anwen

Nadolig tawel, hyfryd. Mam yn hapus i fod gyda ni (er bod y *Western Mail* wedi ein rhybuddio eto 'leni am yr epidemig ffliw sy ar y ffordd, a'r diffyg siaradwyr Cymraeg yn Sir Aberteifi) a phawb yn ymlacio am unweth. Achos fod pethe ddim mor dynn arnon ni, falle. Angharad yn cysgu drwy'r nos, Huw yn ca'l yn gwmws beth o'dd e ishe wrth Siôn Corn am unweth ac, er mawr syndod i ni i gyd, Llio'n cynnig arwain y coginio ddydd Nadolig!

Ac fe lwyddodd chware teg iddi – fe gafodd hi help i bilo'r moron a'r tatws, ac o'dd un eiliad *dodgy* pan o'dd ishe help gyda'r grefi. Ond dyna lle'r o'n ni i gyd am ddou o'r gloch ddydd Nadolig yn byta cino twrci gyda saws *cranberry* catre a saws bara yn llawn hufen a menyn. Ac o'dd e'n lyfli.

Ac fe gofiodd hi'r pwdin Nadolig.

A'th Rhys a finne am dro ar ein penne ein hunen i Benarth ar ddydd San Steffan.

Fe welon ni Y-Fam-Sy'n-Conan-Am-Bopeth yn y pellter. Penderfynu dilyn llwybr gwahanol.

Safon ni am sbel yn edrych draw tuag at Wlad yr Haf. A Rhys yn troi ata i a gweud ei fod e ishe i bopeth fod yn well flwyddyn nesa. A sws hir a rhamantus yn y gwynt.

Blwyddyn newydd dda i ni i gyd gobeitho. A phaned yn y caffi wthnos nesa. Cyment i'w drafod!

'Cefais fy rhwydo gan hanes
Maï, merch y melinydd, a
ddefnyddiodd ei hud i gyrraedd
ei safle fel Arglwyddes Mond.'

HAF LLEWELYN

ADERYN BRITH

RHIANNON GREGORY

yLolfa

£8.95

Bore Da

Gwennan Evans

'Nofel ddychanol a dynol; cymeriadau cofiadwy
a digwyddiadau sy'n siŵr o godi gwên' **Llwyd Owen**

£5.95

'Nofel fachog â charwriaeth dymhestlog wrth ei chalon.'
Caryl Lewis

TEULU

gan Lleucu Roberts

£8.95

y|Lolfa
DIAWL
Y WASG
GERAINT EVANS
'Llygredd a llofruddiaeth ym myd llenyddiaeth. Mae rhywbeth at ddant pawb yn y nofel fyrlymus hon.'
DAFYDD MORGAN LEWIS

£8.95

BET JONES

Craciau

'Stori afaelgar a chofiadwy,
â dylanwad ffilmiau teledu yn amlwg.'

GERAINT V JONES

y Lolfa

£8.95

EURON GRIFFITH
DYN POB UN

yLolfa

£7.95

Paned a Chacen

Elliw Gwawr

Ryseitiau pobi, pwdinau a
phob math o bethau da

'Darllenwch, mwynhewch ac – yn bwysicaf oll – pobwch!'
Dylan Rowlands, Dylanwad Da

£14.95
Clawr Caled

Am restr gyflawn o lyfrau'r Lolfa, mynnwch
gopi am ddim o'n catalog
neu hwyliwch i mewn i'n gwefan

www.ylolfa.com

lle gallwch archebu llyfrau ar-lein.

TALYBONT CEREDIGION CYMRU SY24 5HE
ebost ylolfa@ylolfa.com
gwefan www.ylolfa.com
ffôn 01970 832 304
ffacs 832 782